KB097816

헤이세이 일본문학의 문제군

나선형 상상력

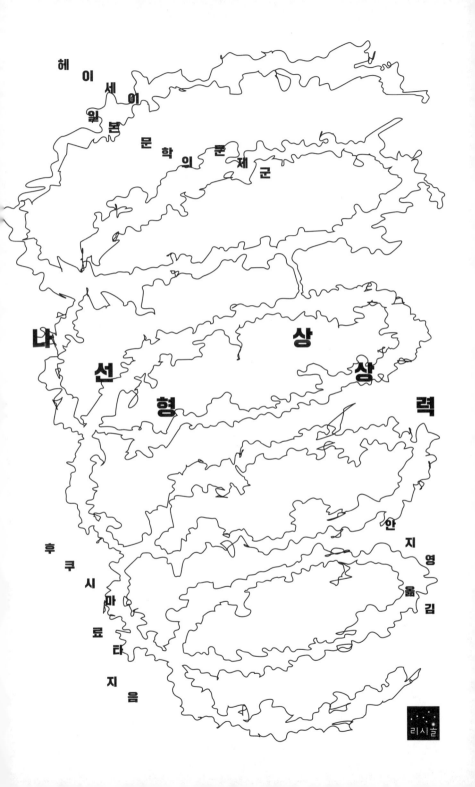

차례

헤이세이 문학의 문제군

1 헤이세이라는 이름의 보존

이 책은 헤이세이 30년 동안(1989년 1월~2019년 4월)에 창작된 일본 문학을 다각적으로 분석하는 평론집이다. 하지만 '헤이세이'라는 섬나라의 지역적인 연호元号를 특별하게 다룬다는 데 어떤 의미가 있을 것인가.

헤이세이 일본이라고 하면 정보화, 금융 자본주의, 테러리즘, 자연 재해, 대중화, 저출산 고령화, 리스크 사회 등의 키워드를 꼽지만, 이들은 모두 포스트 냉전기(1989년 이후) 선진국에서도 확인되는 것으로 일본 고유의 현상은 아니다. 더구나 일본인 대부분은 이미 자신들의 역사적 위치를 연호로 헤아리지 않는다. 헤이세이 10년대나 20년대라고 한들 어떠한 이미지도 떠오르지 않을 것이다. 얄궂게도 서력을 쓰지 않고는 헤이세이를 총괄하는 것 자체가 불가능하리라. 일본에서만 사용되는 연호는 글로벌 현대 세계를 생각할 때의 지표로서 이제 거의 쓸모가 없어졌다.

그렇다고 해도 헤이세이라는 이름을 보존하는 이점은 있다. 바로 앞선 시대와의 차이를 명확히 할 수 있다는 것이다. 메이지, 다이쇼, 쇼와 문학은 저마다 특징적인 주제를 가졌으며, 그 주제의 추이에는 일본 작가들이 서양을 받아들이면서 '나', '타자', '사회', '자연', '신체'를 문학적으로 구성한 과정이

아로새겨 있다. 그렇다면 헤이세이는 이 과정을 어떻게 계승하고 또 절단한 것일까. 이러한 문제 설정은 '포스트 냉전기'라는 틀로 일반화해서는 포착할 수 없다.

더구나 '레이와'라 명명된 지금 시대도 언젠가는 역사적으로 위치 지어져야 하는 이상, 포스트 냉전기의 일본 문학을 일단 30년으로 구획 지어 측량의 기준점으로 삼는 것이 그렇게 쓸데없는 일은 아닐 것이다. 문학사에서 30년이라는 시간은 그사이에 일어난 여러 미시적 현상을 추적하면서도 거시적인 전체상을 조망하기에 적당한 기간이라 생각한다.

오늘날 30년은 대략 신생아가 부모가 되기까지의 기간이다. 후생노동성의 2017년 인구 동태 조사에 따르면, 일본에서 첫 아이로 아버지가 되는 평균 연령이 32.8세, 어머니가 되는 평균 연령은 30.7세로, 1990년의 데이터와 비교하면 각각 약 3세가 상승했다(이는 세계 평균에 비춰도 높은 수준이다). 천황이라는 한 인간의 생물학적 존재와 연계된 '헤이세이'라는 연호는 결과적으로 30년이라는 세대의 재생산 주기와 동기화된다. 쇼와 천황이 가족 국가의 카리스마적 '아버지'로서 전쟁 중에 많은 '자식'을 싸움터로 보낸 것과 달리, 헤이세이 천황은 아버지가 남긴 역사적 부채를 의식하면서 아내와 아들 부부와 손자들로 이루어진 평화로운 '가족' 이미지를 키워 낸 것도 기억해 두자. 천황과 가족의 관계는 헤이세이를 거쳐 탈정치화되면서 평균적인 일본인의 그것에 가까워진 듯하다.

2 확산과 수축

그렇다면 문학의 측면에서 헤이세이는 어떤 시대였을까? 우선 특기할 만한 사실은 일본 문학의 유통 방식이 헤이세이 들어 크게 변화했다는 점인데, 특히 다음 두 가지에 주목할 수 있다.

첫 번째는 일본 문학이 해외에서 널리 읽히게 되었다는 점이다. 무라카미 하루키와 요시모토 바나나는 물론, 다와다 요코와 오가와 요코 등 여성 작가도 이제 유럽과 미국 등지에서 높은 평가를 얻고 있다. 최근에는 무라타 사야카의 『편의점 인간』이 각국에 번역되고 『뉴요커』 등에서 다뤄지기도 한 것이 신선했다. 엔터테인먼트 소설 계통을 보더라도 미스터리 작가인 히가시노 게이고를 필두로 이사카 고타로나 와나타베 준이치는 중국어권을 비롯한 동아시아에서 이미 인기 작가로서 지위를 공고히 하고 있다.

더구나 일본 엔터테인먼트 문학은 21세기 동아시아 작가들에게도 영향을 미치고 있다. 예를 들어 홍콩에서 왕성하게 활동하는 1975년생 미스터리 작가 찬호께이는 일본 미스터리, 엔터테인먼트 소설의 애호가다. 또 베스트셀러 『삼체』로 세계적 명성을 얻은 1963년생 중국 SF 작가 류츠신도 고마쓰 사쿄의 영향을 공언한 바 있다. 미소 양극 구조가 끝을 고한 후 세계는 다극화되어 지역 간의 영향 관계는 한층 복잡하게 얽히는 양상이 되었다. 일본 문학이 동아시아에 수용된 배경에는 이러한 포스트 냉전기 문화 상황의 일단이 드러나 있다.

원래 일본의 근대 문학은 서양에 대한 학습을 통해 만들어졌다. 메이지 이래 일본은 미숙한 '자식'의 입장에서 위대한 '아버지'인 유럽을 따라가거나 앞지르려고 했는데, 1970년대 후반부터 1980년대에 걸쳐 미국화가 문학에도 본격적으로 영향을 미치게 되면서 1937년생인 가타오카 요시오의 하드보일드 소설을 거쳐 전후에 태어난 무라카미 하루키, 다카하시 겐이치로, 무라카미 류, 야마다 에이미 등에 이르면, 미국이라는 교사가 유럽 이상으로 큰 의미를 지니게 된다. 포스트 냉전기에도 영어권 문학이 세계적으로 주도권을 지킨 것은 틀림없다. 미국 문학 번역자인 시바타 모토유키가 헤이세이의 많은 신인 작가에 영향을 준 것 역시 영어권의 우위를 말해 준다.[1]

다만 헤이세이 일본 문학이 유럽과 미국의 문화를 일방적으로 학습하기만 한 것은 아니었고 해외의, 특히 동아시아 각국의 문학을 촉발한 측면도 있다. 이것은 일본 문학사에서 새로운 현상이라고 할 수 있다. 그런데 이로부터 위대한 아버지=교사가 수직적으로 군림하는 관계가 아닌, 이를테면 '형제' 내지 '자매'로 수평적인 영향을 주고받는 관계가 성립한다. 헤이세이 문학은 상품의 글로벌 순환계에 휘말린 결과 생각지도 못한 형제적 분신을 얻을 수 있었다.

두 번째는 버블 붕괴 이후의 긴 불황이 출판업에도 엄청난 악영향을 주었다는 사실이다. 『출판 지표 연보』 데이터에 따르면, 일본의 추정 판매 부수는 1960년대부터 일관되게 우상향을 지속하다가 1995년에는 서적, 잡지를 도합해 48억 부를 넘어 사상 최고점을 경신했다. 그러나 그 이후로는 매년 급락을 거듭해 2001년에는 간신히 40억 부 이상을 유지했으며, 2017년에는 끝내 18억 부 이하로 떨어졌다. 특히 잡지의 부진

---

1 미우라 마사시三浦雅士는 『무라카미 하루키와 시바타 모토유키의 또 하나의 미국』村上春樹と柴田元幸のもうひとつのアメリカ(新書館, 2003)에서 시바타가 일본 문학에 미친 영향력에 주목하며 미국을 "세계의 추억이 어린 곳"이자 "세계의 색인"이라고 평했다(288쪽). 실제로 포스트 냉전기 세계 문학에는 과거의 모든 사물이나 현상을 백과사전적으로 재배치하려는 경향이 있었다. 다만 그것은 평온한 '추억'에 머물지 않고, 종종 피와 폭력으로 뒤엉킨 트라우마적 기억의 재생산에 근접한다. 이에 대해서는 6장에서 상세히 다루겠다.

이 현저했다. 2010년대 말에 서적이 1995년 9억 부에서 5억 부 정도(1970년대 전반과 동일한 수준)로 감소한 반면, 잡지는 1995년 39억 부가 어찌 된 일인지 10억 부 가까이로 격감한 것이다.

당연히 출판 시장도 쇠퇴 일로를 걷고 있다. 최고점이었던 1996년 전후 서적과 잡지를 도합한 출판물의 판매액은 연간 약 2조 6천억 엔에 이르렀지만 2017년에는 약 1조 3천억 엔으로 반감되었다. 불황에 더해 저출산 고령화와 인터넷의 침투라는 연타를 맞아 시장 침체가 가속되고 거의 매년 매출이 감소하는 이례적 상황에 빠진 것이다. 이 30년 동안 출판을 둘러싼 환경은 격변했다. 숫자만으로 판단하면 지금의 출판계는 전성기의 절반도 안 되는 힘밖에 가지고 있지 않다. 헤이세이 초기와 말기의 데이터를 비교하면 벌써 둘은 다른 세계처럼 보인다.

이러한 출판 시장의 축소와 궤를 같이해 문학의 상징적 지위도 하락했다. 쇼와 시대에는 문학이 최고의 자리를 차지했을지 모르지만, 헤이세이 들어 많은 표현 장르가 나란히 서게 되면서 문학의 우위를 주장하는 것은 시대착오가 되었다. 이러한 다양화는 정보 기술에 의해 한층 가속된다. 스마트폰은 텍스트를 읽는 것과 동영상을 보는 것, 음악을 듣는 것을 모두 동일한 화면상의 '앱'으로 병렬화하는데, 이는 현대 문화 상황의 축소판이다. 문학 텍스트는 이제 앱의 군도群島에서 한 귀퉁이를 차지할 뿐이다. 이 자체는 어쩔 수 없는 일이지만, 헤이세이 문학이 이 치열한 매체 경쟁 사회에서 자신의 존재 의미를 새롭게 음미하고 검증하고 재정의하는 데 성공했는지에 대해서는 안타깝지만 의문이 남는다.

이렇게 현대 일본 문학은 글로벌한 관점에서 보면 그 권역을 유례없이 넓혔지만, 지역적인 관점에서 보면 심한 출판 불황 안에서 방향 감각을 상실한 것으로 보인다. 헤이세이의 큰 특징은 분명 이러한 확산과 수축이 동시에 진행되었다는 데 있다. 그것은 메이지 이래 '문학'이라는 제도가 근본적으로 변화를 강요받았다는 의미이기도 하다. 헤이세이는 의심의 여지 없이 거대한 문화적 변동기였다. 그렇기에 그 거친 바다를 되짚어가기 위한 나침반이 필요한 것이다.

3 헤이세이 문학과 다이쇼 문학

지금까지는 헤이세이 문학의 유통에 대해 이야기했는데, 그렇다면 내용 면에서는 어땠을까. 우선 대략 다음의 세 가지 경향을 들고 싶다.

1) 나: 이상한 주관

헤이세이 문학을 특징짓는 것은 서술자의 병적인 불안정함이다. 종잡을 수 없고 미덥지 않은 위태로운 서술자는 자주 과격한 폭력성과 성적인 페티시즘, 나아가 끝없는 망상을 증대시킨다. 서술자의 왜곡된 주관이 작중의 객관적 현실을 온통 뒤덮어 타자와의 적정 거리를 부정하기에 이르는 이러한 중독addiction은 헤이세이 작가들이 가장 선호하는 모티프 가운데 하나였다. 서술자의 신체와 언어가 모두 이상을 일으킬 때 작품 내 현실의 신빙성도 상실된다. 이 리얼리티의 혼미가 헤이세이 문학 상상력의 원천이 되었다.

2) 세계: 디스토피아

병적인 서술자의 부상과 더불어 세계상도 유토피아가 아니라 디스토피아의 비전에 가까워진다. 두 차례의 대지진을 경험한 헤이세이에는 만화, 애니메이션, 영화, 미술 등에서 재난의 예감을 지닌 불온한 세계상이 유행했는데 문학도 예외가 아니었다. 헤이세이 작가들은 종종 더 나쁜 세계를 지향해 주인공을 오염된 시공간에 던져 넣었다. 세계가 근본적으로 잘못된 이상 주인공은 원만하게 성장을 마칠 수 없으며, 도리어 혼란과 폭력을 품은 출구 없는 악순환의 소용돌이에 삼켜지리라. 이는 교양 소설Bildungsroman=성장 소설의 해체를 의미한다.

3) 언어: 속어화의 침투

헤이세이는 출판 언어가 속어vernacular에 많이 기운 시대다. 하시모토 오사무나 요시모토 바나나는 이미 쇼와 말기에 일상 구어에 가까운 톤을 소설에 도입했다. 1990년대 이후 연극계에서는 1962년생 히라다 오리자를 시작으로 로스트 제너레이션(버블 붕괴 후 불황기에 청춘을 보낸 세대)인 오카다 도시키, 마에다 시로, 미우라 다이스케 등과 같이 종잡을 수 없는 생활 언어를 연극에 집어넣으려는 극작가들이 대두했다. 제로 년대에 각광받은 라이트 노블이나 휴대폰 소설은 이러한 문학의 세속화 흐름을 만화나 애니메이션에 가까운 방법으로 밀어붙인 것이다. 더구나 문학 외 일반서에도 '입니다/합니다'체를 사용해 말하듯이 쓰는 경우가 비약적으로 증가했으며, 2003년 이후의 블로그 붐, 2010년대 SNS의 정착은 이 경향에 박차를 가했다.

이처럼 헤이세이 문학은 큰 틀에서 '나'에 이상을 일으키고 '세계'를 디스토피아로 만들어 '언어'를 한층 세속화하는 방향성을 가졌다. 여기서 중요한 것은 이러한 경향에 격세유전의 측면이 있었다는 점이다. 나는 헤이세이 문학에 다이쇼 문학의 프로그램을 재생시킨 측면이 있다고 본다.

다이쇼 시대(1912~1926)를 대표하는 작가 중 한 명인 사토 하루오를 예로 들어 보자. 산문시적인 소설을 특기로 한 사토는 권태와 우울에서 비롯한 환각적 비전을 선호했다. 메이지 자연주의가 자연 과학을 모델로 삼아 공상을 제거하고 사실에 다가가려 한 것과 달리, 그의 소설은 오히려 서술자의 병리적 주관으로 현실을 왜곡해 버린다. 예술가와 범죄자에게만 보이는 이상한 비전이 객관성을 압도한 것이다.

더구나 다이쇼에는 미야자와 겐지, 무샤노코지 사네아쓰, 에도가와 란포 등이 제각각 유토피아의 비전을 그렸고, 사토도 『전원의 우울』(1919)이나 『아름다운 마을』(1919)에서는 유토피아와 그 불완전성을 주제로 삼았다. 메이지 지식인이 '서양의 충격'에 대응하는 데 온 힘을 다한 것과 달리, 사토를 비롯한 다이쇼 지식인에게는 서양과 동양의 문물을 소재로 허구의 별세계를 그릴 정도의 여유가 생겨났다. 물론 이 창조 행위는 머잖아 1923년 간토 대진재라는 강렬한 파괴와 부딪히게 되지만 말이다.

그렇게 생각하면 다이쇼 문학의 유토피아가 종종 일시적이고 덧없는 것으로—미야자와 겐지가 『봄과 아수라』(1924) 서문에서 말한 찰나의ephemeral "현상"이나 "푸른 조명"처럼—그려진 것은 흥미롭다. 진재를 전후로 한 다이쇼의 유토피아적 상상력은 일종의 자기 소거 프로그램을 포함하고 있었다. 이는 모든 것을 무로 돌리는 지진과 평행한 현상이라고 할 수도 있으리라. 헤이세이 문학의 디스토피아적 상상력에서도 그 폭력과 망상의 표피를 한 꺼풀 벗기면 누구나 합의할 수 있는 리얼리티의 토대가 더는 어디에도 없다는 '덧없음'의 감각을 찾아볼 수 있었다. 그것은 진재와 연관되지만 진재로 환원되지는 않는다.

한편 문체 수준에서 사토 하루오는 무샤노코지와 더불어 '말하듯이 쓰기'를 목표로 했다. 후타바테이 시메이나 나쓰메 소세키 같은 메이지 작가는 이른바 '언문일치'를 추구했는데, 다이쇼 작가는 그 새로운 문체를 일상에서 쓰는 말에 한층 근접시키려고 했다. 이러한 문학 언어의 세속화는 당시 다이쇼 데모크라시와 공명하는 것이었으리라. 종합 잡지, 신문, 원본 円本〔권당 1엔으로 판매된 값싼 전집류 도서〕에 의해 지식의 대중화가 일어나 히라쓰카 라이테우가 창간한 『세이토』青鞜에서 여성의 권리 향상을 호소한 것도 다이쇼 시대에 일어난 대사건이었다. 이 시대에 일본 문학은 마침내 대중 소비 사회와 만나게 된 것이다.

주관의 이상異常화, 별세계에 대한 희구, 구어체에의 근접, 소비 사회의 심화 등이 모두 헤이세이 문학에 다시 찾아왔다. 특히 '다이쇼 데모크라시'가 아닌 '헤이세이 데모크라시'를 실현한 인터넷은 지식의 대중화를 한층 밀어붙여 여성들이 정치 투쟁을 벌이는 주요 전장이 되거나 급기야 문학에 대한 평가를 규정하는 장이 되기에 이르렀다(다만 선동과 중상모략의 온상이 된 지금의 인터넷에는 민주주의를 파괴하는 민주주의를 실현했다는 부정적인 측면도 있다). 그리고 다이쇼든 헤이세이든 그 민주적인 소비 사회의 밑바닥에는 요동하는 대지가 으스스하게 펼쳐져 있었다.

이렇게 다이쇼와 헤이세이의 성격은 매우 비슷하다. 둘 다 외부에 대한 의식은 상대적으로 약해진 반면 견고한 내부는 확립되지 않은 붕 뜬 시대다. 다만 이처럼 안팎의 윤곽이 분명하지 않은 상황에서 헤이세이 문학은 내부의 이상함을 다이쇼 문학보다 훨씬 폭력적이거나 성적인 것으로 묘사하는데, 이 점은 다이쇼 시라카바파[2]가 휴머니즘적인 인류애에 근거한 것과 좋은 대조를 이룬다.

이러한 헤이세이적 풍토를 함축한 작품으로 1968년생인 아베 가즈시게의 대표작 『인디비주얼 프로젝션』(1997)을 살펴보자. 다중적 장치를 갖춘 이 일기체 메타 픽션은 헤이세이 문학에 대한 훌륭한 요약을 제공한다.

스파이를 동경해 도호쿠 지방의 미심쩍은 사설 학원에서 훈련을 받았던 서술자 '나'는 현재 시부야에서 영사 기사를 하며 짧은 안식을 취하고 있다. 하지만 시부야의 폭력적인 분위기는 결국 과거에 있었던 폭력의 기억을 되살린다. 스파이 행세에 대한 집착이 심해질수록 '나'는 자신의 분신이 점점 다중 인격처럼 늘어 간다는 착각에 사로잡힌다. 그 결과 '나'의 일기가 들려주는 작품 속 현실도 어디까지가 사실이고 어디까지가 허구인지 알 수 없게 착종을 거듭해 결국 터무니없는 '전쟁'에 이르게 된다.

더구나 '나'의 일기 자체가 사설 학원 원장을 수신인으로 한 보고서라는 것이 판명되는 등 리얼리티의 토대는 완전히 액체화되기에 이른다. 특히 이 일기＝보고서에 대한 감상에서 원장이 '나'의 "신체 감각이 희박"하다는 점을 지적하며 "이제는 누구나가 어디에도 없는 장소에 서서 정보의 소용돌이 속에서 당황하고 있다", "슬슬 자네도 '그 모두가 나'라고 단

---

2 〔옮긴이〕 시라카바파는 1910년에 창간한 잡지 『시라카바』白樺를 거점으로 활약한 작가들을 가리킨다. 이들은 현실의 어두움이나 인간성의 추함을 강조한 자연주의에 강하게 반발했고 이상적인 인도주의에 근거해 개성의 존중과 자유를 강하게 주장했다.

언해야 될 시기라고 생각하는데, 어떤가?"라며 유혹한다는 점이 흥미롭다. 이렇게 인터넷이 사회의 인프라가 되어 가던 시기에 쓰인 『인디비주얼 프로젝션』에서는 망상적인 자기 언급(나는 누구인가, 누가 한패인가, 어떤 것이 진정한 현실인가)이 폭주해 일종의 정보 과부하에 빠진 나머지 '나'와 '모두'의 구분조차 가지 않게 된다.

이것은 시부야라는 거리의 자화상이기도 하다. 다이쇼의 사토 하루오가 도쿄 니혼바시의 나카스[3]를 의식해 유토피아적인 '아름다운 마을'을 책 속에 설계했다면, 헤이세이의 아베 가즈시게는 세기말 불온한 시부야의 '정보 소용돌이'에 흠뻑 잠겨 디스토피아적인 '아름답지 않은 마을'의 전쟁을 그린다. 다이쇼 문학에서 맹아적으로 나타난 이상 감각과 유토피아 지향은 헤이세이 문학에서 한층 기괴하고 폭력적인 것이 되었다. 『인디비주얼 프로젝션』은 이 문학사적 변천을 잘 보여 준다.

4 '문제'라는 비평의 기준

여기까지 헤이세이 문학의 유통과 내용에 대해 아주 간략히 다뤄 보았다. 그러면 이 30년간의 문학을 어떠한 각도에서 비평하면 좋을까? 그 기준을 정하기는 결코 쉽지 않다. 신과 같은 절대적 기준이 없는 것이야말로 근대 이후 모든 표현의 본질이고, 문학이 권위를 잃은 헤이세이에는 그것이 한층 현저해졌기 때문이다. 이런 점도 간단히 다루어 보려 한다.

---

3 〔옮긴이〕 사토 하루오는 『아름다운 마을』을 비롯한 여러 작품에서 나카스를 작품의 무대로 설정한 바 있다. 그의 소설에서 나카스는 유토피아를 건설할 수 있는 장소로 설정되어 있다.

쓰보우치 쇼요와 모리 오가이가 1891년부터 이듬해에 걸쳐 벌인 '몰이상 논쟁'은 비평의 기준을 둘러싼 논의의 초석으로 해석할 수 있다. 쇼요는 셰익스피어의 희곡을 예로 들어 그것이 '자연'처럼 독자가 어떻게 읽는지에 따라 달리 해석될 수 있다는 점을 상찬했다. 이런 작품은 특정한 이상으로 환원되지 않는다는 의미에서 '몰이상의 작품'이다. '자연'의 다원성을 존중한 쇼요는 동서고금의 여러 문학을 편견(차별견差別見) 없이 평등하게 보는 시점(평등견平等見)을 가지고 있었다. 반대로 오가이는 니콜라이 하르트만의 미학을 단서 삼아 일정한 미적 기준(이상)에 근거해 문학의 가치를 판단하려고 했다.

가라타니 고진에 따르면 쇼요가 문학에 일원론적 의미나 목적을 부여하는 관점을 거부하고 이에 따라 자연히 다원론적 분류학에 근접해 간 데 비해, 오가이는 일원론적 관점에 의거해 문학을 재배치하려 했다.[4] 전자가 문학을 차별 없이, 말하자면 횡적(공간적)으로 진열한 데 비해 후자는 문학을 종적(시간적)으로 서열화하고자 한다—두 입장 모두 비평가의 전략으로서 나름대로는 이치에 맞는 것이었다.

---

4 가라타니 고진柄谷行人, 『일본 근대 문학의 기원』日本近代文学の起源 (講談社文芸文庫, 1988)〔박유하 옮김, 도서출판b, 2010〕, 6장 참조. 또 쇼요 같은 다원주의는 포스트 냉전기의 예술 비평에서 다시 찾아볼 수 있다. 예를 들어 미술 평론가 보리스 그로이스Boris Groys는 『예술의 힘』アート・パワー(이시다 게이코石田圭子 외 옮김, 現代企画室, 2017)에서 세계 전체를 죽은 사물로서 '평등'하게 이미지화하는 것을 철저한 '혁명'이라 보고, 그 혁명의 거점으로서 '미술관'을 평가했다. "동시대 예술은 이미지 전부가 등가라는 점을 최종 목표로 해 왔다. 〔…〕 그것은 다원적인 민주주의의 과잉이고, 민주적 평등성의 과잉이다. 이 과잉은 취미와 힘의 민주적 균형을 안정시키면서 동시에 불안정하게 한다"(12쪽). 쇼요의 몰이상론을 이 시대에 되살린 것 같지 않은가.

그렇지만 나는 쇼요와 오가이 두 방향 모두 더 이상 바람직하지 않다고 생각한다. 쇼요의 아류는 넘쳐난다. 현대의 평론가나 리뷰어는 문예 업계를 편견 없는 눈으로, 즉 평평한flat '몰이상'의 눈길로 부감하고 있음을 강조한다. 그러나 종종 비난이 두려워 누구도 불만이 없을 카탈로그를 만드는 것으로 귀결되는 경향이 있다. 그들에게는 내적인 기준(이상)이 전혀 존재하지 않으며 유행을 좇아 그에 대해 잡담하는 기술만을 가지고 있다.

그렇다고 오가이와 같이 미학적 기준을 설립하려는 것은 이제 독선적인 억단臆斷으로 간주되기 십상이다. 위대한 근대 지식인 오가이는 '입법자'로서 기준을 세우고자 했지만, 이는 무수한 '해석자'가 존재하는 21세기 상황에서는 통하지 않는 방식이다.[5] 쇼요의 반이상주의(몰이상)가 이제는 안이한 영합주의에 가깝다면, 오가이의 이상주의(이상)는 완고한 교조주의에 빠질지도 모른다. 이것은 불모의 대립이다.

이 책은 이로부터 벗어나기 위한 제안을 포함하고 있다. 결론부터 말하면 나는 문학의 중심적 기능이란 '문제군'의 제시라고 보고, 한편 그 문제군을 복원하는 것이 헤이세이 문학을 비평하는 열쇠라고 생각했다.[6] 그 '문제'들이 원래부터 작가의 눈앞에 나타나 있던 것은 아니다. 내가 말하고 싶은 것은 어디까지나 사후적으로 관찰했을 때 뿔뿔이 흩어져서 작업했

---

5   지그문트 바우만Zygmunt Bauman의 『입법자와 해석자』立法者と解釈者(사키야마 교이치向山恭一 외 옮김, 昭和堂, 1995)는 포스트모던화를 '입법자의 몰락'과 '해석자의 대두'라는 관점에서 능란하게 설명한다. 다만 오늘날 입법적 능력을 지닌 데다 해석자도 열광시키는 주제가 딱 하나 있는데, 그것은 정치적 올바름이다. 이에 관한 구체적인 내용은 이 책 3장에서 다루려 한다.

을 터인 작가들이 특정한 주제에 대한 대응 방식에서 잠정적으로 합류하는 듯이 보인다는 점이다. '이상'이 하향식으로 주어지는 규범이라면, '문제'는 작가들이 상향식으로 구성하는 규칙이라고 해도 좋을 것이다.

여기서 강조하려는 것은 현대 예술 전반에서 문제의 일면적 해결보다 문제를 제시하거나 해법(알고리즘)을 제안하는 쪽이 더 매력적으로 수용된다는 사실이다. 현대 사회는 다양한 불확실성을 안고 있기 때문에 답을 확정하는 것이 오히려 거짓을 내포하는 일이 된다. 따라서 섣불리 어설픈 해답을 내기보다는 매사의 복잡함을 온전히 드러내 보이는 힘이 예술 작품에도 요구된다. 특히 20세기 전반의 마르셀 뒤샹 이후 모든 레디메이드(기성품)가 예술에 참가할 자격을 얻게 되었는데, 그 결과 예술 작품은 진선미와 같은 가치를 담아낸 것이기보다는 다양한 사물이나 이미지를 활용한 수수께끼에 가까워졌다. 이와 같은 표현의 미궁화는 헤이세이 문학의 근간이기도 하다.

다원론적인 '자연'에도 일원론적인 '미'에도 의지하지 않고 어떻게 문학을 논할 것인지는 숙고를 거듭할 필요가 있는 주제다. 무라카미 하루키를 필두로 헤이세이 작가들은 허무감이나 공백감을 폭넓게 공유했던 것 같다. 그들에게는 무엇도 확실한 것이 없다는 사실만이 확실했다. 헤이세이 문학의 핵심은 그 허무를 미궁으로 변화시켰다는 데 있다. 작가와 독자를 계속 고민하게 만들고 방황하게 하는 미궁으로서의 문제군. 그것은 관점이 없는 '몰이상'과도, 하나의 관점을 설정한

---

6 '문제군'이 계속됨에 주목해 근대 미술사를 다시 그리려 한 오카자키 겐지로岡崎乾二郎의 작업, 특히 『추상의 힘』抽象の力(亜紀書房, 2018)에서 시사점을 얻었다.

'이상'과도 다른데, 그 포착하기 어려움과 불투명함 때문에 문학을 뒤흔드는 '힘'을 가지는 것일 테다.

5 헤이세이 문학의 문제군

헤이세이 문학의 문제군은 결코 그렇게 멋들어진 것이 아니지만 그럼에도 작가를 유혹하고 일탈시키며 변용하는 힘을 가졌다. 여기에 이 책의 비평 기준을 두고 구체적으로는 다음과 같은 여섯 가지 문제를 장마다 제기한다.

1장의 문제는 이야기다. 내러티브(이야기)는 소설 안에 리얼리티를 만들어 내는 가장 기본적인 장치이고, 오에 겐자부로나 무라카미 하루키는 그 속에 여러 가지 응축된 아이디어를 심어 넣었다. 그에 비해 오카다 도시키나 마이조 오타로 같은 로스트 제너레이션 작가는 서술자를 무력화시키거나 잡종화하는 등의 수법으로 중독과 현기증에 가까운 상태를 초래한다. 문학의 지평이 서브컬처의 지평과도 융합해 가는 상황을 배경으로 해 그들의 내러티브는 실험적인 문학을 만들어 냈다.

2장의 문제는 내향이다. 무라카미 하루키의 다음 세대에 해당하는 다와다 요코, 오가와 요코, 가와카미 히로미 등은 해외에서 보는 헤이세이 '일본 문학'의 대표 격이다. 그런데도 이들의 활동을 문학사적인 맥락에서 검토한 사례는 여전히 드물다. 나는 후루이 요시키치에서 다와다에 이르는 '내향의 계보'를 상정한 다음, 이 계보의 작가들이 형이상학적 충동을 어떻게 처리했는가를 살폈다. 이로부터 '환경 시대의 타자성'이라는 주제 또한 도출될 것이다.

3장의 문제는 정치다. 쇼와 시기에 가장 중요한 문제였던

'정치와 문학'이 헤이세이 들어서는 각각의 영역으로 분리되어 섞이지 않게 되었다. 그러나 동일본 대진재 이후 정체성 정치가 중요한 사회적 관심사가 되었고, 헤이세이 말기가 되자 인터넷을 무대로 '정치와 문학'의 재결합 국면을 맞는다. 이 장에서는 다카하시 겐이치로의 담론을 출발점으로 해 '정치와 문학'이라는 주제의 변천을 다이쇼, 쇼와, 헤이세이, 레이와라는 시대별로 윤곽 짓는다. 그리고 이 작업을 발판 삼아 '문학적 아름다움'으로도 '정치적 올바름'으로도 치우치지 않고 오히려 양쪽 모두를 굴절시킬 역량을 가진 작품을 평가하고자 했다.

4장의 문제는 사소설이다. 다이쇼 이후 종종 '일본적'인 표현 양식으로 일컬어진 사소설은 헤이세이에도 끈질기게 살아남았다. 원래 사소설의 '나'는 가족이나 거주 공간과 밀접한 연관성을 지녔는데, 이는 헤이세이의 사소설도 마찬가지다. 다른 점이 있다면 '나'를 감싼 시공간이 헤이세이에는 종종 몹시 인공적인 환경으로 그려진다는 점이다. 많은 이들이 소셜 미디어에 농락당해 거기에 '나'의 허상을 투사하려 하고, 세계적으로 오토픽션(자전적 허구)이 유행하는 현대에는 사소설의 '나'에 대한 재고가 요청된다.

5장의 문제는 범죄다. 90년대 후반에 일어난 옴 진리교 사건[7]이나 고베 연쇄 아동 살인 사건[8]은 '범죄와 문학'이라는 매우 고전적인 주제를 부활시켰다. 범죄는 근대 문학에 활기를 불어넣은 엔진이었지만, 이는 원래 근대 예술가들이 공동체의 규칙을 의심하면서 미지의 규칙을 새롭게 구상하는 특별

---

7 〔옮긴이〕1995년 도쿄의 지하철역에서 발생한 독가스 테러 사건을 말한다. 이 사건은 교주 아사하라 쇼코가 만든 신흥 종교 단체 옴 진리교가 그 배후에 있음이 드러나면서 옴 진리교 사건이라고 불린다.

한 범죄자—나는 여기에 '탈법적 입법자'라는 이름을 부여했다—였기에 가능한 일이었다. 헤이세이를 대표하는 소설가인 무라카미 하루키와 무라카미 류는 90년대 일본의 폭력과 범죄에 호응하면서 소년을 주인공으로 하는, 말하자면 '제2의 근대 문학'을 새롭게 시작하려고 했다. 그러나 아키하바라 사건[9]이 일어난 2008년경을 전환점으로 범죄와 문학은 다시 분리되기 시작한다. 나는 그 경위를 따라가 봄으로써 헤이세이 문학의 가능성과 한계를 살피고자 했다.

6장의 문제는 역사다. 90년대 이후 일본에서는 아시아에서의 전쟁 책임 추궁과 함께 역사가 커다란 부채로 대두했다. 또 이 부채의 역사를 매개 삼아 사회와의 연결을 확보하는 것이 문인의 상투적인 수단이 되었다. 그러면 이 '역사와 허구'의 접속 안에서 소설은 어떻게 역사적 대상에 접근access하려 했을까? 나는 주로 1992년 간행된 소설, 특히 무라카미의 『태엽 감는 새 연대기』를 중심으로 일본 문학이 이 난제와 격투한 궤적을 더듬으려 했다.

권말에는 무라카미 류의 신작 『미싱』 평론을 게재했다. 『태엽 감는 새 연대기』의 주인공이 아내를 찾아다니는 것과 달리, 2010년대에 연재된 『미싱』의 주인공은 어머니와의 일체화에 이끌린다. 공통된 것은 양쪽 모두 친밀한 여성의 상실을

---

8 〔옮긴이〕 1997년 일본에서 당시 중학생이던 소년에 의해 일어난 연쇄 살인 사건을 말한다. 초등학생을 살해한 뒤 중학교 정문에 훼손된 머리를 비닐 봉투에 담아 걸어놓는 등 끔찍한 범죄 행위의 범인이 중학생이라는 사실이 밝혀지면서 일본 사회를 충격에 빠뜨렸다. 일본에서 형사 처벌 연령을 16세에서 14세로 낮춘 계기가 되기도 했다.

9 〔옮긴이〕 2008년 아키하바라에서 발생한 무차별 살상 사건이다. 범인 가토 도모히로는 2톤 트럭을 몰고 횡단보도에 돌진해 지나가던 사람들을 친 뒤 차에서 내려 칼을 휘둘러 십수 명을 살상했다.

품고 있다는 점과 후반으로 갈수록 주관적인 기억이 객관적인 역사를 뒤덮는다는 점이다. 거대한 공백감과 상실감을 품고서도 여전히 외부의 타자나 역사를 찾으려는 의지가 이윽고 이상한 '내향'으로 밀려드는 것—여기에 두 명의 무라카미가 공유하는 '비틀림'이 있다. 외부 그리고 타자와 엇갈림을 거듭해 온 헤이세이 문학은 상징적으로 말하자면 『태엽 감는 새 연대기』에서 시작해 『미싱』으로 끝나는 것이다.

이렇게 나는 헤이세이 문학의 데이터에 이를테면 엑스레이를 투사해 얻은 여섯 개의 이미지를 포개어 봄으로써 30년간의 증상을 드러내고자 했다(그러니까 열전 형식으로 작가론을 모으거나, 주요 작품을 편년체로 나열하거나, 순문학과 엔터테인먼트를 횡단하는 태도를 과시하거나 하는 것은 내가 의도한 서술 방식이 아니다). 흔히 생각하는 것과 달리 비평의 역할은 좋고 싫음을 말하는 것이 아니라 문제군을 드러내 보이는 데 있다. 따라서 이 책은 많은 질문을 품고 있는 작가일수록 중점적으로 다뤄야 한다고 본다. 같은 작가(플레이어)라 해도 문제(팀)가 변하면 논하는 방식도 달라질 필요가 있는 것이다.

물론 헤이세이 문학의 모든 문제가 이 여섯 가지에 그치는 것은 아니다. 특히 시가나 연극을 거의 다루지 않는다는 것은 이 책의 큰 결점이다. 그럼에도 한 가지만 덧붙이자면, 헤이세이의 극작가—유미리, 마쓰오 스즈키, 야마시타 스미토, 오카다 도시키, 마에다 시로, 모토야 유키코 등—가 소설에도 적극적으로 진출한 것과 대조적으로 시가와 소설이 단절되는 경향이 생긴 것은 그 자체로 커다란 '문제'라 할 수 있다.

하이쿠 시인俳人인 쓰보우치 도시노리의 지적처럼 근대 소설의 기원이 된 작가들은 모두 나름대로 시가에 뿌리를 두고 있다. "〔메이지 40년대의—후쿠시마〕새로운 산문은 시가에 깊이 뿌리 내리고 있다. 오가이나 소세키의 초기 문장은 시가 그 자체고, 시마자키 도손이나 다야마 가타이도 시인을 거쳐 소설가로 이행했다. 시가가 산문의 토양 혹은 기반인 것이다."[10] 시가로 훈련된 덕에 메이지 소설=산문은 그 표현의 형태를 정교하게 가다듬고 감정에 깊이가 있는 문체를 만들어 낼 수 있었다.

그러나 헤이세이가 되자 현대 시에 헌신한 다카하시 겐이치로 정도를 예외로 하고 시가와 소설 사이의 골은 더욱 깊어져 갔다. 헤이세이의 소설=산문은 시가라는 '기반'을 적잖이 상실했다.[11] 반면 헤이세이의 연극과 소설은 '말하듯이' 쓰기 시작했다는 점에서만큼은 새로운 리얼리즘과 언문일치라는 토대를 공유했다. 즉 헤이세이 소설은 연극적인 말하기를 허용하고 시를 망각했다고 정리해도 틀린 것은 아니리라. 소설이 시의 영역을 향해 어떻게 다시 다리를 놓을지는 앞으로의 중요한 과제라 할 만하다.

---

10   쓰보우치 도시노리坪內稔典,「오가이의 단카, 소세키의 하이쿠」鷗外の短歌、漱石の俳句, 쓰보우치 도시노리 엮음,『단카의 나, 일본의 나』短歌の私、日本の私(岩波書店, 1999), 225쪽.

11   다만 재밌는 것은 무라카미 류와 무라카미 하루키가 시가와의 연결이 상실된 것을 보충하기 위해 음악적인 리듬을 문체에 도입했다는 사실이다. 그들은 이야기에 명쾌한 구조를 부여해 독서 체험과 음악 체험을 교차시켰고 이것이 그들의 대중성을 지탱한다. 이런 점에서 무라카미 류가『쇼와 가요 대전집』(1994)에서 '노래의 죽음'을 블랙 코미디로 그린 것이 흥미롭다. 이 작품에서는 일련의 '쇼와 가요'를 배경 음악 삼아 나사 빠진 오타쿠 패거리가 추한 '아줌마'들과 사투를 벌인다. 서정적인 가요가 차마 눈 뜨고 볼 수 없는 추악한 투쟁과 결부된다. 무라카미는 공동체의 노래를 비하함으로써 온존시켰다. 이를 통해 노래에 대한 그의 양가적인 태도가 투명하게 드러난다.

6 문제와 공생하기

이처럼 이 책은 헤이세이 문학을 문제군을 포함한 미궁으로 위치 짓는데, 그런 한편 작가나 작품을 카탈로그를 쓰듯 언급한 부분도 있다. 이는 문학의 전반적 맥락을 잘 모르는 독자나 헤이세이 문학을 본격적으로 읽어 보려는 학생 독자가 되도록 많은 작가와 만날 수 있게 하려는 배려라 생각해 주길 바란다. 또한 나는 작가가 태어난 해, 작품의 간행 연도 같은 정보도 하나하나 적어 두었다. 시대나 세대 같은 맥락이 어느 정도 감성적인 결속을 틀 짓기도 하기 때문이다.

그런데 세대론적 견지에서 매우 현저한 현상임에도 어째서인지 좀처럼 언급되지 않는 사실이 있다. 주요 작가들의 고령화가 속수무책으로 진행되고 있다는 사실이다. 헤이세이 종료 단계에서 순문학은 주로 사십 대에서 팔십 대에 이르는 작가들이 담당하게 되었다. 이는 전대미문의 일이다.

예를 들어 다이쇼가 막을 내린 1926년에 다야마 가타이는 쉰셋, 요사노 아키코는 마흔여덟, 다니자키 준이치로와 히라쓰카 라이테우는 모두 마흔, 아쿠타가와 류노스케와 사토 하루오는 마흔셋, 가와바타 야스나리는 스물일곱, 고바야시 히데오는 스물넷이었다. 또 쇼와 말기의 무라카미 하루키, 다카하시 겐이치로, 무라카미 류는 그 무렵 삼십 대 후반에서 사십세 사이였다. 이에 비하면 오늘날 작가의 고령화는 두드러지는 현상이다.

일찍이 비평가 나카무라 미쓰오는 "다이쇼 시기 작가의 공통된 특색은 이상한 조숙함과 조로에 있습니다. 그들 대부분은 스물네다섯 살에 명성을 획득했고 서른에는 결정적인 표현을 얻었으며 마흔에 이르면 명실상부한 대가가 되는 것이

정석이었습니다. 아쿠타가와 류노스케가 서른여섯에 죽었는데 당시에는 그의 조숙함도 결코 이목을 끌기 충분한 예외 현상이 아니었던 것입니다"라고 평했지만,[12] 헤이세이 30년 동안 '조로'는 고사하고 '조숙'이라는 개념도 거의 사멸된 듯하다. 그렇다고 '만숙'晚熟이 성립할 정신적 여유는 헤이세이에 없었고, 이후로도 없을 것이다.

이 상황은 이른바 '밀레니얼 세대'가 순문학을 가까이하지 않게 되었음을 말해 준다. 21세기 중국에서 바링허우80後나 지우링허우90後 세대(1980~1990년대생) 작가가 대거 나타나고 있는 것과 거의 정반대다. 아마 메이지 이래 일본 문학의 신진대사가 가장 나쁜 시대가 바로 지금일 것이다. 이대로 가면 레이와 문학은 중년이나 노년층의 입장을 대변할 뿐인 매우 보수적인 장르가 될지도 모른다(이런 경직화의 징후는 이미 나타나고 있다. 예컨대 미술 영역에서는 사회적 개입 engagement이나 정치적 액티비즘의 수법이 청년층을 중심으로 자주 논의되는 데 비해 문학에서는 이에 대한 관심을 거의 찾아볼 수 없다. 종종 마주치는 맹점이라 언급해 둔다).

어쨌든 오래 소설을 읽어 온 독자들에게 헤이세이 문학은 쇼와 문학에 비해 자잘하다는 인상을 줄지도 모른다. 분명 헤이세이 소설은 특수한 주제에 자신을 가둔 측면이 있다. 하지만 이는 출판계의 축소와 급속한 세속화의 진행으로 고전적 위엄을 지탱하던 지반이 사라짐에 따라 그만큼 작가들 각자가 궁리를 거듭해 게임을 준비해야 한다는 압박을 받았기 때문이다. 아무리 뛰어난 작가라도 시대가 부과한 조건을 벗어

---

12   나카무라 미쓰오中村光夫, 『다니자키 준이치로론』谷崎潤一郎論 (講談社文芸文庫, 2015), 6~7쪽.

날 수는 없다. 중요한 것은 주어진 조건을 이해하고 그 안에서 최선을 다하는 것이다.

　여러 문제를 안고 있던 헤이세이는 위대하지도 아름답지도 않았으나 무미건조한 시대는 결코 아니었다. 문학에서는 문제나 갈등을 안고 있는 것이 오히려 득이 될 수 있다. 진짜 문제는 문제를 잊는 것이며, 그렇기에 문제군을 복원하고 그것과 공생하는 길을 제시하는 것이 비평의 할 일이다. 위대함과 아름다움을 잃은 황야에서도 문학은 여전히 질문을 던질 수 있다. 나는 이러한 사실에 격려받으며 이 책을 집필했다.

1장
마이조 오타로와 헤이세이 문학의 내러티브

1 일본 문학의 곤경

나를 포함한 많은 젊은 독자가 제로 년대 전반 동안 마이조 오타로의 소설에 강한 지지를 보낸 이유를 헤이세이가 끝난 현재 시점에서는 이해하기 어려워진 것 같다. 아마 2005년이었던 것 같은데, 일 때문에 교토에서 상경한 나를 자기 집에 머물게 해 준 동세대 저술가(그는 아즈마 히로키 밑에서 메일 매거진 『하조겐론』[1]의 편집을 돕고 있었다)가 "일본어는 마이조 오타로가 『쓰쿠모주쿠』를 쓰기 위해 존재했던 거야!"라며 밤늦게까지 열을 올리며 이야기하던 것이 지금도 인상에 깊이 남아 있다. 경직된 순문학을 지겨워하던 일부 젊은 문예 독자들에게 마이조는 문학의 힘으로 일본어 표현이 처한 상황을 갱신해 줄지도 모른다는 기대를 걸게 하는 몇 안 되는 미규정적 존재였다.

제로 년대는 출판 불황과 인터넷의 침투 속에서 문단을 포함한 낡은 문화 생산 시스템의 위기가 줄곧 회자된 시기였고,

---

1 〔옮긴이〕『하조겐론』波状言論은 비평가 아즈마 히로키의 주도로 설립된 대안적 출판 유통 프로젝트 '하조겐론'에서 2003~2005년 동안 발행한 메일 매거진이다. '하조겐론' 프로젝트는 이후 주식회사 겐론으로 발전했고, 겐론이 발행하고 있는 잡지 『겐론』은 『하조겐론』의 후신이라 할 수 있다.

2001년에 데뷔한 1973년생 마이조에게는 그러한 꽉 막힌 시스템을 타파할 변혁을 상징하는 면이 있었다. 마이조는 기상천외한 미스터리로 유명한 세이료인 류스이에게 헌정한 작품『쓰쿠모주쿠』(2003)에서, 당시 비평의 변혁을 시도하고 있던 아즈마의『동물화된 포스트모던』과 자기 작품을 담당했던 편집자 오타 가쓰시, 나아가 오타가 고단샤에서 창간한 문예지『파우스트』에 모인 젊은 작가 사토 유야 등을 언급하며 떠들썩한 당대 분위기의 일단을 전했다. 마이조가 고독한 신인 작가로서 혼자서 창작한 것이 아니라 미지의 무언가를 찾는 카오스적 열기 속에서 작업한 것이라는 사실을 다시 한번 확인해 둘 필요가 있다.

다만 기존 문학의 서술 방식이나 독법을 전복하려는 반항적 분위기는 그리 오래가지 않았다. 마이조의 배후에 있던 아나키적 열량은 제로 년대가 끝나고 2011년 동일본 대진재 이후 흔적도 없이 사라져 버렸다. 이는 문학이 빛나는 파괴와 재생을 꿈꿀 수 있었던 낙천적 시기가 사라져 버렸음을 의미한다. 이십 대를 제로 년대의 신출내기 비평가로 보내면서 어떤 역할도 하지 못한 나 자신의 무력함에 부끄러운 부분도 있다.

2010년대 마침내 '일본 문학의 종언'이 선명해졌다. 물론 일본어 문학은 계속 창작되고 있고 앞으로도 그 사실이 변하지는 않겠지만, 일본 문학이라는 장르의 연속성과는 관계없는 것이 되어 가고 있다. 실제로 선행한 문학과 비평이 꾸준히 쌓아 온 문제 설정을 의식하는 작가나 비평가는 점점 소수가 되는 한편, 마이조 붐처럼 고작 10년 전에 일어난 일조차 마치 존재한 적 없는 일처럼 눈 깜짝할 사이에 풍화해 버리는 것이 실정이다. 예전 일은 잊고 최근 일도 기억하지 못하게 된다는 점에서 오늘날 일본 문단은 사실상 인지 저하증 상태라 해도 과언이 아니지 않을까?

이러한 퇴행에 저항하기 위해서라도 나는 여기서 제로 년대 이후의 문학 상황을 돌아보고, 할 수 있는 한 마이조의 등장에 대한 문학사적 위치 짓기도 해 두고 싶다(이는 제로 년대 전반의 축제 분위기에 취해 사태를 꼼꼼하게 언어화하는 데 소홀했던 점을 새삼 통감하고 있기 때문이다). 이 작업은 '헤이세이 문학론'을 위한 포석이 될 것이다.

2 로스트 제너레이션의 내러티브

이제 화제를 순문학, 특히 소설에 한정하겠다. 포스트 냉전과 정보화에 직면한 헤이세이 소설가들은 내러티브를 재설계해야 한다는 압박감을 느꼈던 것으로 보인다. 헤이세이 초기에 내러티브의 갱신을 특히 강하게 의식했던 작가 중 하나가 오에 겐자부로다. 그는 『M/T와 숲의 이상한 이야기』의 후기 「내러티브의 문제」(1990)에서 이렇게 썼다.

내가 소설이란 무엇인가, 쓴다는 것이란 무엇인가에 골몰한 까닭은 요컨대 소설의 서법敍法, 즉 내러티브를 발견하기 위해서였다. 소설을 하나 쓰려던 순간에 불의의 일격으로 위기에 빠지는 일이 흔했던 것은, 이 내러티브가 내게 지금 정말 필요한 내러티브가 아니라는 발견 때문이었다. 이 임시적인 내러티브와 내가 실제로 발명했어야 할 내러티브는 전혀 다른 것이라 생각하면서 작품 쓰기를 마치는 것이 보통이었다. 오히려 그러한 두 내러티브 간의 차이를 모색하면서 다음 소설로 나아갈 실마리를 찾는다.

19세기 유럽의 위대한 문호들이 세계 전체를 꿰뚫어 보듯이 썼다면, 20세기 작가들은 그때그때 "임시적인 내러티브"를 "발견"하면서 복잡하고 불투명한 현실을 게릴라적으로 절취하기를 거듭해야 했다. 오에는 바로 이런 의미에서 '20세기적'인 작가다. 전지전능한 신과 같은 부동의 3인칭 객관 시점에서 세계를 파악하는 것이 아니라, '이야기'의 톤과 속도, 리듬을 매번 조정하면서 그렇게 새롭게 얻은 서술자의 위치에서 세계를 끊임없이 재구축하기―이는 오에에서 무라카미 하루키 등에 이르도록 공유된 전술이다. 20세기의 전략적인 문인들에게 내러티브의 설계는 세계에 대한 입사각入射角을 정하는 데 있어 필수적인 작업이 되었다.

　초기 무라카미 소설의 주인공은 허무에 잠긴 냉소적인 인물인데, 그렇더라도 '이야기'를 향한 의지만은 포기하지 않았다. "내가 여기에 써 보일 수 있는 것은 그저 쓸데없는 목록이다. 소설도, 문학도 아니며, 예술도 아니다"[2]라는 유명한 구절로 알려진 데뷔작 『바람의 노래를 들어라』(1979)에서조차, 그 서술자는 데릭 하트필드라는 가상의 작가에게 글쓰기의 모든 것을 배웠다고 허풍을 떨며 "이제 나는 이야기하려 한다"[3]는 적극적인 결의를 표명한다. 설령 이야기할 내용이 없다 해도 이야기하려는 자세를 설계하는 것은 가능하다. 이 점에서 무라카미는 오에의 '내러티브의 문제'를 이어받은 작가다.

　그에 비해 제로 년대 이후 일본 문학에서는 이야기할 내용이 없을 뿐만 아니라 이야기하려는 자세를 유지하기조차 힘들어진 상황이 표면화되었다. 그 현저한 사례를 오카다 도시

2　〔옮긴이〕무라카미 하루키, 『바람의 노래를 들어라』, 윤성원 옮김, 문학사상사, 2006, 14~15쪽.
3　〔옮긴이〕같은 책, 10쪽.

키(극단 체르핏추 대표)나 마에다 시로(극단 고탄다단 대표)같이 1970년대에 태어난 이른바 로스트 제너레이션 극작가에게서 확인할 수 있다. 그들 연극의 화법은 양식적인 '이야기'보다는 탈선이 많고 줄줄 늘어놓는 '말'에 가깝다. 그들은 격식 차린 말투를 포기하고 종잡을 수 없이 수다스러운 화법에 의지해 도시 청년의 생태에 다가간다. 그것은 오에와 동세대인 전위적 연출가 스즈키 다다시가 벽지인 도가무라에 거점을 마련하고 방법론적 단련(스즈키 메소드)을 통해 강인한 이야기와 신체를 재발견했던 것과 대조적인 전략이다.

이러한 저속한 '말'의 상승은 두 사람이 2007년에 잇따라 펴낸 소설에도 나타난다. 예컨대 오카다의 소설 「삼월의 5일간」(『우리에게 허락된 특별한 시간의 끝』에 수록)은 시부야를 배경으로 잠깐 스쳐 가는 남녀가 러브 호텔에서 보내는 나흘간을 그린다. 이들은 각자 마음속에서 수다스러운 독백을 계속하지만, 그 말들은 9·11 이후 전개된 '테러와의 전쟁'조차 엉성한 무대 배경으로 만드는 시부야의 마비된 분위기 속에서 헛소리 같은 부유감을 수반한다. 영도의 뜨거움이라고 할 만한 기묘한 정동으로 가득한 시부야의 거리가 이를테면 허구의 서술자로 부상해 러브 호텔에서의 '특별한 시간'을 연출한다. 그 시간과 동화되어 침대에 누워 뒹굴고 있는 서술자들은 이미 무라카미와 같은 "이제 나는 이야기하려 한다"라는 강한 결의를 드러내지 않는다. 오카다의 「내가 있는 여러 장소들」(같은 책에 수록)도 이불 속에서 "계속 몸을 웅크린 자세로 잠든"[4] 아내의 독백으로 구성되어 있다.

---

4 〔옮긴이〕 오카다 도시키, 「내가 있는 여러 장소들」, 『우리에게 허락된 특별한 시간의 끝』, 이홍이 옮김, 이상홍 그림, 알마, 2016, 91쪽.

한편 마에다의 소설 「그레이트 생활 어드벤처」에서 주인공 청년은 동거인의 방에서 빈둥빈둥 게임을 할 뿐 일자리를 구할 생각이 없다. 동거인에게 시답잖은 농지거리를 하며 시간을 때울 뿐이다. 마에다는 니트와 프리터의 생태에 근거해 그 의미적 빈곤함을 철저히 드러냈다. 이미 이야기의 자세를 잃은 게으름뱅이 서술자는 그 해이한 '말'의 리듬을 통해 사회 뒤편의 정동 공간으로 깊이 가라앉는다.

오카다는 러브 호텔, 마에다는 한 커플의 방을 각기 '무대'로 삼았다는 사실은 상징적이다. 더 이상 주인공을 똑바로 일으켜 세우지도 않고 무기력한 자세로 사회적 현실의 편린을 말로 훔쳐 내는 데 오카다와 마에다의 본령이 있다. 그들이 발명한 뒹굴기의 내러티브는 소설가에게서 이야기를 위한 자세가 이미 무너져 내리고 있음을 시사한다. 이때 극작가 출신인 그들은 나른하게 모로 누운 앵글로 성인의 사회 생활에서 낙오된 인간을 포착하는 내러티브를 능숙하게 직조해 보였다.

1973년생 오카다와 1977년생 마에다는 적극적으로 소극성을 선택한 셈이다. 그들은 로스트 제너레이션의 삶에서 발견되는 의미적 빈곤함을 역이용해 오에나 무라카미라면 흉내 낼 수 없었을 낮은 자세의 내러티브를 실현했다. 이 '상징적 빈곤'의 문학을 2010년대 이후 계승한 것이 1979년생 무라타 사야카다. 베스트셀러 『편의점 인간』(2016)—좋고 나쁘고를 떠나 이 소설이 2010년대를 대표하는 순문학 작품일 것이다—은 굳이 낡은 표현을 쓰자면 '올드 미스'에 자폐증적인 한 편의점 아르바이트생이 규격화된 삶에 어떤 의심도 없이 동화되어 가는 모습을 그린다. 매일의 업무를 똑바로 소화하는 데서 안도감을 느끼는 그녀의 귀에는 반짝반짝하고 깨끗한 가게 안을 채우는 '편의점의 소리'만이 들릴 뿐이다.

그녀는 의미 있는 삶을 모조리 박탈당했지만, 그러한 박탈은 굴욕이 아니라 상쾌함이나 안심과 결부된다. 오카다와 마에다의 주인공은 방에서 뒹굴며 말의 쾌락에 몸을 맡기고 있지만 마비적인 상황이 지속되지 않을 것이라는 점을 잘 알고 있고 그 사실이 독특한 정취를 자아낸다. 이와 달리 『편의점 인간』의 주인공은 철저한 의미적 빈곤에 입각한 편의점의 시스템과 기능을 영원한 것으로서 받아들인다. 그녀의 이야기는 정확하게 규격화되어 있는데, 그것은 이미 시스템에 동화되는 방향성만을 갖는 불모의 내러티브다. 이야기도 인정도 전혀 필요로 하지 않는 의미의 빈곤자들로부터 이야기를 일으키기―이 점에서 『편의점 인간』은 제로 년대 이후의 로스트 제너레이션 문학을 결산하는 책이라고 말할 수 있다.

또 한 명 이 문맥에서 언급해야 할 작가는 1972년생 엔조 도다. 엔조의 전략은 문학을 언어를 만들어 내는 프로그램처럼 다루는 것이다. 그 서술자는 종종 특정한 시공에 엮인 유한자이기를 그치고 오히려 자기 소멸을 통해 이야기의 시스템을 무한하게 만들려고 한다. 이를테면 데뷔작 『셀프-레퍼런스 엔진』(2007) 속 익명의 서술자는 작품 말미에서 "모든 것을 이야기하지 않기 위해 사전에 설계되지 않은, 처음부터 존재하지 않은 구조물"을 자칭하며 자기 소멸로 나아간다. 변칙적인 사소설 『프롤로그』(2015)에는 언어 체계에 질문을 던지며 새로운 한자를 취득하려는 서술자가 나타나기도 한다. 두 작품 모두에서 엔조는 유한한 서술자를 소멸시켜 언어 생성 엔진이 자동으로 작동하는 상태를 그려 내려 하는데, 이에 따라 인간적인 주체는 한없이 축소된다.

엔조는 '디지털 쓰쓰이 야스타카'라고 할 만한 실험적인 작가인 한편, 이야기할 내용은커녕 이야기하는 자세마저 무너뜨린 동세대 로스트 제너레이션 작가의 소극적인 내러티브를 공유하는 작가기도 하다. 그러한 전략적 소극성으로 인해 엔조의 소설에서는 이야기의 주권이 인간에서 언어로 양도된다. 등장인물이나 책이라는 제도의 해체를 시도한 1972년생 후쿠나가 신을 포함해 이 세대의 남성 작가는 선행 세대인 오에 겐자부로와 무라카미 하루키가 가졌던 '이야기를 향한 의지'를 말소해 역설적으로 내러티브를 성립시키려 했다.

3 헤이세이 여성 소설가와 '신화 없는 신'

1990년대부터 제로 년대에 걸친 일본 문화를 망라한 우노 쓰네히로의 『제로 년대의 상상력』은 소설 이상으로 텔레비전 드라마 시나리오 작가(구도 간쿠로, 이노우에 도시키 등)나 만화가(요시나가 후미, 요시다 아키미 등)의 작품에서 가치 상대화와 신자유주의 시대 속 성장이라는 난제와 대결하는 상상력을 발견한다. 나도 그의 관점에 동의한다. 우노는 오카다 도시키와 엔조 도가 대두한 2007년을 '포스트모던 문학의 리바이벌 붐이 일어난 해'라고 총괄하는데,[5] 소설에서 포스트모던적 아이러니(이야기를 불모화해 오히려 이야기를 지속시키는 전략)의 부활은 텔레비전 드라마나 만화에서 이루어진 이야기의 건강한 업데이트와 정확히 반대된다. 오카다와 마에다는 이

---

5   우노 쓰네히로宇野常寛, 『제로 년대의 상상력』ゼロ年代の想像力(ハヤカワ文庫, 2011), 395쪽. 또한 가와카미 미에코가 데뷔한 2007년은 헤이세이 순문학이 특히 생산적이었던 시기였으며 헤이세이의 주요 소설가는 거의 모두 이해까지 데뷔를 마쳤다. 그 이후로는 2008년에 일본 서비스를 시작한 트위터 같은 소셜 미디어가 출판계와 대중 매체를 집어삼켰다. 2007년은 순문학 표현 영역이 가까스로 자율적일 수 있었던 거의 마지막 1년이 아니었을까.

야기의 저공 비행으로 역설적인 회복을 꾀할 수 있었지만, 여기에는 그들이 소설과는 다른 연극적 수법에 익숙했던 것, 특히 상황 설정에 뛰어났던 것이 크게 작용했다.

이런 점에서 소설가의 내러티브 전략이 전반적으로 수축하는 중이던 90년대 이후에 내러티브 기술을 갱신하고자 했던 여성 소설가들은 마땅히 주목받아야 한다. 국제적으로도 호평을 받는 1960년 전후생 여성 작가들―오가와 요코, 가와카미 히로미, 다와다 요코 등에 의해 대표되는―은 무라카미 하루키의 후속 세대이자 로스트 제너레이션의 선행 세대에 해당하며 헤이세이 순문학의 중심이 되었다.

일찍이 쇼와의 '여류 작가'가 흔히 기모노 차림으로 전통 예능에 대해 이야기했던 것과 달리, 헤이세이 여성 작가 중 일부는 이공계 배경을 가지고 비인간 이종異種―동물에서부터 다신교적인 '신'까지 아우르는―을 이야기의 권리를 가진 존재로 격상시키려 했다. 예컨대 오가와 요코의 『작은 새』(2012)에는 인간의 이야기보다 새의 지저귐을 훨씬 사랑하는 형제가 등장한다. 또 다와다 요코의 『눈 속의 에튀드』(2011)는 세 세대에 걸친 북극곰 서술자를 설정하고 냉전기부터 포스트 냉전기에 이르는 세계를 회고한다. 이와 같은 '이종 내러티브'의 선두에 선 작품으로 가와카미 히로미가 1998년 펴낸 『신』의 중요성을 간과할 수 없다.

이 단편집에서는 곰, 유령이 된 숙부, 갓파[6] 같은 불가사의한 생물들이 '나'를 찾아온다. '나'는 무작위로 수용하는 기관처럼 이 기묘한 신령을 의심 없이 받아들이는데, 이 때문에 독자는 비일상적(신화적) 존재가 일상적(비신화적)인 지평에

---

6 〔옮긴이〕물속에 사는 어린애 형상을 한 상상의 요괴를 뜻한다.

아무런 예고도 없이 갑작스럽게 출현한다는 인상을 받게 된다. 비범한 존재가 다소 생뚱맞은 방식으로 인간의 곁을 '손님'처럼 방문하는 것이다.

일찍이 미야자와 겐지는 민족지적 풍부함을 활용해 동물 동화를 창작할 수 있었다. 이를테면 「나메토코산의 곰」은 아이누의 이요만테[7]와 갖는 관련성을 떠올리게 한다. 그러나 가와카미가 이야기하는 '곰'이나 그 밖의 동물들은 그러한 심원한 신화의 우주를 짊어지고 있지 않다. 『신』은 언뜻 범신론적 애니미즘에 근거한 것처럼 보이지만, 실제로는 오히려 신화적 코스몰로지(우주론)를 잃어버린 고독한 신이 유머러스하게 그려진다. 가와카미는 말하자면 신화 없는 신과 나눈 일련의 소통 기록으로 『신』을 쓴 셈이다.

특히 책의 첫 단편 「신」에 나오는 곰은 인간 사회에 받아들여지지 못하고 아이에게조차 배척당하는 일종의 난민으로 그려진다. 곰에게는 곰 나름의 신앙이 있으나 '나'는 그것을 이해하지 못한다. 하지만 마지막 작품으로 실린 「풀밭 위에서의 점심 식사」에서는 이 예의 바른 난민적 이종과 '나' 사이에 희미한 상호 이해의 가능성이 생겨난다. 가와카미는 근대 문학을 특징짓는 '고독'이라는 주제를 인간에서 이종으로 이동시켜 난민적 신들과의 공생을 우화로 그려 낸 것이다.

여기서 시대에 따른 이야기의 변천을 모델화해 보면 이해에 도움이 될 것이다. 전근대 신화에서는 특별한 세계에 비범한 존재가 출현한다. 신화 속 캐릭터는 처음부터 아무런 조건

---

7 〔옮긴이〕아이누인들이 곰을 하늘나라로 보내는 겨울 의식을 말한다. 월동 중인 불곰의 굴에 들어가 어미 곰을 죽이고 새끼 곰을 자식처럼 키우다가, 곰이 두 살이 되었을 때 활로 쏘아 곰을 죽이고 곰의 영혼인 카무이가 신들의 세계로 "보내졌다"고 선언한다.

없이 유일무이한 신이나 영웅으로 존재할 수 있었다. 반대로 세속화 및 민주화한 근대의 소설에서는 오히려 어디에나 있을 법한 평범한 인간이 성장해 점차 유일무이한 특별한 존재가 된다는 성장담Bildungsroman이 활발하게 창작된다. 하지만 포스트모던한 이야기에 와서는 처음부터 비범한 존재가 천연덕스레 평범한 세계에 돌연 등장한다. 신화적 우주는 이미 사라졌는데 신 혼자 나설 차례를 틀린 것처럼 느닷없이 일상에 틈입해 오는 것이다.[8] 가와카미는 신성성의 옷을 벗은 기묘한 '신'들을 이방인으로 묘사한다.

이와 더불어 또 하나의 모델로 가톨릭적인 것과 프로테스탄티즘적인 것이라는 두 가지 상상력의 유형을 들 수 있다. 전자는 신과 인간의 중간 지대에 신성을 띤 주술적 경로(교회의 성사나 성인과 같은 매개 등)를 확대하는 것을 인정한다. 이와 달리 후자는 신성한 신과 왜소한 인간 사이의 신성을 억제하고 '세계의 탈주술화'로 나아가기 때문에—사회학자 피터 버거가 말한 것처럼—그 세계는 지극히 '황량'해질 것이다.[9] 일

---

8   슬라보예 지젝Slavoj Zizek은 『전체주의: 관념의 (오)사용에 대하여』全体主義: 観念の(誤)使用について(나카야마 도오루中山徹, 시미즈 도모코淸水知子 옮김, 靑土社, 2002)〔『전체주의가 어쨌다구?』, 한보희 옮김, 새물결, 2008, 52쪽〕에서 후기 낭만주의, 모더니즘, 포스트모더니즘의 세 단계를 이렇게 설명한다. "후기 낭만주의자들이 거창한 영웅 서사를 통해 세계의 몰락이라는 큰 이야기를 해야 한다는 생각을 갖고 있었던 반면에 모더니즘은 우리의 일상 경험의 가장 평범하고 세속적인 조각들 속에 들어 있는 형이상학적 잠재력을 강력하게 드러내고자 했다—그리고 아마도 포스트모더니즘은 이러한 모더니즘을 뒤집은 것이다. 포스트모더니즘은 거대한 신화적 테마들로 돌아간다. 하지만 그것들은 우주적 울림들이 제거된 채, 조작되어야 할 일상의 파편들처럼 다루어진다."
9   피터 L. 버거Peter L. Burger, 『성스러운 천개』聖なる天蓋(미노다 미노루薗田稔 옮김, ちくま学芸文庫, 2018), 198쪽 이하.

본의 근대 문학이 대체로 프로테스탄티즘적인 황량함과 더불어 존재했다면, 미야자와 겐지의 문학은 예외적으로 가톨릭적인 주술적 경로를 풍부하게 갖추고 있었다. 또한 포스트모던 문학 전반도 근대 문학의 프로테스탄티즘적인 황량함을 혐오하며 세계를 재주술화하려는 경향을 가졌다.

반면 헤이세이 여성 작가의 내러티브는 언뜻 가톨릭적인 신성의 확장(신화성)을 표현하는 것처럼 보이지만, 실제로는 그것들이 풍만함을 결여한 형해形骸에 지나지 않는다는 냉정한 인식도 보였다. 그녀들은 세계에 마술을 걸고 그 세계에 외로운 고독자의 표상을 들여온다. 이러한 점은 그녀들보다 나이가 어린 1976년생 가와카미 미에코에게도 들어맞는다. 대표작『젖과 알』(2008)에서 그녀는 성과 생식이 뒤얽힌 여성의 신체를 유방 확대 수술에 대한 집착이라는 소재를 통해 수면 위로 드러나게 했다. 하지만 그 신체는 어디까지나 의고적인 이야기가 낳은 이미지고, 서술이 아무리 생생할지라도 실체는 오히려 희박하게 느껴진다. 다니자키 준이치로가 여성의 신체를 남성 페티시를 통해 실체화시켰다면, 가와카미 미에코는 여성의 신체가 지닌 제어 불가능한 불쾌함을 최종적으로 '잘라 낸 거울'의 이미지 안에 가둬 신성화의 경로를 절단했다. 여기서 바깥쪽에서는 신비로워 보이는 신체가 안쪽에서 보면 이미지의 박제에 지나지 않는다는 이중성이 드러난다.

어쨌든 헤이세이 여성 작가들은 불가사의한 이종(신화 없는 신)에 대해 이야기했고, 또 때로는 이종 자체를 서술자로 삼아 소설의 내러티브를 재편성하려 했다. 이들은 내러티브를 비인간 존재에게 맡기는 쪽이 인간적인 주제—감정, 지성, 역사 등—를 표현하기에 오히려 낫다고 판단한 것이리라. 그저 가볍고 묘해 보일 수도 있지만 사실 이 지점에서 긴요한 문제가 드러났다가는 감춰진다. 현재의 일본 문학에서는 비인간이라는 분명한 차이를 도입하지 않으면 인간을 관찰하기도 어려워졌다는 사실 말이다.

이러한 척도에서 인간적 감정을 끊어 낸 편의점 아르바이트생을 이야기한 무라타의 『편의점 인간』은 로스트 제너레이션의 빈곤함이라는 모티프를 이어받으면서 헤이세이 여성작가들의 '이종 내러티브'를 답습한 작품으로 해석할 수 있다. 무라타에게도 풍부한 의미를 지닌 세계로부터 퇴각한 외계인 같은 서술자가 오히려 소설을 발생시키는 원천이 되었다. 무라타의 상상력이 진공 지대에서 나온 것이 아니라 선행하는 제로 년대 이야기의 재산을 이어받은 것임을 여기서 강조하고 싶다.

4 마이조 오타로와 이야기하기의 양면성

다만 2010년대 들어 이러한 내러티브 실험도 일단락된 듯하다. 『편의점 인간』이 세계적 베스트셀러가 되어 무라타 사야카가 눈 깜짝할 사이에 가장 유력한 '포스트 무라카미 하루키'로 올라선 것을 예외로 하면, 내러티브의 재건을 시도했던 헤이세이 작가들도 근년 들어서는 이렇다 할 새로운 실험작을 내지 않고 있다. 또한 20세기의 소설가로서 내러티브의 갱신이라는 문제와 오랫동안 씨름해 온 오에 겐자부로와 무라카미 하루키 역시 과거 작품에 대한 자기 모방 모드에—엔조 도의 표현대로라면 '셀프-레퍼런스 엔진' 안으로?—들어섰다는 인상을 적어도 나는 부정하지 못하겠다. 순문학의 실체란 이제 반년에 한 번 있는 아쿠타가와상 축제 아니면 화젯거리용 예능인 소설 정도다.

지금에 와서 보면 제로 년대의 문학에는 아직 이러한 경직화를 찢어 버릴 역전의 가능성이 있었던 것도 같다. 이 가능성을 다시 발굴하기 위해서라도 당시 마이조 오타로의 위상에 대해 생각해 보자. 마이조는 데뷔 당시부터 이야기에 대해 자각적인 태도를 보여 왔다. 이를테면 나쓰카와가의 폭력적인 형제를 주인공으로 한 연작(나쓰카와가 사가) 둘째 작품『어둠 속의 아이』(2001)에서 마이조는 미스터리 작가인 나쓰카와 사부로로 하여금 "어떤 유의 진실은 허구로밖에 이야기될 수 없다"라는 입장에서 이렇게 이야기하게 한다.

정공법으로는 표현할 수 없는 모종의 벅찬 사물이라 해도, 이야기라면 (잘만 한다면) 넘치거나 모자라지 않게 전할 수 있다. 말하고 싶은 진실을 허구의 언어로 이야기하고, 그렇게 창작된 것으로 눈물 이상의 울음/웃음 이상의 즐거움/아픔 이상의 괴로움을 가능하게 하는 것, 그것이 이야기다.

우연히 이야기가 작가와 만나 세상에 출현한다. 그러므로 결국 방금 전에도 말한 것처럼 이야기는 진실을 이야기하는 수단은 될지언정 작가의 도구는 될 수 없다. 대충 꺼내 사용할 수 있는 간단한 도구가 아니다. 가위나 자 같은 것이 아니다. 이야기와 만나, 그것이 이야기되고 싶어 하는 어조를 발견할 수 있었던 행운의 작가만이 그 이야기로 이야기할 수 있는 진실만을 이야기할 수 있는 것이다.

이러한 작품 속 평론을 통해 마이조가 오에나 무라카미의 뒤를 이어 '내러티브의 문제'를 떠안으려 한 작가임을 짐작해 볼 수 있다. 이야기의 힘으로 '진실'을 드러낼 수 있다는 신념 아래 마이조는 생기 넘치는 남녀 서술자에게 작품의 주도권을 부여했다.

그저 이야기의 칼을 기세 좋게 휘두를 뿐이라면 오에나 무라카미 이전으로 퇴행하는 데 지나지 않는다. 여기서 마이조가 고단샤 노벨루스에서 낸 초기작에서 이야기에 두 가지 기능을 부여했던 것에 주목해 보면 좋겠다. 예컨대 마이조의 데뷔작 『연기, 흙 혹은 먹이』(2001)에는 가정 폭력으로 풍비박산이 난 가족을 재결합시키고자 하는 정력적인 서술자로 나쓰카와가의 막내인 시로가 등장한다. 미국에서 응급 외과의가 되어 고향 니시아카쓰키에 돌아온 시로는 "깨어 있는지 잠들어 있는지 알 수 없는 상태"가 계속 이어져 몽유병자처럼 헤매면서도, 왕성한 이야기의 힘과 외과 수술의 기량으로 가족이 짊어진 상처를 말 그대로 '봉합'한다. 시로의 열띤 이야기는 이어질 리 없는 것을 잇는 주술이었다.

반면 『어둠 속의 아이』 속 사부로의 말로는 비참하다. "엉터리 작품으로 남의 눈을 속이며 살아 온 남자"인 피라미 작가 사부로는 형인 나쓰카와 지로가 휘두르는 터무니없는 폭력에서 도망치려 하지만 뜻대로 되지 않고 결국 범죄에 휘말려 토막 시체 신세가 된다. 이러한 귀결은 마이조가 이야기를 어떻게 다루는지를 보여 준다. 마이조에게 이야기와의 '만남'은 더러 서술자 자신도 찢어발길 수 있는 위험한 사건이다. 여기에는 명백히 옴 진리교나 고베 연쇄 아동 살인 사건 같은 위험한 이야기를 낳은 1990년대 일본의 범죄학적 상상력이 반영되어 있다. 마이조는 지금도 작품 속에서 아동 학대나 가정 폭력의 모티프를 강박적으로 반복하고 있다.

이 두 초기 작품에서 마이조는 폭력을 묘사하기만 한 것이 아니라 이야기가 어떻게 폭력과 관계하는지를 보여 주었다. 그의 작품에는 이야기에 대한 인식론의 측면이 있다. 왕성한 이야기의 시공간에서 마이조의 주인공은 자제력을 잃고 이성이 마비되어 폭력에 무방비 상태로 노출된다. 그때 『연기, 흙 혹은 먹이』의 서술자가 비몽사몽의 환각 속에서 초인적인 힘을 발휘하는 데 비해, 『어둠 속의 아이』의 서술자는 외계의 폭력에 직면하고 지옥까지 굴러떨어져서야 가까스로 '영혼의 구원' 가능성을 이야기하기 시작한다. 이 '이야기하는 주체'의 강인함과 취약함, 즉 봉합과 분해라는 양면성이 마이조의 이야기를 특징짓는다.

이 양면성은 마이조 본인의 위치와도 호응한다. 마이조 소설의 주요한 특색은 일종의 지평 융합, 즉 복수의 맥락을 합성한다는 데 있다. 그의 소설에는 신본격 미스터리,[10] 만화와 애니메이션, 미국 현대 문학의 지평이 공존하는 한편 그 어느 것으로도 환원되지 않는 잡종성이 있다. 그 자신이 외과 의사인 나쓰카와 시로처럼 이 뿔뿔이 흩어져 있는 지평을 꿰매어 문학을 이야기하려 했기에, 즉 넓은 의미에서 '번역적 주체'였기에 일본 문학에 숨구멍을 뚫는 존재로서 주목받았던 것이다.

하지만 이러한 이종 교배는 작가에게 위험한 것이기도 하다. 이를테면 마이조보다 연상인 오노 마사쓰구나 아베 가즈시게는 각각 일본의 주변부를 근거로—가르시아 마르케스의 영향도 받아—이제까지 당연시된 이야기의 전제를 되묻는 작업을 하고 있다. 1970년생 오노의 작품에는 나카가미 겐지의 오류노오바[11] 같은 위대한 어머니 서술자가 등장하지 않

10 〔옮긴이〕 신본격 미스터리는 1920년대 등장한 본격 미스터리의 계보를 이으며 철저한 허구의 세계에서 정교한 논리와 트릭에 집중하는 경향의 작품들을 일컫는 용어다.

고, 오히려 어머니의 친척(숙모)이 포섭하는 역할을 맡고 있다.[12] 후쿠이현의 살벌한 지방 도시를 무대로 삼은 마이조도 대부분의 경향은 공유하지만, 오노나 아베의 소설이 어쨌든 안정된 내러티브를 보이는 것과 달리 마이조의 '이야기'에는 이종 교배 특유의 강인함과 취약함이라는 양면성이 공존한다. 다시 다루겠지만 이러한 성격은 『쓰쿠모주쿠』에서 현저하다.

5 『파우스트』의 작가들

폭력은 타자와 자기를 파괴하는 동시에 물리적 접촉에 의해 타자와의 관계를 과잉화한다―이 양면성을 보여 주고자 마이조가 연하인 니시오 이신, 사토 유야와 더불어 1980년대 후반 이후 대두한 신본격 미스터리의 재산을 활용한 것은 간과할 수 없다. 제로 년대 중반 『파우스트』의 주력 작가가 된 이세 사람은 수수께끼 풀이의 논리적 치밀성을 추구하던 신본격 미스터리를 광의의 범죄 소설로, 폭력을 실증하는 매체로 바꾸었다(아울러 마이조에게는 미국 작가인 토머스 해리스나

---

11 〔옮긴이〕나카가미 겐지의 소설 『천 년의 유락』에 등장하는 산파. 이 작품은 나카모토가 여섯 사내의 반사회적이고 반인륜적인 일탈 행위를 긍정해 주는 서술자 오류노오바를 통해 윤리와 금기를 깨고자 하는 인간의 본능에 대해 이야기한다. 작품 속에서 오류노오바는 소녀 같은 감성을 가지고 있는 한편, 정욕에 불타는 섹슈얼한 여성으로도 혹은 근엄한 수도승과 무녀의 역할을 겸비한 모습으로도 재현된다.

12 상세는 오노 마사쓰구小野正嗣, 「해변에서 세계문학으로」浦から世界文学へ(인터뷰: 후쿠시마 료타), 『경계를 넘어서』境界を越えて, 19호, 2017을 참조하라(https://beyondboundaries.jp/reading/20190223).

제임스 엘로이의 범죄 소설로부터 받은 영향도 나타난다). 이에 따라 이들의 소설에서는 역사, 정치, 경제가 중요한 의미를 지니지 않게 되고 정제된 폭력만이 돌출되었다.[13]

한신·아와지 진재 직후인 1996년에 컬트적인 미스터리 작가로 데뷔한 1974년생 세이료인 류스이는 이들의 선행자에 해당한다. 효고현 출신인 세이료인은 진재의 충격이 가시지 않은 시기에 인간을 퍼즐 조각처럼 그리는 신본격 미스터리의 특성을 파고들었다. 어마어마하게 많은 사람이 게임처럼 죽어 나가고, 엄청난 양의 말장난을 도입해 탐정의 추리도 엉터리로 만들었다. 세이료인의 파격적인 미스터리는 언어유희를 통해 삼라만상을 언어의 수준에 내포하려는 과대망상적 욕망을 품고 있다. 따라서 그의 작품 속에는 실질적으로 특정한 관점을 가진 서술자가 없다. 작품을 추동하는 것은 일본어의 일상적인 연속을 부수고 그것을 우주적 표현으로 변환하려는 세이료인 자신의 이상한 상상력이다.[14]

이 이상화된 미스터리의 풍토에 소년 만화적인 요소를 가미하는 동시에 체념 어린 교훈적 서술자를 재도입한 것이 1981년생 니시오 이신이다. 세이료인과 달리 니시오의 미스터리는 폭력과 접촉하는 서술자에게 중요한 역할을 부여한다. 니시오의 주제는 온 우주를 무대로 하는 기상천외한 것이

---

13 폭력 표상의 부상은 1990년대 일본 영화의 특징이기도 하다. 쓰카모토 신야에서 기타노 다케시, 미이케 다카시, 구로사와 기요시, 그리고 안노 히데아키에 이르는 당시 영상 작가들은 폭력을 도구 삼아 시민적 소통의 붕괴를 각인했다. 『파우스트』 작가들 또한 이러한 주요 경향을 공유했다.

14 아즈마 히로키東浩紀, 『게임적 리얼리즘의 탄생』ゲーム的リアリズムの誕生(講談社現代新書, 2007), 300쪽 이하〔장이지 옮김, 현실문화연구, 2012, 228쪽 이하〕.

아니라 오히려 과대망상이 빚어낸 잔인하고 흉악한 범행을 언어의 힘으로 끝장내는 것이다. 하지만 세이료인의 '세례'를 받은 이상 정상적인 내러티브로 망상과 폭력의 확대를 수습하기는 불가능하다. 때문에 니시오 초기 작품의 서술자이자 탐정 역할을 맡은 '이짱'은 '헛소리꾼'을 자칭하게 된다. 이짱의 추리는 절대적인 진실에 당도하기 위한 것이 아니라 컬트화된 세계—작중 인물의 이름도 이상야릇하다—의 완전한 원상 복구는 불가능하다는 체념 아래, 살육과 혼란을 잠시나마 다스리기 위해 내뱉는 시니컬한 '헛소리'에 지나지 않는다.

1980년생 사토 유야 또한 자학적인 이야기로 작품을 음울하게 물들인다. 홋카이도 출신인 그의 데뷔작 『플리커 스타일』(2001)에서는 광기에 쐰 가가미가家를 중심으로 서술자인 청년이 지닌 뒤틀린 충동, 특히 누이와의 근친상간적 욕망이 파헤쳐진다. 마이조의 나쓰카와가 사가와 마찬가지로 가족은 휴식처이긴커녕 도착적인 성과 폭력으로 가득 찬 곳이어서 『플리커 스타일』의 주인공은 "지나친 유대는 광기의 근원"이라는 말에 과민하게 반응한다.[15] 작품 속 현실을 전달하는 서술자가 가족의 광기에 완전히 중독되어 파멸에 이르는 것이다. 전쟁에서 돌아온 샐린저의 소설(특히 글래스가 사가)을 즐겨 인용하던 당시의 사토 유야는 신뢰할 수 없는 서술자를 신뢰할 수밖에 없는 아슬아슬한 상황에 놓여 있었다.

같은 해에 나온 『에나멜을 바른 영혼의 비중』에 이어 2002년 장편 소설 『수몰 피아노』에 이르러 사토의 장치는 한층 예리해진다. 그는 세 명의 서술자를 병렬해 주인공이 트라우마

---

15 〔옮긴이〕 사토 유야, 『플리커 스타일』, 주진언 옮김, 학산문화사, 2006, 227쪽.

적 기억을 잊기 위해 다른 기억과 이야기를 자기 뇌에 이식한 사실을 파헤친다. 주인공은 자신을 괴롭히는 '악의'에서 벗어나는 대신 생생하게 살아 있는 시간을 결정적으로 상실한다. 이 작품의 전반부는 시간이 교착 상태에 있을 뿐만 아니라 공격적이기조차 하다는 것을 보여 준다.

매사 느긋하게 흐르는 '시간'이라는 개념은 2002년에 들어서도 속도를 바꿀 생각이 없는 모양이다. 추월이라는 것을 도통 모르는 그것에 비하면 대류하는 맨틀의 움직임이 극적일 지경이며, 제트기의 존재는 기적이라 해도 과언이 아니다. 거북이의 한 걸음조차 달 표면에 발자국을 남긴 것만큼의 찬사와 갈채를 한 몸에 받을 것이다. 그런 야유가 나올 만큼 완만한 '시간'이지만, 그래도 근면함에 관해서는 타의 추종을 불허한다. '시간'은 착착, 그리고 확실하게 모든 물질, 모든 현상에 평등한 공격을 퍼붓는다.[16]

자기 인생 이야기를 버리고 굴욕적 경험을 가짜 이야기로 덮어쓰며, 더구나 그런 사실 자체를 아예 잊어버린 비참한 범죄자―그는 망각의 대가로 '시간'이라는 존재의 기반을 잃는다. 『파우스트』 작가들은 대개 개념적인 글쓰기를 선호하는데 그중에서도 『수몰 피아노』가 현격하다. 이는 그들이 구체적인 '사물'이 아니라 추상적인 '사건'(시간이나 정체성 혹은 존엄)의 상실에 예민했음을 보여 준다. 특히 『수몰 피아노』는 기존의 시민 사회나 문화적 교양, 양식적 지성 같은 것은 전혀

---

16 〔옮긴이〕 사토 유야, 『수몰 피아노』, 박소영 옮김, 학산문화사, 2008, 8쪽.

찾아볼 수 없는 세계를 그린다. 사토의 초기 작품은 이 상징적 빈곤의 사막에서 여전히 정체성에 관한 소설을 쓰려 한 고투의 기록이다.

일찍이 데라야마 슈지는 희곡 「안녕, 영화여」(1968)에서 "이놈도 저놈도 '대리인'인 세상이다… 나 역시도 누군가의 '대리인'은 아닐까? 그렇다면 대체 누구의 대리인일까"라는 인상적인 구절을 남긴 바 있는데, 삼십수 년 후의 사토 유야도 괴로운 현실의 이야기에서 도망쳐 텅 빈 허구의 이야기를 살아가는 비참한 '대리인' 서술자를 설정한 것이다. 더구나 데라야마가 타인에게 '대리'되어 존재의 근거를 빼앗기는 데서 마조히즘적인 쾌락을 탐지했던 것과 달리, 사토의 주인공은 그러한 박탈의 에로스마저 잃고 시간이 수몰된 불모의 사막을 방황할 뿐이다.

6 『쓰쿠모주쿠』와 이야기 중독자

돌아보면 쇼와의 대중 소설 작가들은 급조된 근대를 혐오하며 주인공이 여유 있게 성장할 수 있는 시간을 일본의 과거에서 찾았다. 요시카와 에이지의 『미야모토 무사시』처럼 대중적인 서브컬처에는 많은 순문학이 가지지 못한 안정된 시공간이 있었다. 그에 반해 헤이세이 『파우스트』의 젊은 작가들은 서브컬처 영역에서도 그러한 여유로운 시공간이 붕괴되고 있다는 통절한 인식을 보여 준다. 그들의 세계도 포스트모던적으로 '재주술화'된 세계이긴 하지만 서술자에게는 지독히 험악한 세계로 체험된다.

세이료인이 망상적인 전체 소설[17]의 비전을 본떴다면 마이조, 니시오, 사토는 각자의 각도에서 그 오컬트적 세계에 서술자를 다시 침입시켰다. 그들의 작품은 중립적인 서술자에게는 관심이 없고, 오히려 위험한 집착—근친상간에서 토막 살인에 이르는—을 품고 있는 서술자를 전면에 내세운다. 독자는 때로 엉터리 추리까지 포함한 주인공의 괴이한 이야기를 따라가면서 작중에서 일어난 사건을 풀어 가야 한다.

객관성 없는 이야기를 연행performance해 심리나 현실 묘사를 생략하는 전략은 원래 80년도 전인 1933년에 다니자키 준이치로가 『슌킨 이야기』에서 의도적으로 전개한 것이기도 한데, 『파우스트』 작가들도 그와 비슷한 욕망을 품고 있으며 그런 한에서 일본 문학사를 반복했다. 다만 여기서 강조할 점은 그들의 주인공에게 실은 자기 것이 아닌 이야기를 이야기하게 되었다는 수동성에 대한 의식이 종종 나타난다는 사실이다. 그러한 표현은 사토의 『수몰 피아노』를 이어 이듬해에 나온 마이조의 문제작 『쓰쿠모주쿠』에서 정점에 이른다.

이 몹시 수상쩍은 제목의 작품은 주인공인 쓰쿠모주쿠의 이상한 출생 장면에서 시작한다. 너무나도 미려한 용모와 목소리로 주위 어른들을 실신시켜 버리는 쓰쿠모주쿠는 그 이후에도 많은 이상한 잔혹 사건과 조우하며 탐정으로서 수수께끼를 해결한다. 하지만 기묘하게도 그 이야기는 금방 강제 리셋되어 다음 장에서는 쓰쿠모주쿠를 주인공으로 한 다른 세계가 개시된다. 앞 장에서의 사건은 세이료인 류스이가 쓴 이야기로 포장되어 새로운 쓰쿠모주쿠에게 송부된다. 쓰쿠모주쿠는 평소 '쓰토무'라고 하는 평범한 이름—남동생에게서 빌린—으로 살아가는데, 계속 이야기에 추적당해 스스로

---

17 〔옮긴이〕 평면적인 리얼리즘에서 벗어나 인간의 총체적 면모를 보여 주는 소설로, 인물의 외면적 행동뿐만 아니라 그 의식의 내면까지도 묘사하는 소설을 지칭한다.

쓰쿠모주쿠라는 '모조품'임을 절감하게 된다.

이러한 줄거리는 그의 기존 작품과 비교해도 이질적이다. 앞서 쓴 것처럼 나쓰카와가 사가에서 열띤 어조의 주인공은 많은 시련과 직면하면서 진짜 인생에 도달하려 한다. 나쓰카와 형제에게 '이야기하는 것'과 '사는 것'은 직결된 문제다. 그에 비해 『쓰쿠모주쿠』의 서술자=주인공은 세이료인 류스이라는 컬트적 서술자에 의해 만들어진 초인적인 메타 탐정 쓰쿠모주쿠다. 쓰쿠모주쿠부터가 시시한 '모조품'인 이상, 그가 이야기(추리)를 아무리 겹겹이 쌓아 올린다 한들 그 고유의 유일무이한 인생을 획득하기는 불가능하다. 『쓰쿠모주쿠』는 '이야기하는 것'과 '사는 것'이 돌이킬 수 없이 분리되는 상황에서 그럼에도 둘을 다시 묶으려 악전고투하는 서술자를 그리는 작품이다.

그런 한편 쓰쿠모주쿠는 "나는 신이다"라는 위험한 망상도 가지고 있다. 실제로 이 소설에는 창세기와 묵시록의 '비유'가 일관되게 반복된다(마이조는 이야기를 임신하고 출산하는 장면을 집요하게 반복하는데, 이는 처녀 수태의 패러디이기도 하다). 쓰쿠모주쿠라는 기괴한, 자칭 '신'이 아무 거리낌 없이 일상의 지평에 갑작스레 출현한다. 앞서 말했듯 이는 포스트모던 이야기의 전형이다. 마이조는 가와카미 히로미 등과 마찬가지로 '신화 없는 신'을 그린 것이다.

이 신화적 신성성의 부재를 메우는 것은 망상과 중독의 힘이다. 쓰토무=쓰쿠모주쿠는 일종의 이야기 중독자로 그려진다. 술이나 마약에 중독된 환자가 언제까지고 그 유혹에서 벗어날 수 없는 것처럼, 쓰토무=쓰쿠모주쿠도 '신' 이야기에 대한 유혹에서 벗어날 수 없다. 마이조는 이 작품에서 서브컬처화된 하이브리드적 이야기가 어떻게 서술자와 독자에게 폭력과 현기증과 망상을 초래하는지를 능숙하게 풀이했다. 이 야기 중독자이자 의존증 환자인 쓰쿠모주쿠는 자기 고유의 이야기를 이야기하려 하면 할수록 자신의 분신들이 만들어 내는 망상적 이야기 안에서 정신을 못 차릴 정도로 취해 버린 다. 본래라면 정체성을 부여해야 할 이야기는 이제 서술자를 방황하게 하고 분열시키는 일종의 주술, 즉 일종의 기분 나쁜 환각 체험을 불러일으킨다. 여기서 『수몰 피아노』와의 분명 한 공통성이 확인된다.

문학사적으로 위치 짓자면 『쓰쿠모주쿠』를 나카가미 겐지 의 대표작 『천 년의 유락』(1981)의 비평적 후속작으로 읽어 낼 수 있을 것이다. 『천 년의 유락』에서는 오류노오바라는 특 권적 서술자의 곁에서 여자를 홀리는 에로스를 발산하는 저 주받은 미청년(나카모토 혈통)이 등장해, '골목'에서 환생을 반복하면서 '사물'처럼 죽어 간다. 『쓰쿠모주쿠』에서도 마찬 가지로 어머니 혹은 아내와 같이 사는 주인공이 몇 번이나 환 생하며 분신을 만들지만, 오류노오바 같은 신화적 서술자는 더 이상 존재하지 않는다. 쓰쿠모주쿠를 키운 여성 자체가 학 대나 방치를 반복하는 붕괴된 어머니였다.

마이조의 경우 어머니의 붕괴를 메우는 것이 하이브리드하 고 오컬트적인 기이한 이야기에 대한 중독과 더불어 이로부 터 태어난 분신에 대한 애증이다. 시코쿠 출신인 오에 겐자부 로가 형제애와 그 반대 급부로서 카인 콤플렉스=형제 살해 의 욕망에 씌었던 것처럼(형제간의 적대 관계는 『우리들의 시 대』나 『만엔 원년의 풋볼』에 현저하게 나타난다), 후쿠이 출신 인 마이조 오타로도 쓰토무와 쓰쿠모주쿠의 형제애에서 출 발해 쓰쿠모주쿠 스스로 자신의 분신을 몇 번이나 살해하게 만든다. 아버지가 실질적으로 부재하고 어머니와 형제적 존재가 계속 자기 분열하면서 주인공에게 집요하게 들러붙는다는 점에서 『쓰쿠모주쿠』는 일본 근현대 문학의 정형적 패턴을 과장한 작품으로 해석될 수 있다. 게다가 그 이야기의 힘은 때로 중독자인 서술자마저 무너뜨리고 분열시키고야 만다. 마이조는 사토와는 다른 방법으로 서술자의 위기를 표면화한 것이다.

7 이야기하기의 힘을 재기동하기 위해

나는 여기까지 오에 겐자부로가 제시한 '내러티브의 문제'를 헤이세이 소설가들의 중요한 전략적 거점으로 보면서, 드러누운 서술자를 도입한 오카다 도시키 등의 로스트 제너레이션 작가, 신화 없는 세계에 이종 이야기를 도입한 가와카미 히로미 등의 여성 작가, 서술자를 방황하게 만들어 분열과 만취와 굴욕에 빠뜨린 마이조 오타로 등의 『파우스트』 계열 작가라는 세 모델로 구분 지어 보았다. 냉전이 끝남과 동시에 기나긴 불황을 경험한 그들은 전후 일본의 중간 계급에 근거한 무라카미 하루키의 서술자와 같이 건전한 내러티브의 자세와 의지를 가질 수 없었다. 오히려 인간이 아닌 무언가에게 이야기의 주권을 양도하면서 세계에 침투하는 것이 휴머니즘의 붕괴에 대응하는 헤이세이 소설가들의 프로젝트가 되었다.

　제로 년대란 문학을 포함한 지금까지의 출판, 대중 매체, 대학 같은 기득권 체제의 붕괴가 임박한 위기로 예감된 시기다. 이제 문학은 성역이 아니며 문학자도 거룩한 신분이 아니다. 이러한 강한 자기 부정을 통과하지 않고서 문학에 활기를 넣기란 불가능했다. 이때 『쓰쿠모주쿠』처럼 언뜻 일본어를 철저하게 모독하고 우롱하는 것처럼 보이는 소설이 역설적인 광채와 더불어 나타난 것이다.

생각해 보면 일본 문학은 오랫동안 이야기의 힘에 문화를 통합하는 기능을 부여해 왔다. 『겐지 모노가타리』부터 『태평기』, 교쿠테이 바킨의 독본読本[18]에 이르는 일본의 이야기가 감정이나 지식, 역사의 표현까지 떠맡아 왔음을 전제한다면, 오에 겐자부로 이래 '내러티브의 문제'가 20세기 문학의 주요 논점인 동시에 일본 문학에서도 핵심적인 주제였음을 알 수 있다. 나는 조금 앞에서 2010년대 들어 일본 문학의 실체가 점점 희박해졌다고 말했다. 그렇기에 더욱 이야기의 변용이라는 견지에서 제로 년대 문학이 달성한 것과 그 한계를 다시 판별할 필요가 있음을 새삼 강조하고 싶다.

---

18 〔옮긴이〕 에도 시대 후기, 간세이 개혁 이후에 유행한 소설 형식으로 회화문보다는 묘사문이 중심이 되어 오락성과 문학성을 겸비했다고 평가받는다.

2장
내향의 계보
후루이 요시키치에서 다와다 요코까지

1 가능성 감각의 문학

헤이세이의 순문학을 대표하는 작가를 꼽을 때, 국제적으로 높은 평가를 받아 온 1960년대 전후생 여성 작가, 즉 가와카미 히로미, 다와다 요코, 오가와 요코를 드는 데 이견을 제기하는 이는 드물 것이다. 1964년생 요시모토 바나나와 1979년생 무라타 사야카까지 포함해 이들은 해외에서 바라보는 '일본 문학'의 윤곽을 만들었다.

이 포스트 무라카미 하루키 '일본 문학'에는 눈에 띄는 특징이 있다. 그것은 그녀들의 관심이 바깥 세계의 사실주의적인 묘사, 혹은 포스트모던 소설에서 선호된 요란한 샘플링이나 콜라주보다 주인공의 내부 감각을 기술하는 데, 더욱이 인간 이외의 존재를 주역으로 하는 우화에 기울어 있었다는 사실이다. 시대나 장소에 관한 정보가 대체로 빈약한 수준에 머무는 그녀들의 작품 세계는 테러리즘도, 포퓰리즘도, 헌법 개정도, 격차 사회도, 저출산 고령화도 사실상 존재하지 않는 유토피아(어디에도 없는 장소)처럼 보인다. 그런 사회적 난제를 연상시키는 주제를 다룰 때조차 이들은 제재를 우화화하는 조치를 우선한다.

해외의 J. M. 쿳시나 미셸 우엘벡이 사회의 논쟁적 주제(동물 애호나 학대, 섹스 투어리즘, 무슬림 혐오 등)를 대담하게 다뤄 온 것과 달리, 현재 '일본 문학'에는 저널리즘에 기반한 바깥 세계에 대한 관심이 희박한 편이다. 일찍이 1932년생 고토 메이세이나 1937년생 후루이 요시키치 등이 '내향 세대'라는 반쯤 야유 섞인 호칭을 부여받은 바 있는데, 그 딸 세대 작가들은 아마 그들 이상으로 내향적일 것이다. 아울러 이 두 세대의 사이에 초기 창작에서 '무심함'detachment을 선택한 1949년생 무라카미 하루키가 있다는 것은 더 말할 것도 없다.

이러한 문학상의 물러남은 완전히 일반화되어 이제는 거의 의식되지도 않지만, 사실 그것의 의의와 한계에 대한 검토도 필요하다. 우선 과거의 내향 세대든 헤이세이의 새로운 내향 세대든 물어야 할 것은 내향으로 무엇을 하는지이다. 후루이 요시키치가 1963년 발표한 로베르트 무질론은 그에게 '내향'이 어떤 의미였는지 살펴보기에 적절한 텍스트다.

새로운 체험을 그려 내기, 이것이 현대 작가의 욕구이자 존재 이유다. 자신이 지금 사는 세계 안에서 인간적으로 불가능하다고 여겨지는 것을 그럼에도 다시 인간적인 체험으로 그려 내기, 또한 단지 이상한 사건으로서 정신의 바깥에 놓여 있는 것을 내면적인 것으로 채워 보기, 그러한 시도에 대한 충동을 짊어지지 않은 작가는 현대 작가로 평가받지 못한다. 진실로 현대의 작가다움은 열광적이거나 냉정하거나를 떠나 체험의 확대를 향한 돌파구를 찾는, 거의 에로틱할 정도의 긴장에서 온다.[1]

---

1   후루이 요시키치古井由吉, 『로베르트 무질』ロベルト・ムージル(岩波書店, 2008), 3쪽.

'현대 작가'의 극단에 위치한 이는 1880년생 오스트리아 작가 무질이다. 자기 정체성을 붕괴의 고비까지 몰아넣어 내향 감각을 미지의 무언가로 변모시키는 것―무질은 대작『특성 없는 남자』에서 이 '체험의 확대'에 '가능성 감각'이라는 이름을 붙였다(1권 1부 4장).[2] 현실 감각이 오관을 거쳐 얻어지는 실제의 사건 감각이라면, 가능성 감각은 "있을 법한 일을 실제 사건보다 가볍게 취하지 않는 능력, 오히려 실제 사건을 있을지도 모르는 일보다 무겁게 취하지 않는 능력"을 가리킨다.[3] 이런 실험적인 콘셉트는 20세기 문학 특유의 것일 테다.

여기서 잠시 문학의 진화 과정을 소묘해 보겠다. 17세기에서 18세기 무렵을 기점으로 하는 유럽의 근대 소설은 '현실 감각'에 입각해 문학적 리얼리즘을 육성했다. 근대 소설의 등장인물은 오로지 오관(특히 시각)으로 얻은 관념에 근거해 행동하고 감정이나 사상을 말로 표현한다. 그들은 외적인 힘(신)의 뜻대로 행동하는 꼭두각시가 아니라 독립한 마음과 행동양식을 갖춘 독자적인 행위자다.

이 심리적이고 감각적인 인간상의 발명은 리얼리즘의 의미 자체가 변화하게 된 것과 깊이 관련된다. 영문학자 이언 와트에 따르면, 중세 스콜라 철학에서 말하는 리얼리즘은 시대나 개인, 지역을 초월한 보편적인 것이 가장 리얼리티를 지닌다고 여겼다. 이에 따르면 신이 아닌 피조물의 경험은 그저 소음이나 오류에 지나지 않는다. 반대로 18세기 근대 소설의 리

---

2 〔옮긴이〕로베르트 무질, 『특성 없는 남자』, 1권, 박종대 옮김, 문학동네, 2010, 22쪽. 해당 부분의 내용은 다음과 같다. "현실과 똑같이 존재할 수도 있는 모든 것을 생각해 내고, 존재하는 것을 존재하지 않는 것보다 더 중히 여기지 않는 능력."

3 후루이 요시키치, 『로베르트 무질』, 138쪽.

얼리즘은 중세의 신학적 리얼리즘을 역전시켜 인간의 오관에 의해 전달되는 현실 감각, 즉 매 순간의 우발적 사건에서 유래하는 특수한 감각이야말로 리얼리티라고 본다.[4]

와트에 따르면 이 새로운 유형의 리얼리즘은 17세기 말 존 로크의 경험론적 철학과 호응한다. 재밌는 것은 로크가 주저인 『인간 지성론』(2권 11장)에서 카메라 옵스큐라(어두운 방)를 연상시키는 장치를 모델로 제시하면서 지성을 '작은 방'에, 감각을 '창'에 견주었다는 점이다.[5]

어두운 방에 들어오는 그러한 영상이 만일 거기에 머물며 필요에 따라 찾아낼 수 있게 정리된다면, 그것은 시각에 비치는 모든 것에 관한 관념으로부터 성립하는 인간 지성과 아주 비슷한 것이 될 것이다.[6]

4　이언 와트Ian Watt, 『소설의 발생』小説の勃興(후지타 에이스케藤田永祐 옮김, 南雲堂, 1999)〔강유나, 고경하 옮김, 강, 2009〕, 1장 참조.

5　〔옮긴이〕존 로크, 『인간 지성론』, 1권, 정병훈 외 옮김, 한길사, 2015, 241쪽. 해당 부분의 내용은 다음과 같다. "나는 가르치고자 하는 것이 아니라 탐구하고자 한다. 따라서 여기서 다시 이 점을 고백하지 않을 수 없다. 즉 외부 감각과 내부 감각은 내가 발견할 수 있는 지식이 지성 안에 들어오는 유일한 통로다. 내가 발견할 수 있는 한 이것들이 이 암실dark room로 빛이 들어오는 창이다. 내 생각에 지성은 외부의 시각적인 유사물들이나 외부 사물의 관념들을 받아들이는 몇 개의 작은 통로만 남긴 채 빛으로부터 전적으로 차단된 작은 방과 많이 닮았다. 만약 그림들이 이 암실에 들어와서는 거기에 머물러서 때가 되면 찾을 수 있도록 질서 있게 자리 잡게 된다면, 이 방은 시각의 모든 대상과 이 대상들에 대한 관념들과 관련하여 인간 지성과 매우 많이 닮은 것이 될 것이다."

6　데이비드 호크니David Hockney, 마틴 게이퍼드Martin Gayford, 『회화의 역사』絵画の歴史(기노시타 테쓰오木下哲夫 옮김, 青幻舎, 2017), 212쪽에서 재인용.

로크적 지성은 시각을 거쳐 마음(카메라＝어두운 방)에 보존된 관념을 이를테면 폴더 속 영상 파일처럼 "필요에 따라" 조작하는 능력이다. 마찬가지로 근대 소설의 리얼리티도 등장인물의 마음이라는 폴더에 쌓인 관념을 기반으로 한다. 예컨대 디포의『로빈슨 크루소』속 주인공은 사회와의 연결이 단절된 외딴 섬에 살면서 심리적인 경험을 쌓아 간다. 즉『로빈슨 크루소』는 주인공의 마음과 환경을 백지tabla rasa 상태로 초기화해 그 빈 '어두운 방'에 지식과 감정을 새롭게 입력해 나가는 경험론적 소설이다.

그에 비해 20세기 '가능성 감각'의 문학은 지금껏 마음에 입력된 적 없는 미지의 감각을 조작하려 한다. 혹은 후설식으로 말해 의식의 폴더에서는 이미 정리가 끝났지만 아직 충분히 '생장'하지 않은(이를테면 영상 파일로 표시되지 않은) 관념을 그려 내려 한다. 결국 20세기 '가능성 감각' 문학의 필자는 아직 일어나지 않은 일, 혹은 앞으로 일어나려고 하는 일로부터, 요컨대 감각의 망령으로부터 작품을 만들어 내려 한 것이다. 그것은 로크나 디포 등이 시작한 근대의 리얼리즘 프로젝트를 심의해 진행 중인 작업work in progress의 상태로 되돌려 보내려는 야심 찬 시도였다.

물론 이러한 '가능성'에 근거한 소설을 쓰는 것은 쉽지 않은 일이다. 아니, 아예 '불가능'한 실험 소설이라고 말해야 할 것이다. 한 연구자의 표현을 빌리면, 미완으로 끝난 무질의『특성 없는 남자』는 "'현실 감각' 위에 '가능성 감각'을 겹겹이 쌓아 올려 현실성 개념을 누더기로 만든다. 그 표현의 특히 인상적인 부분은 소설의 진행과 함께 스스로를 해소하는 데서 확인할 수 있다".[7]

소설에서 리얼리티의 지반을 누더기로 만들어 결국 소설

자체를 부정하는 데 이르는 가능성 감각의 문학, 이 기묘한 콘셉트 역시 20세기의 소산이다. 두 번의 세계 전쟁을 낳은 20세기의 기술은 오관이나 의식으로는 포착할 수 없지만 얼마간 현실적 효과를 미치는 것—방사능 물질에서 온실 가스, 혹은 프로이트가 말한 '죽음 충동'에 이르기까지— 을 부상케 했다. 과거의 자연 과학으로는 포착할 수 없는 이 초감각적인 현실에 육박하기 위해서는 일단 '현실 감각'의 자명성을 괄호 속에 넣어야만 했다. 요컨대 오관에 근거한 근대 소설의 리얼리즘을 심의하고 다른 전략을 세워야 하는 것이다.

이렇게 20세기 전반의 유럽에서는 무질 외에도 회화의 표현주의나 철학의 현상학, 정신분석학을 비롯해 이제까지의 현실 감각을 근본적으로 의심하는 사조가 나타났다. 일본의 경우 나쓰메 소세키가 이른 시기에 이러한 사조를 공유한 바 있다. 이를테면 소세키의 단편 「취미의 유전」(1906)[8]은 선조에게서 이어받은 취미(이성에 대한 취향)의 '유전'을 둘러싼 괴담이다. 본인이 태어나기 전의 연애 체험, 즉 감각의 망령은 소세키의 영적 상상력의 원천이 되었다. 이것도 '가능성 감각' 문학의 한 예라고 할 수 있다.

나아가 일본의 근대 사상에서도 논리적인 근대의 지성 모델에 대한 반발을 엿볼 수 있다. "사물이 되어 생각하고 사물이 되어 행동하라"를 모토로 행위적 직관(만들면서 보는 것)에 근거한 철학을 내걸었던 니시다 기타로,[9] 민예 운동의 경험을 바탕으로 마찬가지로 '직관'을 중시한 야나기 무네요시,

---

7　페르디난트 펠만Ferdinand Fellmann, 『현상학과 표현주의』現象学と表現主義(기다 겐木田元 옮김, 講談社学術文庫, 1994), 96~97쪽.
8　〔옮긴이〕나쓰메 소세키, 『런던 탑, 취미의 유전』, 김정숙 옮김, 을유문화사, 2004에 수록되어 있다.

상징주의와 유물론 사이에서 근대 비평을 구성한 고바야시 히데오 등이 그렇다(거칠게 말해 이들은 베르그송과 사상적 친연 관계에 있으나 이 일본적 베르그송의 계보에 대해서는 별도의 구체적인 검토가 필요할 것이다). 이들은 오컬티즘과도 종이 한 장의 차이를 가지지만, 이를 오관을 능가하는 20세기 기술에 대한 응답으로 읽는다면 흥미로울 것이다.

2 내향 초월의 모델

여기까지가 내향 세대의 전사라면, 후루이 요시키치 자신은 어떻게 '가능성 감각'에 접근한 것일까? 후루이의 작품은 한마디로 엑스터시(탈아=황홀)의 문학이다. 즉 자기가 자기 아닌 것으로, 현실이 현실 아닌 것으로 바뀌는, 이 광기 어린 변신에서 에로스를 발견하는 작품이다. 후루이는 말하자면 소설의 현상학자로서 기존 리얼리즘의 전제에 의문을 품고 현실 감각을 해체하는데, 거기에는 크게 두 갈래의 길이 있었다.

하나는 인간을 이름 없는 '남자들'과 '여자들'로 환원하고 무리의 감각을 떠오르게 하는 것이다. 이를테면 1970년의 중편 소설 「남자들의 단란」에서는 산막의 남자들이 음담패설을 하며 동성 사회적homosocial 관계를 이어 나간다. 한편 같은 시기에 발표된 「둥글게 둘러선 여자들」의 말미에는 여자들이 "넋을 잃고" 관능적으로 흔들리는 원진을 만들고 "직격탄을 맞으면 이 아이는 안에 들여보내고 모두 같이 죽읍시다"라며 윤리적 선언을 하는 장면이 그려진다.[10] 이 추잡한 남자들

---

9   무타이 리사쿠務台理作, 『철학 열 가지 이야기』哲学十話(講談社学術文庫, 1976), 185쪽 이하.

과 결벽한 여자들이라는 구도는 훗날의 인터넷—익명 게시판에서 SNS까지—상황까지 선취한 것이다. 후루이는 개체가 무리로 변용해 마치 신종 생명체와 같은 감각을 생성하는 데서 대중 사회의 '정치'를 발견했다. 개체에는 개체의, 무리에는 무리의 특유한 감각 기관이 있는 것이다.

다른 하나는 불면, 그림자, 병, 늙음이 초래하는 이상 감각을 부각하는 것이다. 늙은 서술자의 내부 감각을 그린 근작『이길』(2019)을 보자.

노망이란 시간이든 공간이든 모든 차이가, 동떨어진 것이 쉽사리 융합하는 그러한 지경에 들어서는 것 아닐까? 주위 사람들은 그것을 기분 나쁜 분열로 보고 놀라거나 두려워하기까지 하지만, 본인에게는 평이한 실상일 따름이고 그저 남에게 전할 도리가 없을 뿐이다.

노년은 〔…〕 지난밤 꿈자리가 사납기만 하고, 종일 혼이 이내 몸을 떠날 것만 같은 기분으로 하루를 보내게 된다. 신체가 혼을 붙들어 매는 힘이 약해진 탓일 테다.

노인의 마음＝어두운 방에 입력된 관념은 더 이상 지성으로 조절할 수 있는 상태가 아니다. 그는 이 '영혼의 분리' 직전에서 끊임없이 현실 감각으로부터 실종될 것 같은 느낌을 받는다. 연작인『네거리』(2006)에서도 '자기 박리'로 인한 '도취감'이 모티프가 된다. 수없이 반복되는 '네거리'의 이미지는

10　이 두 작품의 성질은 가라타니 고진이 상세하게 분석한 바 있다.『두려워하는 인간』畏怖する人間(講談社文芸文庫, 1990), 158쪽 이하.

미지의 누군가와 만나기 위한 공공적 광장이 아닌, 주인공과 부친 간의, 나아가서는 과거 자신과의 엇갈림을 일으키는 허구의 십자로로 묘사된다. 건축가 마키 후미히코가 말한 것처럼 일본적 공간에는 '네거리'를 포함해 다양한 '틈'이 존재하는데,[11] 후루이의 소설도 시공의 간극을 찔러 엑스터시에 이르려는 것이다.

후루이는 거의 반세기에 걸쳐 이른바 정상인과는 이질적인 감각 기관을 문학에 설치하려 해 왔다(후루이에게는 『성스러운 귀』라는 연작도 있다). 이 가능성 감각의 문학은 집단적 열광부터 노인의 광기와 엑스터시까지를 부각시킨다. 역사학자 리아 그린펠드의 말처럼 근대 문화에서 광기의 표현이 확대된 것이 '민족주의의 세계화'와 상관관계를 가진다면,[12] 후루이는 오히려 민족주의를 지탱하는 근대 청년의 광기를 국가에 대한 동일화를 망각한 포스트모던 노인의 광기(자기 박리)로 온통 뒤덮은 것이다.

후루이는 어째서 엑스터시의 문학을 이토록 지속해서 집필했을까. 이야기하기에 '구역질'을 느끼고, '잡담'과 '고찰'이 이끄는 대로 이야기와 에세이를 융합시키려 한 무질의 『특성 없는 남자』는 장대한 "파탄의 기록"[13]이라 부를 만하다. 그에 비해 후루이는 오히려 파탄의 덫을 빠져나가며 창작의 전선戰線을 능숙하게 지속해 왔다. 동양의 문화적, 사상적 코드가

---

11   마키 후미히코槇文彦, 『어른거리는 도시』見えがくれする都市(鹿島出版会, 1980), 1장 참조.

12   Liah Greenfeld, *Mind, Modernity, Madness: The Impact of Culture on Human Experience,* Harvard University Press, 2013, 6장.

13   마르셀 라이히-라니츠키Marcel Reich-Ranicki, 『장막을 내려라, 사랑의 밤이여』とばりを降ろせ、愛の夜よ(오카자와 시즈야丘沢静也 옮김, 岩波書店, 2004), 177쪽.

여기에 도움을 주었다고 볼 수 있지 않을까.

엑스터시라고 해도 후루이의 경우 신의 사랑에 휩싸여 하늘로 승천하는 그리스도교적 법열과는 차이가 있다. 1980년대 이후 일본 고전으로 기운 후루이는 고대 시가의 궤적을 다시 더듬듯『산소후』(1982)와 승려의 왕생전往生伝[14]을 바탕으로 한『가왕생전 시문』(1989)을 위시해 일본어의 옛 지층을 의식한 작품을 창작했다. 이들은 대체로 신과 같은 외부의 초월자를 향해 절정에 이르는 것이 아니라, 자기의 내부 감각으로 침잠해 내가 아닌 무언가를 이상한 분신(또 다른 자아alter ego)으로 그려 낸 것이었다. 제로 년대 이후의『네거리』나『이길』은 이러한 틀에 혼의 분리라는 모티프를 추가한 것이다.

이러한 '내향 초월'inward transcendence의 모티프는 일본만이 아니라 중국, 인도 사상에서도 널리 발견된다. 예를 들어 중국 사상사가 위잉스에 따르면 중국 고대 사상의 기원에는 '천'天에 접속할 수 있는 '심'心 개념의 발명이 있다. 원래 하늘에 접속할 권리를 주었던 것은 샤머니즘(무술)이나 예악이었다. 하지만 춘추 전국 시대 들어 이러한 외부 양식 없이 천명을 수신할 수 있는 인간의 특별한 내부 상태―심, 성性, 인仁, 덕德―가 구상된다. 유교나 노장 사상의 기반에는 이 '천인합일'天人合一의 관념이 있었다.

이러한 전제하에 위잉스는 지구상에서 위대한 사상가가 차례로 나타난 기원전 5세기 전후, 즉 야스퍼스가 말한 추축 시대axial age의 동서 비교에 착수한다. 고대 그리스의 플라톤이 이데아라는 외부의 가치를 정한 것과 달리(외향 초월) 동양의 공자는 그 가치를 내부화했다(내향 초월). 공자의 유교

---

14 〔옮긴이〕극락왕생한 사람들의 전기를 모은 책을 말한다.

는 예약을 '인'과 결부시키는 '파천황'적 정신 혁명을 통해 가치의 기원이 될 초월 세계를 '천'에서 '사람의 속마음'으로 옮긴 것이다(한편 양의 공희를 그만두려 하는 제자에게 공자가 "나는 그 예를 버리기 어렵다"라고 말하며 의례적인 관례를 중시한 것도 간과할 수 없지만).[15] 이처럼 특별한 '심'의 발견이야말로 제자백가가 다투었던 중국 사상의 황금 시대를 이룩하는 초석이 되었다.

고대 인도에도 내향 초월의 경향이 있었다. 예를 들어 요가(토착/인더스 유래/실천/반反브라만/불살생)는 호흡을 조절하고 정신을 조작하며 감각 기관을 억제하는 기술이다. 외부에서 온 베다(아리아/이란 유래/제식/브라만 지상주의/동물 공희) 종교(브라만교)는 곧 토착 요가의 기술을 흡수해 기존의 대규모 의식을 대체했다. 굳이 성가시게 대대적인 공희 같은 것을 하지 않아도 요가의 명상으로 같은 초월 효과를 얻을 수 있다면 종교 양식도 크게 변하게 된다. 인도 연구자 야마시타 히로시는 이를 '제사의 내부화'라고 불렀는데,[16] 이는 공자의 정신 혁명과도 가까울 것이다.

일본의 정토교에도 『관무량수경』[17]처럼 요가 명상법을 말한 텍스트가 널리 수용되었다.[18] 지는 해를 보며 극락정토를 관상하고日想觀, 마음속에 물에 대한 지각을 만들어 얼음이나

---

15   위잉스余英時, 『하늘과 사람의 사이를 논하다: 중국 고대 사상의 기원 탐색』論天人之際: 中國古代思想起源試探(聯經出版公司, 2014), 221, 229쪽. 또 후루이가 좋아하는 '불면'의 엑스터시에도 3세기의 죽림칠현 중 한 사람인 완적阮籍의 「영회시」詠懷詩—"한밤중 잠 못 이루어/일어나 앉아 거문고 타네"로 시작해 현묘한 서정에 이르는—라는 중요한 선례가 있다.

16   야마시타 히로시山下博司, 『요가의 사상』ヨーガの思想(講談社選書メチエ, 2009), 65쪽 이하 참조.

유리를 상상하라고 설하며水想觀, 마지막으로는 극락정토(최고로 행복한 나라)의 연못, 보석, 부처의 이미지에까지 이르고자 하는 이 명상 사용 설명서는 마치 20세기의 '가능성 감각'을 선취한 듯한 텍스트다(덧붙이자면 오리구치 시노부의 신비로운 소설『사자死者의 책』도『관무량수경』의 종교적 환각에 적지 않은 빚을 졌다). 후루이의 작품이 반드시 불교 명상법을 참조했다고 할 수는 없지만,『가왕생전 시문』이 왕생=죽음에 이르는 과정을 미분해 생사를 허공에 매달아 놓은 '일시적 왕생'仮往生의 단계를 무한히 증식시킨다는 점에서 명상적인 자기 최면을 확인할 수 있을 것이다.

이처럼 동아시아 사상은 명상의 과정이나 조합에 무게를 두고 특별한 심적 상태를 만들어 냄으로써 초월적인 가치를 나타내려 했다. 동아시아의 형이상학적 충동은 외부의 이데아가 아니라 내부의 우주를 향해 해방된 것이다. 후루이의 문학도 감각 기관을 새로 만들고 신 없는 세계의 엑스터시에 다가감으로써 이 '내향 초월'의 과정을 풍부하게 그려 냈다.

3 이야기와 수필

그런데 80년대 이후 후루이 소설에는 대체로 과정이나 장면만 있을 뿐 일반적인 의미의 이야기성은 방기된다. 이는 20세

---

17 〔옮긴이〕무량수경, 아미타경과 함께 정토 삼부경의 하나로 꼽히는 불교의 경전이다. 이 경전에서 석가모니는 현재의 고통을 벗어나 부처의 세계를 친견하고 극락정토에 태어나기 위한 수행 방법인 열여섯 가지 관법觀法을 설한다.

18 카를 구스타프 융C. G. Jung,『동양적 명상의 심리학』東洋的瞑想の心理学(유아사 야스오湯浅泰雄 옮김, 創元アーカイブス, 2019), 180쪽 이하.

기 문학이 지닌 이상성과 관련된다. 20세기 전반의 모더니즘
은 문학을 성립시키는 기본적 조건(시간, 공간, 인칭, 언어 등)
에 압력을 가해 그것을 시험하고 다시 프로그래밍하려 한 운
동이었다. 조이스, 포크너, 무질 등의 모더니스트 작가들은 때
로 문체에 광기에 가까운 강한 부담을 가해 작품이 난해해지
는 것도 마다 않고 소설을 새로운 단계로 이끌고자 했다.

　이 프로젝트는 20세기 후반의 일본인 작가에게도 이어지
는데 그 양상은 서양과 달랐다. 이 점에서 후루이가 쇼와 말기
1987년 강연에서 "소설은 한편으로는 이야기성 쪽으로 나아
가고, 다른 한편으로는 이야기성에서 멀어져 수필에 한없이
다가가는 두 가지 방향이 있다고 생각"한다는 전망을 제시한
것은 흥미롭다.[19] 이후 헤이세이의 '일본 문학'은 바로 '이야기
적인 것'과 '수필적인 것'으로 분기되었기 때문이다.

　예를 들어 후루이와 동세대인 오에 겐자부로와 쓰쓰이 야
스타카부터 마에다 시로, 마이조 오타로, 사토 유아 등에 이르
도록 90년대 이래 '이야기 방식의 문제'는 큰 쟁점이었다. 1장
에서 다룬 것처럼 이야기 내용은커녕 이야기하려는 자세마
저 잃어 가는 상황에서 소설의 '이야기성'을 다시 세우는 것,
그것이 헤이세이 문학의 의제였다.

　이에 비해 후루이는 가능성 감각을 그려 내는 데 수필적=
반反이야기적 문체를 사용했다. 이를테면 『가왕생전 시문』의
문체는 이미 소설과도 작가의 개인적인 일기와도 다르다. 이
야기에는 발전이 있고 성장이 있다. 하지만 쇼와 말기에 연재
되어 쇼와 천황의 '왕생' 직후에 간행된 『가왕생전 시문』이 보
여 주는 것은 역사적 발전이 끝난 포스트 역사적 세계이고, 이

19　후루이 요시키치, 『로베르트 무질』, 120쪽.

세계에서는 죽음의 직전 순간만이 '반복'된다. "잃어버린 청정함 안에서 생애의 반복이 희미하게 떠올랐다가는 버려진다. 왕생이란 이와 같은 것일까?" 쇼와의 주마등 안에서 일어난 일과 일어나지 않은 일의 경계는 애매해진다. 결국 가능성이 현실성을 능가한 것이다.

일본에서는 이상하게도 세이 쇼나곤의 『마쿠라노소시』淸少納言나 요시다 겐코의 『쓰레즈레구사』徒然草 같은 수필집이 문예 고전으로 권위를 부여받아 왔다. 이 전통을 한층 과격하게 밀어붙이듯, 후루이는 대담하게도 수필과 일기의 스타일을 소설에 도입해 '내향 초월'의 수단으로 변화시켰다. 생령과도 같은 그 문체는 이윽고 독자의 감각을 명상적인 여행으로 이끈다.

더욱이 여기서 중요한 것은 헤이세이 '일본 문학'도 점점 수필적＝반이야기적 문체에 의해 '가능성 감각'에 다가갔다는 사실이다. 이러한 현상은 특히 후루이와 마찬가지로 독일 문학에서 많은 영향을 받은 다와다 요코에게 현저하다. 언어적 영역 횡단, 즉 넓은 의미에서 번역을 주제로 한 에세이 『여행하는 말들』로도 알려진 다와다는 언뜻 '외부로의 탈출'을 축으로 하는 작가로 보인다. 하지만 이 작품을 읽으면 그녀가 오히려 내부 감각에 강하게 이끌리고 있음을 알 수 있다.

4 신체, 번역, 서바이벌

예컨대 다와다의 대표 단편 「고트하르트 철도」(1995)의 여성 서술자는 고트(신Gott)하르트(단단하다hart)라는 남성적 이름을 가진 철도를 타고 세인트 고트하르트라는 스위스의 산을 주파하고자 한다―아니, 오히려 이 산의 터널 내부에 머무르기를 소망한다. "고트하르트의 배 속에 숨어들어 잠깐 거기서 살아 보고 싶다." 이러한 욕망의 기점에는 "고트하르트는 나라는 점막에 염증을 일으켰다"라는 사건이 있다. 과민한 감각 기관으로 변한 '나'는 고트하르트라는 이름에 자극을 받아 그곳으로 침입하는 망상을 한다…

　무라카미 류나 무라카미 하루키와 달리 다와다 요코에게는 이야기꾼으로서 재능이 풍부하지 않다. 이로 인해 그녀의 소설은 종종 흐름이 교착하나, 이를 약점이라 단정할 수는 없다. 이야기가 활발하게 움직이지 않는 만큼 독특한 내부 감각을 수필적으로 열거해 보여 주는 데 다와다의 진가가 있다(덧붙여 다와다는 종종 '시적'이라고 평가받는데, 그녀가 시인에게 있을 법한 절단력이나 조형력을 본령으로 하는 작가인지는 의문스럽다). 게다가 다와다의 소녀적 명상=망상은 신체성을 강하게 환기한다. 「고트하르트 철도」에서는 남성의 배에 잠입하고 싶다는, 말 그대로 '내향'의 욕망이 남녀의 젠더 이미지를 반전시켜 남성을 임산부로 바꾼다.

　부드러운 남자의 배 속, 낳고 나서 잊었던 꿈속의 태아가 몇 명이나 썩어 비료가 된 풍만한 살의 안. 나는 단단한 것에 파고들고 싶은 것이 아니다. 그저 부드러운 것 안으로 녹아들고 싶을 뿐.

　여기서 "있을 법한 일, 있을지도 모르는 일"에 뿌리 내린 가능성 감각이 팽창하고 있다. 더구나 서술자는 이 배 속에 검붉은 페니스가 "살라미 소시지가 가득 담긴 것처럼" 꽉 차 있는 모양을 꿈꾼다. 같은 세대의 가와카미 히로미에게는 『선생님의 가방』(2001)이라는 연애 소설이 있는데, 다와다의 「고트하르트 철도」도 가방처럼 유연한, 무언가의 용기와도 흡사한 남자의 배에 대한 페티시즘을 숨기지 않는다.

단단한 남근들이 부드러운 배에 감싸인다―세심한 독자라면 분명 여기에서 남근 중심주의pallocentrism의 해체를 발견할 것이다. 다만 보다 중요한 것은 남자다움이 해제되는 대신 내향과 침투의 꿈이 부상한다는 사실일 테다. 실제로 남자의 배에 녹아들 듯 들어가고 싶다는 서술자는 "갇히고 싶어. 그게 제일 행복해"라며 일종의 모태 회귀 소망을 이야기한다. 우노 쓰네히로식으로 말하면 이를 여성판 '모성의 디스토피아'라고 평가할 수 있겠지만, 다와다는 여기에 몰입하기 직전에 말을 잇는다.

나는 플랫폼에 섰다. 터널 입구로 시선이 이끌리는 것을 거부할 수 없었다. 터널 내부는 이 골짜기 마을의 밤보다 한층 어두웠다. 그 어둠의 깊이는 터널 안으로 들어가는 자신의 모습을 떠올리는 것마저 허락하지 않았다. 들어간 걸까, 정말 나는. 꿈에서까지 본 고트하르트의 배 속에. 들어가지 않은 것이 분명하다. 들어갔다고는 상상조차 할 수 없었다.

이처럼 다와다는 남자의 배 속에 들어가는 욕망을 어디까지나 가능성 감각의 영역에 남겨 둔다. 프루스트풍의 무의지적 기억에 이끌린 서술자는 결국 자신의 꿈을 보류한다. 뒤에서 다시 언급하겠지만 이러한 결말은 다른 여성 작가의 선택과 비교해 볼 필요가 있다.

한 가지 더 흥미로운 것은 다와다에게 '하강'에 대한 집착이 나타난다는 점이다. 여성 번역가가 "쿵쿵거리며 언덕길을 뛰어내려"[20]가는 장면으로 끝나는 중편 「글자를 옮기는 사람」(1993, 처음 발표했을 때의 제목은 「알파벳의 상처」)도 그렇거니와, 「고트하르트 철도」와 같은 시기에 발표된 소녀 소설 『성녀 전설』(1996)에서는 '오코쿠'鶯谷[21]라는 기분 나쁜 침입자에게 농락당해 '혼이 머물 장소'를 잃고 '고케시'[22]가 된 '나'가 창문에서 몸을 던지는 것으로 끝나는가 싶더니 투신한 소녀의 회상이 십수 쪽에 걸쳐 길게 서술된다.

서술자가 땅바닥에 떨어지기까지의 과정을 집요하게 미분하는 『성녀 전설』은 바로 '일시적 왕생'을 지상에서 행하는 가능성 감각의 문학이다. 생사의 구별을 말 그대로 허공에 매달아 놓음으로써 이 서술자는 오코쿠의 무시무시하고도 고혹적인 주술을 뿌리치고, "골계적인 것이 아름다운 것보다 강하다"라는 새로운 발견 속에서 유머를 품은 말과 신체를 목숨 걸고 분만하려 한다. 후쿠나가 신이 적확하게 평한 것처럼 다와다는 "죽음을 향한 낙하 속에서 삶에 대해 썼다"(『성녀 전설』, 지쿠마분코판 해설).

신체의 조절을 포기함으로써 오히려 살아남기—이는 말 그대로 서바이벌(초sur-생vival)이다. 다와다는 이러한 서바이벌을 넓은 의미의 '번역'으로서 접속시켜 왔다. 예컨대 「문자 이식」의 서술자는 실재하는 독일어 문학(안네 두덴의 「알파벳의 상처」)을 헐떡이는 일본어 문장으로 번역=이식함으로써 독일어도 일본어도 모두 모독하고 만신창이 구경거리

---

20 〔옮긴이〕다와다 요코, 『글자를 옮기는 사람』, 유라주 옮김, 워크룸프레스, 2021, 73쪽.

21 〔옮긴이〕계곡에 사는 꾀꼬리 혹은 꾀꼬리가 사는 계곡을 뜻하며, 아직 세상에 이름을 알리거나 출세하지 못한 사람을 이르는 말이기도 하다.

22 〔옮긴이〕일본 도호쿠 지방 특산품으로, 머리가 둥근 목각 인형을 말한다.

로 바꿔 버린다. 하지만 이렇게 언어를 침범하고 그 안정성을 위협함으로써, 즉 언어의 현실성을 언어의 가능성을 향해 열어 넘음으로써 다와다는 말과 신체를 다른 무언가로 번역해 성스러운 것으로 살아남게 한다. 원래 번역이란 원작을 지극히 취약한 상태까지 몰아붙여 그 언어적 구조를 상처 입기 쉽게, 더러 낯선 것으로 바꾸는 것을 의미한다(이 점에서 모든 번역은 골계를 내포한다). 세인트 고트하르트나 성녀가 가진 '신성'은 이 골계적일 정도의 취약함에서 나온 산물이다.[23]

5 감각의 비인간화

반복하면, 존 로크의 경험론에서 지성이란 마음의 폴더＝어두운 방에 입력된 영상을 조작하는 능력에 견줄 수 있다. 이 모델은 여전히 유효하다. 예를 들어 다카하시 겐이치로의 『사요나라, 갱들이여』(1982)처럼 만화나 가요의 정보를 콜라주

---

23   다와다의 소설이나 마이조 오타로의 『쓰쿠모주쿠』는 신성이 있어서 모독하는 것이 아니라 모독당하기 때문에 신성이 생겨난다는 역전 현상을 그린다. 옴 진리교의 '존사'[교주 아사하라 쇼코를 뜻한다]에서 포퓰리스트 정치가에 이르기까지, 이는 포스트모던 소비 사회의 수상쩍은 뭇 신들의 특징이리라(모독적인 풍자화가 종교 대립을 부채질하는 것으로 끝나는 것도 그 때문이다). 「고트하르트 철도」가 옴 사건이 일어난 해에 발표된 것은 시사적이다. 또한 1995년에는 마찬가지로 언어적 초월을 주제로 해 영어와 일본어 2개 국어를 혼재시킨 미즈무라 미나에의 『사소설, 왼쪽에서 오른쪽으로』私小説, from left to right가 간행되었다. 다만 미즈무라가 일본과 미국 문화권을 구별하면서 미국에서 학문적, 예술적으로 좌절한 자매의 모습을 그린 것과 달리(이 소설에는 미국의 엄숙한 건축물 사진이 인간적인 것을 배제하고서 삽입되어 있다) 다와다는 좋고 나쁨을 떠나 그러한 문화의 벽을 언어적 페티시즘으로 초월해 버린다. 「고트하르트 철도」에서 서양이 엄격한 구조물이 아니라 쾌락적인 육체로 완미되는 것을 보라.

한 포스트모던 소설은 그 극단적 사례다. 다카하시는 소설을 어떤 문자나 영상으로도 기입할 수 있는 '빈 서판'처럼 다루려 했다.

그에 비해 후루이나 다와다는 현실 감각을 가능성 감각으로 바꿔 놓으려 했다. 이 모델은 마음속의 영상 파일이 반쯤 깨졌거나 파일은 이미 소거되고 흔적만 남은 상황 등으로 이해할 수 있다. 더구나 다와다에게서는 낙하의 감각, 문자 이식의 감각, 동물의 감각까지 그 가능성 감각에 포함될 수 있다. 번역은 모어와 현실 감각의 안정적인 연결을 끊어 가능성 감각의 유토피아를 만들어 낸다. 특히 다와다의 90년대 단편 소설은 무질=후루이가 말한 "있을 법한 일, 있을지도 모르는 일"과 깊이 관련되어 있다.

문학에는 영상도 소리도 냄새도 없다('공감각' 같은 현상은 일단 제쳐 두고). 그러므로 작가의 일은 활자를 가지고 가짜 세계를 만드는 것, 즉 독자가 감각한 적이 없는 것을 감각하게 하는 것이다. 이 점에서 모든 문학은 잠재적으로 '가능성 감각'을 갖추고 있다. 주지하듯 영상이나 음악이 범람하는 현대 사회에 오관을 자극하는 메뉴는 이미 풍부하게 존재한다. 그럼에도 여전히 소설가가 활자를 통해 '체험의 확대'를 기도한다면, 다와다처럼 여러 층위의 번역을 구사해 '가능성 감각'을 인간 이외의 것으로 넓히는 전략이 유효할 것이다. 그녀는 초기부터 근작 『구름 잡는 이야기』(2012)에 이르기까지 그러한 시도를 수필적인 스타일로 계속해 왔다.

이러한 감각의 비인간화라는 맥락에서 1960년생 다와다 요코와 한 쌍으로 들 수 있는 이가 1962년생 오가와 요코다. 다와다가 「개 신랑 들이기」(1992)에서 동물의 비릿한 신체에 페티시적 욕망을 쏟은 것과 달리, 오가와는 「약지의 표본」

(1992)에서 신체를 오히려 냄새가 나지 않는 '표본'으로 고정한다. 혹은 다와다가 갑자기 재치 있는 문장—「고트하르트 철도」에서라면 "서리 내린 육체에, 죽음도 쏟아져 내린다"와 같은—을 작품 안에 슬쩍 집어넣는 것과 달리, 오가와는 요란한 말장난은 자제하고 서늘한 문체를 확립한다. 다와다가 문자 번역=모독에 집착하는 데 비해 오가와는 『박사가 사랑한 수식』(2003)에서 숫자가 지닌 고요한 서정성을 부각한다.

오가와의 소설에 화려한 규칙 파괴는 없다. 오히려 이상성을 감싸는 평온함을 고수하려 한다. 그녀는 '현대의 옛날이야기' 같은 스타일로 현실 감각을 고쳐 쓰려 했다.

예를 들어 오가와의 장편 『은밀한 결정』(1994)은 비밀 경찰이 사람들의 기억을 서서히 빼앗아 가는 섬을 무대로 한다. 기억이 없는 주민들이 점점 무감각해짐에 따라 소설가인 서술자 '나'도 작품을 써 나가기가 어려워진다. 다만 이 작품이 조지 오웰의 『1984』 같은 문명 비평은 아니다. 리얼리즘 소설의 발판(현실 감각)을 지워 나간 끝에 이를테면 타다 남은 감각의 불길만으로 언어를 성립시키기—나는 여기에 이 우화적 소설의 노림수가 있다고 본다.

이러한 설정은 『박사가 사랑한 수식』에 기억 장애를 지닌 초로의 수학자가 나오는 것을 상기시킨다. 기억이 한정된 박사는 수식으로 감정을 표현하려 한다. 『박사가 사랑한 수식』에서는 감각적으로 불모일 터인 수식이 오히려 인간적인 다정함을 동반한 가사 없는 노래lied ohne worte가 된다. 다만 오가와의 본령은 감동도 무기물처럼 생명을 갖지 않은 '표본'으로 만들어 버리는 악의에 있을 것이다. 『박사가 사랑한 수식』은 그러한 반휴머니즘을 온건하게 표현해 베스트셀러가 되었다.

오가와는 대부분의 근대 소설과 달리 감각이나 기억을 지워 나가며 시간으로부터 단절된 표본적 오브제의 페티시즘을 그린다. 그렇다면 (다와다나 가와카미 히로미도 그렇지만) 오가와가 성장 기피 모티프를 즐겨 사용해 온 것도 그다지 놀랍지 않다. 체스를 두는 꼭두각시 인형을 조종하는 소년을 그린 『고양이를 안고 코끼리와 헤엄치다』(2009)를 시작으로 오가와의 옛날이야기는 표본처럼 성장을 멈춘 존재를 통해 고요한 인상을 독자에게 부여한다. 반대로 배가 불러 가는 임산부 언니에게 여동생이 독극물을 섞어 먹이는 초기 대표작 「임신 캘린더」(1990)에서 볼 수 있는 것처럼 오가와에게 성장은 종종 혐오의 대상이 된다.

6 저널리즘과의 거리

이처럼 헤이세이의 내향적 '일본 문학'이 저널리즘에 기반한 현실 묘사를 차단하고 반성장 소설로 향한 반면, 여성의 주체화가 헤이세이의 주요 주제가 된 것도 간과할 수 없다. 예를 들어 다와다와 같은 해에 태어난 사회파 미스터리 작가 미야베 미유키의 『화차』(1992)에는 다음과 같은 구절이 나온다.

그 철벽과 같은 존재 의지.
오로지 자기 자신만을 위해서. 그런 여자다. 그리고 그런 여자는 불과 십 년 전까지만 해도 이 사회에 존재하지 않았을지도 모른다. (강조는 원문)[24]

---

24 〔옮긴이〕 미야베 미유키, 『화차』, 이영미 옮김, 문학동네, 2012, 189쪽.

미야베는 버블 경제 말기 일본을 배경으로 타인의 호적, 즉 신분 증명을 훔쳐서까지 새로운 인생을 소유하려 한 여성을 그렸다(이 점에서 『화차』는 헤이세이판 『모래 그릇』이라고도 할 수 있다). 이 "철벽과 같은 존재 의지"를 갖춘 범죄자는 새로운 '내향 세대'에서 나타나는 유혹에 약한 여성 주인공과는 대조적이다.

더구나 다와다와 오가와의 동생 세대인 1966년생 이토야마 아키코나 1967년생 가쿠타 미쓰요—덧붙이자면 이 사인방은 와세다 대학 출신이다—는 굳이 따지자면 '외향적'인 편이다. 다와다의 「고트하르트 철도」나 『성녀 전설』이 직업인의 리얼리티를 삭제한 것과 달리(이는 일본 순문학의 지배적 경향이기도 하다), 제로 년대 전반에 이토야마와 가쿠타는 노동자 여성에 관심을 두었다.

예를 들어 이토야마의 『바다에서 기다리다』(2005)는 직장을 배경으로 삼아 인간 군상을 솔직하고 숨김없는 어조로 그린다. 남자 배 속에 숨어드는 것과 같은 성적 페티시즘 대신, 이 작품 속 여성 서술자는 급사한 남자의 컴퓨터를 약속대로 분해해 데이터를 지우고 재조립함으로써 우정을 조심스레 확인한다. 가쿠타의 『강 건너의 그녀』(2004)에서는 같은 직장의 여사장과 아이가 있는 사원이 각자의 사회적 상황 속에서 각자의 삶을 살아간다. 이렇듯 이토야마와 가쿠타는 망상적인 페티시즘이나 감미로운 상호 침투와 단절하고 일하는 여성의 입장에서 제로 년대 일본 사회를 관찰했다.

헤이세이는 1986년부터 시행된 남녀 고용 기회 균등법이 계기가 되어 노동 환경에서 자유주의적인 '남녀 평등' 방침이 표면화된 시대다. 하지만 여성의 노동 주체화는 종종 남성 우위의 동성 사회적 기업 풍토 속에서 방해를 받았다(이러한 폐단은 직무의 질이 아니라 커뮤니티에 얼마나 복종하는지에 따라 노동자를 평가하는 일본형 고용 시스템에서 유래한다).[25] 반면 여성이 신자유주의의 경쟁적 마케팅 안에서 자신을 과잉 주체화해 남성 이상의 '기업 전사'로 무장한 결과 과로사로 내몰린 사례도 있다. 여성 주인공이 아무 의심 없이 그야말로 '철의 의지'를 갖춘 편의점 전사가 되어 가는 무라타 사야카의 『편의점 인간』(2016)은 그러한 상황을 로스트 제너레이션의 입장에서 코믹하게 패러디한 작품으로 읽을 수 있다.

이처럼 막다른 벽에 부딪힌 상황을 타파하기 위해서는 여성의 대안적 주체화 경로를 구상할 필요가 있었을 것이다. 가부장제 가정에서 벗어나는 것만이 아니라 여성이 (물론 남성도) 자본의 게임에 헛되이 농락당하지 않고 오토노미auto-nomy(자기 통치=자율성)를 획득할 수 있는 환경을 갖추기—하지만 현실은 그리 녹록지 않다. 철의 의지를 갖춘 여성 '범죄자'를 그린 미야베의 『화차』에는 선견지명이 있다.[26] 나는 '소설의 사회학화'가 바람직하다고는 생각하지 않지만, 이토 야마와 가쿠타가 헤이세이 소설가로서 여성의 직장에 관심을 기울인 것 자체는 당연하다고 본다.

애초에 서양의 근대 소설은 로망과 저널리즘을 두 바퀴로

25 이 점에서 하마구치 게이치로濱口桂一郎의 『일하는 여자의 운명』働く女子の運命(文春新書, 2015)을 참조할 수 있다.

26 또한 1964년생인 노리즈키 린타로도 『화차』에 호응하는 듯한 문제적이고 흥미로운 미스터리를 쓴 바 있다. 『요리코를 위하여』(1990)나 『2의 비극』(1994)에는 인격의 동일성을 위협하는 분신적 존재를 역으로 이용해 사랑 이야기를 모순 없이 지키려 하는 여성 범죄자/피해자가 등장하는데, 그녀는 허위와 자기 보정으로 가득한 '신뢰할 수 없는 서술자'가 되어 가까스로 존엄을 지킨다. 이러한 주인공상은 후에 마이조 오타로나 사토 유야에게도 계승되었다.

삼았다. 앞서 언급한 디포는 저널리스트(팸플릿 기자)였던 동시에 잉글랜드와 스코틀랜드의 합병을 위해 여러 코드 네임을 쓰면서 스파이 활동에 종사했다.[27] 스위프트, 디킨스, 에밀 졸라는 물론이고 20세기의 헤밍웨이, 카포티, 가르시아 마르케스, 오에 겐자부로, 나카가미 겐지 등도 저널리즘적 작업을 하지 않을 수 없었다. 거기에는 물론 저널리즘의 현실 인식에 대한 비평도 포함되었다. 동일본 대진재 후에도 볼 수 있었듯, 저널리스트들은 종종 자신의 취재 대상을 전유해 자기 세력권 안에 가두려 한다. 이러한 오만을 공격하는 것도 본래는 문학의 일이리라.

다만 일본 문학은 이르게는 1960년대 후반에 이미 바깥 세계로부터의 후퇴를 예고했다. 1932년생 에토 준은 1967년 평론 『성숙과 상실』에서 고지마 노부오의 소설을 예로 들어 작품 속에 자연 묘사가 거의 없다는 사실에 주목했다.[28] 그때 이후 헤이세이의 새로운 '내향 세대'에 이르기까지 일본 문학은 거의 50년 이상에 걸쳐 '바깥 세계'와 '묘사'를 계속 해체해 왔던 것인데, 그 대가로 저널리즘 정신은 상당히 희생된 것 아닐까.[29] 그렇지만 다와다 같이 신비주의적인 '내향'의 질質은 이

---

27 가와나리 요川成洋, 『신사 나라의 정보 요원들』紳士の国のインテリジェンス(集英社新書, 2007), 3장 참조.

28 에토 준江藤淳, 『성숙과 상실』成熟と喪失(講談社文芸文庫, 1993), 125쪽 이하. 이러한 문맥에서 에토가 1950년대에 텔레비전 다큐멘터리에 이른 관심을 가진 것은 흥미롭다. 곤노 쓰토무今野勉, 『텔레비전의 청춘』テレビの青春(NTT出版, 2009), 2장 참조.

29 이 문제는 동일본 대진재 후의 소설에서도 감지된다. 예를 들어 다와다의 『헌등사』(2014)는 재난 후에 태어난 허약한 소년 무메이無名와 강건한 증조부의 대조 속에서 전개되는 작품이다. 재난에 관한 구체적 정보가 그려지지 않은 채 끝나는 것은 원전을 둘러싼 일본의 '은폐 체질'을 연상시킨다. 쇄국 상황에 놓인 아이와 노인의 모습이

제까지 충분히 검증되지 않았다. 초기 무라카미 하루키가 비정치적인 태도 때문에 과도한 공격을 당한 것을 상기하더라도 비평의 공평성이 지켜져 왔다고 할 수 없다.

7 막의 문학

근대 문학을 지탱한 저널리즘적 의지가 쇠약해지기 시작했을 때 어떤 문학을 새롭게 구상할 것인가―그것이 헤이세이 '일본 문학'이 맞닥뜨린 난제였다. 새로운 내향 세대는 이토야마나 가쿠타와 달리 노동자의 이야기를 차단했는데, 그렇다면 이를 통해 무엇을 얻은 것일까?

여기서 다와다 등의 문학이 자주 '나'의 의식을 융해시켰다는 데 주목해 보면 좋겠다. 이 여성 주인공들은 "철벽과 같은 존재 의지"를 가지지 않았고 성장을 기피하며 유혹에 취약하다. 사회와 싸우는 투쟁 정신이 아니라 문자나 동물, 수식 같은 비인간 대상에 대한 페티시즘이 그녀들을 움직이게 한다. 그 때문에 그녀들의 자아는 '벽'으로 바깥 세계와 엄밀하게 구

강조되고, 책임 있는 어른의 모습이 거의 보이지 않는다는 점에서 이 작품을 저출산 고령화 사회의 동화童話로 봐도 무리는 아닐 것이다. 다만 재난의 불길함을 아이에게 집중시킨 것은 받아들이기 힘들다. 애초에 원자력 발전 캠페인은 후세를 위한 깨끗한 에너지라는 미명하에 이뤄져 왔다. 데즈카 오사무나 마쓰모토 레이지 등에 의해 원자력의 꿈을 둘러싼 서사가 만들어지고, 관료들도 이를 프로파간다로 이용해 온 이상 작가가 아이의 이미지를 사용할 때는 특히 신중해야 한다. 하지만 『헌등사』는 허약한, 그러나 타인의 마음을 읽을 수 있는 초능력자임이 암시되는 아이의 이미지를 중심에 두고 전체적으로 어둡고 불투명한 세계를 연출한다(과학적인 문제도 거의 고려되지 않는다). 이는 초능력자 소년 이미지로 행복한 미래에 대한 '꿈'을 연출해 온 원전 행정을 뒤집은 것에 불과하지 않은가.

획되지 않고, 마치 '막'처럼 바깥 세계의 성분을 통과시킨다. 일찍이 프랑스 문학자 시미즈 도오루는 '물'의 모티프를 많이 사용하는 후루이 요시키치의 소설을 "안쪽 세계와 바깥 세계가 얼핏 별개의 영역인 것 같지만, 사실은 영역 사이의 경계가 몹시 불분명하고 서로에게 삼투하고 있다"고 평했는데(『둥글게 둘러선 여자들』, 주코분코판 해설), 이는 헤이세이 여성 작가들에게서도 찾아볼 수 있는 특징이다.

예를 들어 가와카미 히로미의 에로틱한 연작 단편집 『빠지다』(1994)는 그야말로 '물'처럼 사회로부터 방울져 떨어지는 여성들을 그린다. "모리 씨의 몸은 굉장히 따뜻해서 모리 씨에게 안겨 있으면 너무나 따뜻한 나머지 나는 이내 잠들어 버렸다." "어느샌가 나는 매사를 매듭지을 수 없게 되었다. 그렇게 되자 일을 줄였다. 그리고 일을 줄이자 점점 더 아무 일도 할 수 없게 되었다." "나카자와 씨를 만나기 전의 일은 좀처럼 떠올릴 수가 없다. 기억은 하지만 생각이 나지 않는다."[30] 그녀들에게는 자아의 방어 기제가 작동하지 않는다. 감각의 윤곽이 번져 기억을 실감할 수 없게 되고 자신의 시간적 좌표도 알 수 없게 된다—이 시공 박리 모티프는 후루이의 엑스터시 장치와 유사하다.

또 가와카미의 제로 년대 대표작 『재두루미』(2006)의 "걷고 있으면, 무언가가 뒤따라왔다"라는 인상적인 첫머리는 안과 바깥의 구별이 애매함을 암시한다. 서술자에게 달라붙는 이 수수께끼의 여자는 바깥으로는 따라오고 안으로는 빙의한다. 서술자는 마침내 이 여자가 자신의 분신이라는 것을 알

---

30 〔옮긴이〕 가와카미 히로미, 『빠지다』, 오유리 옮김, 두드림, 2007, 33, 58, 79쪽.

아차린다. 더구나 여자는 '나' 이상으로 '나'에 가깝다.

내 목소리는 여자와 닮았다. 귓속으로 들리는 게 그녀의 목소리. 귀 바깥에서 들리는 것이 내 목소리.

이렇게 쉬이 빙의되는 서술자는 안과 바깥을 애매하게 만드는 분신에 의해 자주 자신에 대한 조절 능력을 상실한다. 빈번히 비가 오고 땅이 젖으며 바다가 여자들을 꾀어내는 『재두루미』의 물기 많은 세계에서는 풍경과 주체가 서로에게 침투한다. 가와카미도 벽의 문학이 아니라 막의 문학, 현실 감각의 문학이 아니라 오관을 인간 바깥으로 확대하는 가능성 감각의 문학을 창작한 것이다.

더구나 『재두루미』의 서술자는 딸인 모모에 대해서도 '가까움'과 '멂'을 기준으로 이야기한다. "언제부터 모모는 내게 가깝지 않게 된 것일까. 멀다고 하기에는 가깝다, 하지만 가깝다고 하기에는 멀어졌다." 이러한 말투는 주관적이며 더러 유치하게 느껴지기조차 한다. 실제로 서술자는 유령적 분신=여자에게 "아이가 엄마에게 말하는 말투로" 무방비하게 답하기도 한다. 가와카미는 엄마임과 딸임을 고의로 애매하게 한다. 아이의 마음에 가까워졌다가는 다시 멀어진다―이 내부 감각의 밀물과 썰물에는 끝이 없다.

안과 바깥의 경계를 액체화하는 '막의 문학'을 밀고 나가다 보면 '나'의 자명성도 필연적으로 의문에 부쳐질 것이다. 예를 들어 무기물을 향한 페티시즘에 홀린 오가와 요코의 「약지의 표본」은 남자에게 선물받은 구두에 발을 침식당하던 서술자 여성이 종국에는 자신을 '표본'으로 제출했음을 암시한다.

보존액 안은 아마 조금 따뜻하고 조용할 것이다. 사이다처럼 차갑지도 기포가 터지는 소리로 가득하지도 않을 것이다. 용액이 손톱 끝부터 지문의 골까지 푹 감싸 주고 입구의 코르크 마개는 바깥의 먼지와 잡음을 막아 준다. 그리고 무엇보다 표본 기술실의 문은 두툼하고 무겁다. 그러니 안심하고 몸을 맡기면 된다.

표본이 되는 것에 대한 안도감이 숨김없이 드러나는 대목이다. 오가와의 주인공은 자기 소유권을 빼앗기는 것에 에로스를 느낀다. 이것은 다와다의 선택과 대비될 만하다. 앞서 말했듯 「약지의 표본」보다 3년 뒤에 발표된 「고트하르트 철도」는 남자의 배 속으로 녹아들 듯 들어가고자 하는 욕망이 꿈에 머물렀다. 다와다는 내향의 유혹을 전개하면서도 아슬아슬한 지점에서 "안심하고 몸을 맡"기기를 거절한 것이다.

이처럼 그녀들의 '내향'은 실질적으로는 안과 바깥의 상호 침투를 의미한다. 후루이를 포함한 신구 내향 세대들에게서는 '친화력'(괴테)이 아닌 '침투력'이 우세를 보여 왔다. 이러한 구도를 설정하면 헤이세이 여성 작가들의 미묘한 차이가 떠오른다. 자기의 소유권을 양도하는 데 저항할 것인가 순응할 것인가. 다시 말해 고혹적인 침투력에 저항의 여지를 남길 것인가—이러한 물음은 한신·아와지 대진재와 옴 진리교 사건이 일어난 1995년 전후에 여성 작가들의 숨겨진 쟁점이었다. 그녀들은 유사한 질문에 조금씩 다르게 답한다. 오가와는 표본처럼 정지한 무언가가 주체를 상실하게 하는 마력을 지닌다는 데 얽매인다. 가와카미는 물의 침투력으로 소설의 시공을 느슨하게 만들어 자아를 환경화한다. 그리고 다와다는 가능성 감각을 공상하면서 완전히 엑스터시에 도달하기 직전에 골계로 미끄러진다.

8 객관성을 능가하는 적대성

다와다를 비롯한 여성 작가들에게는 사회 밑바닥에 있는 감
각의 세계에 대한 물음이 불가피하다. 내부 감각을 파고들지
않고 갑자기 사회적인 소통으로 뛰어든다면 오히려 최악의
정치, 예를 들어 동조 압력에 허망하게 휩쓸리게 될지도 모른
다. '내향'에 가치가 있다면 그것은 문단의 문학주의적 취미를
넘어 보편적인 '문제'를 지적하는 한에서 그렇다.

이 맥락에서 강한 침투력이 가끔 그 반동으로 강한 적대성을
만들어 낸다는 사실이 중요하다. 주인공이 유혹에 몸을 맡기
고 자아를 액체화할 때, 어느샌가 의식에 빙의된 정체 모를 분
신이 종종 적의를 띠고 등장한다.

예를 들어 가와카미 히로미의 「뱀을 밟다」(1996) 속 서술자
는 '어머니'를 자칭하면서 집요하게 따라다니는 뱀—우에다
아키나리의 「뱀 여인의 음욕」蛇性の淫에 나오는 뱀 여인 마나
고를 연상시키는—에게 유혹당한다. 그리고 양자가 동화된
것처럼 보였을 때 서로를 말살하려는 힘이 발생한다. 그 결말
은 마치 여자끼리 벌이는 전쟁의 양상을 띤다.

> 푸르게 방전하는 것 때문에 주변은 눈도 뜨지 못할 정도로 밝
> 게 빛나고, 그 안에서 나와 여자는 서로의 목을 엇비슷한 힘
> 으로 조른다. 방은 엄청난 속도로 떠내려간다.[31]

---

31 〔옮긴이〕 가와카미 히로미, 『뱀을 밟다』, 서은혜 옮김, 청어람미
디어, 2003, 66쪽.

여자들의 싸움은 번개와 같은 눈부신 빛을 동반하며 방을 엄청난 속도로 떠내려 보낸다. 여기서 둘 사이의 적대성은 세계의 객관성을 완전히 능가한다. 이것은 판타지 소설의 방식도 아니다. 판타지 작가는 가공 세계를 객관적으로 그리려 하는데, 가와카미는 오히려 그러한 객관성을 붕괴시키는 '침투력'을 그리기 때문이다.

다와다도 가끔씩 여자들의 관계를 말이 필요 없는 강한 적대성으로 얽히게 한다. 「고트하르트 철도」와 같은 시기에 발표된 「무정란」(1995)에서는 집의 2층만을 사용하는 소설가인 '여자'에게 "방해 전파"처럼 성가신 '손위 누이'에 이어 수수께끼 같은 '소녀'가 찾아온다(덧붙이면 이 철저한 무명성은 후루이의 소설을 연상시킨다). 더구나 이 소녀는 여자의 말을 "테이프에 녹음된" 목소리처럼 반복한 다음 여자를 침대에 묶고 방치한다. 여자는 소설 첫머리에서부터 "쭉 분명한 감촉을 동반했던 〈수목〉이라는 단어가 이날, 가을의 무수한 빛에 찔려 구멍투성이가 되었다" 같은 가능성 감각에 지배되고 있다. 분신적 소녀는 이 "구멍투성이"의 감각을 틈타 나타나 여자를 못살게 구는 것이다.

그간 일본 문예 비평은 대체로 인간 사이의 적대성을 오이디푸스 콤플렉스(부친 살해)를 표준으로 삼아 고찰했다. 내가 다른 지면에서 논했던 것처럼 일본 남성 문학—나쓰메 소세키, 오에 겐자부로에서 마이조 오타로까지—에서는 오히려 카인 콤플렉스(형제 살해) 욕망이 주류를 이룬다.[32] 그들의 소설에서는 종종 서로 매우 닮은 형제적 존재 간의 강렬한 적대성이 일어난다. 그들은 권위적 아버지보다 유사, 분신의 모티

---

32   후쿠시마 료타, 『백 년의 비평』百年の批評(青土社, 2019) 참조.

프를 훨씬 더 선호한다. 반대로 나카가미 겐지의 대작 『땅의 끝 지상의 시간』(1983)은 형제애가 만들어 내는 수평적인 '동료'의 세계에 억지로 권위적인 '아버지'를 도입하려다가 결국 실패한다.

헤이세이 '내향 세대'에 대해서도 비슷하게 말할 수 있다. 그녀들의 소설에는 대체로 여자들 사이에 일어난 사건을 확증해 주는 제삼자가 등장하지 않는다. 마치 연인 간의 대화가 나중의 전개에 따라 그 의미가 바뀌어 온갖 의심을 싹트게 하듯, 다와다도 가와카미와 함께 제삼자에 의해 의미를 보증받지 못하는 이자 관계 특유의 위험성을 그렸다. 「뱀을 밟다」 및 「무정란」에서도 둘 사이에 침투 정도가 심해졌을 때 상대는 별안간 공격적인 악마로 변모한다. 그리고 자신과 쏙 닮은 분신이 적이 될 때 그 모습은 보통의 인간 이미지를 넘어선다.

이렇게 막의 문학은 벽의 문학과는 다른 방식으로 '타자'를 출현시킨다. 안과 바깥, 인간과 비인간이 쉽게 침투해 버리는 세계에서, 실재한다고도 하지 않는다고도 말할 수 없는 가능성 감각의 타자를 떠오르게 하기—이 기획은 주체가 디지털화된 인공 환경에 녹아들고 있는 오늘날 다시금 매우 긴요한 과제로 부상할 것이다. 자아의 모델이 막이 되었을 때 타자의 위치는 어떻게 변화하는가? 즉 환경 시대의 타자성이란 무엇인가? 이러한 질문은 이제 막 시작되었을 따름이기 때문이다.

생각해 보면 메이지 이래 일본 작가는 서양 문학에 영향을 받으면서도 그 자아 모델에 수월하게 순응한 것만은 아니었다. 모리 오가이는 단편 소설 「망상」(1911)에서 "어떤 외국 소설을 읽어 보아도 자아가 없어지는 것이 가장 크고 깊은 고통이라고 한다. 하지만 나는 그저 내가 없어질 뿐이라면 고통일 것 같지 않다"라고 토로하는데, 다소 놀라운 것은 백 년 후의 일본 작가들도 그리 다르지 않다는 점이다.

신구 '내향 세대'는 이 자아 상실의 고통 없음을 역이용해 존 로크나 디포의 근대적 리얼리즘과는 이질적인 콘셉트를 제시했다. 다시 말해 인간을 중심으로 하는 현실 감각의 문학이 아니라 인간 이외의 것에도 열려 있는 가능성 감각의 문학. 모험으로 독자를 감정 이입시키는 이야기적 문학이 아니라 절단면의 독특함으로 승부하는 수필적 문학. 안과 바깥을 엄밀하게 나누는 벽의 문학이 아니라 바깥 세계를 내부로 침투시키는 막의 문학. 후루이 요시키치와 다와다 요코 등은 리얼리즘의 전제 조건을 일본이라는 변경에서 다시 물으려 한 문학의 검사자tester였다.

물론 이러한 이례적인 문학이 이후에도 계속 창작될지는 다른 문제다. 내향 초월의 욕망이나 명상에 대한 관심은 당분간 사라지지 않겠지만(요즈음의 요가나 마음 챙김mindfullness 유행까지 포함해서) 이것이 소설로 재생산될지는 미지수다. 더구나 인류는 기술 발달 속에서 감각이나 체험의 확대를 보다 강하게 추구할 텐데, 그러한 욕망에 활자의 힘으로 맞서기는 용이한 일이 아니다. 문학이 문학에만 가능한 수법으로 싸울 수 있는 전선은 그리 많이 남지 않았다.

그렇더라도 문학이 인간이 가진 성가신 형이상학적 충동에 접속하고 그 힘을 검증할 수 있는 기술이라는 점은 분명하다. 무라카미 하루키도 '도쿄의 소비 문화 연대기'라는 의미에서의 정보 소설을 쓰면서 뉴에이지적인 내향의 입사식 initiation을 반복했다(이 양면성은 뒤에 다룰『태엽 감는 새 연대기』에서 현저하다). 신구 '내향 세대'는 이 정보 소설적 측면을 삭제하고 내부에 대한 욕망을 더 단순화시켜 보여 준다. 나는 이러한 관점에서 헤이세이의 '일본 문학'을 평가한다. 동시에 일본 문학에서 저널리즘적인 정보가 희박해졌음은 더 말할 것도 없다. 이렇게 되면 퇴폐적 문학주의로 귀결되기도 쉽다. 이러한 의의와 한계 양면을 모두 포함하는 든든한 평가 기준을 만드는 것이 '일본 문학' 비평에 필요한 일이다.

1 다시 '정치와 문학'

다카하시 겐이치로는 하스미 시게히코와의 1993년 대담에서 다음과 같이 말했다.

정치는 정치, 예술은 예술이라고 나누어 생각하는 것이 당연 시됩니다. 즉 모두 예술가가 된 것입니다. 정치와 예술 논쟁 은 이미 옛날이야기고 누구도 기억하고 있지 않습니다. 오늘 날 정치와 예술을 엮어 말하면 낡은 좌익이라거나 시대착오 라는 말을 듣습니다. 그래서 다들 예술로 경도된 것입니다. 잘 생각해 보면 매우 기묘한 일입니다. 이 문제에 대해서는 격렬한 논쟁도 있었거니와 정치와 예술의 이원론에 그치지 않는 것을 체화한 사람도 있었습니다. 바꿔서 말하면 긴 투 쟁의 역사 끝에 예술은 지금의 자립을 이룬 것입니다. 그리고 역사 쪽은 망각되어 버렸지요.[1]

1951년생 다카하시는 "정치와 문학 논쟁을 그런대로 추체 험한 최후의 세대"라고 자신을 규정하면서 예술주의에 경도

---

1 하스미 시게히코蓮實重彦, 『영혼의 유물론적 옹호를 위해』魂の唯物 論的な擁護のために(日本文芸社, 1994), 23~24쪽.

되고 탈정치화하는 동시대 문학 상황을 견제했다. 이에 하스 미도 동조하며 "정치라는 말을 사용하지 않고 정치적인 것을 부상시키고 싶다"고 응답했다.

이 헤이세이 초기의 대담을 지금 다시 읽으며 격세지감을 느낀다. 헤이세이 말기(2010년대 후반) 이후 문화와 예술의 풍토는 자유주의적 다문화주의에 근거한 소수자의 권리 옹호나 다양성 중시 등을 주요 사안으로 하는 정치적 올바름에 완전히 뒤덮였기 때문이다. 작가나 예술가, 평론가가 정치적 올바름을 등지는, 즉 조금이라도 소수자를 차별하는 '정치적으로 올바르지 않은' 발언을 한다면 주로 인터넷에서 독자로부터 격앙된 비판을 받는 것이 '당연'해졌다(이 때문에 이러한 비판이 날아오지 않도록 예방하는 것이 편집 교열자들의 중요한 업무가 되었다). "정치는 정치, 예술은 예술"이라고 나누어 생각하는 것이 이제는 불가능하다. 1993년 시점에 문학자의 상식이었던 것이 완전히 뒤바뀌어 '정치와 문학'이 재결합되는 국면을 맞고 있다.

물론 모든 운동이 그렇듯 자유주의적 다문화주의라는 새로운 평가 기준에도 장단이 있기에 검증 작업은 필요할 것이다. 당장 세 가지 문제를 들 수 있다.

첫째 문제는 정치적 올바름의 융성이 언론 공간의 신경을 이상하게 고조시킨다는 것이다. 인터넷 시대 이전에 '올바름'을 요건으로 문화와 예술을 논하는 비평가는 소수파였다. 20세기 후반의 문예 이론은 형식주의든 다성악론이든 탈구축이든 간에 무언가를 바로잡는 것을 목적으로 하는 것은 아니었다. 하지만 사람들의 가치관이 세분화하고 포스트모던한 '작은 이야기'가 난립하게 되면 어떠한 이론이나 비평도 기껏해야 연구자나 비평가의 취미 선택에 지나지 않는 것처럼 보이

게 된다. 그때 많은 독자가 새로운 소통의 토대로 선택한 것이 '올바름'이다.[2]

이 흐름이 문학에도 본격적으로 영향을 미친 결과, 바야흐로 작품에 대한 비평적 비판 이상으로 '이 표현은 아웃인가 세이프인가'를 묻는 사법적 비판이 독자를 더욱 열광시키게 되었다. 실제로 아쿠타가와상 발표를 제외하고 수년간 문단 내에서 화제가 된 일은 개별 작품의 좋고 나쁨이 아니라 표절이나 괴롭힘 의혹 같은 스캔들뿐이다. 문화와 예술의 역사성에 대한 논의 같은 것은 찾아볼 수 없고 추상도 높은 이론 역시 방해물로 취급된다. 하지만 선의로 뭉쳐 대립하는 의견을 '조

---

2 이런 '올바름'에 대한 경도는 기존의 상식도 바꾸는 중이다. 예를 들어 아동 포르노 처벌 강화의 연장선상에서 만화의 아동 포르노적 표현—흔히 말하는 '비실재 청소년'을 등장인물로 하는 성 표현—에 대한 규제가 2010년경 화제가 된 일이 있다. 당시 자유주의적 지식인은 국가가 표현에 간섭하는 데 강하게 저항했다. 하지만 이 문제가 다시 제기되면 어떨까? 롤리타 콤플렉스 만화가 얼마나 유아나 여성을 모독하는가를 누군가가 인터넷에 악의적으로 퍼뜨리면 이 '정치적으로 올바르지 않은' 표현을 자유주의적 입장에서 옹호하기는 힘들 것이다(공간을 나누어 공존하는 무난한 선택을 하려고 해도 이제는 그 장의 제공자까지 '중이 미우면 가사도 밉다'며 공격당할 따름이다). 공상에 그치는 말이 아니다. 이를테면 어린 여자아이를 성적으로 그린 발튀스의 그림을 메트로폴리탄 미술관에서 내리라는 요구가 이미 있었고, 비슷한 사례는 앞으로도 나타날 것이다. 10년 전 자유주의자와 지금의 자유주의자가 도달할 답은 필시 엇갈릴 것이다. 그 정도로 헤이세이 말기에 일어난 변화는 급격했다. 국가라고 하는 위로부터의 압력에는 저항할 수 있어도, 아래에서부터 흑백을 확실히 하려는 '올바름'의 분위기에 현대의 표현자들은 거의 무력하다. 인터넷에서 의견을 제시하는 이들도 '기분은 알겠지만 진정하라'고 대중을 달래는 대신 오히려 대중의 선동자로 나서고 있다. 그래서 위악적으로 '올바르지 않은 것'을 하려 하는 정치가나 예능인이 나오는 것이다. 이렇게 양극화된 상황이 그다지 달갑지는 않으나 당분간 변할 것 같지도 않다.

리돌림'하는 인터넷 사용자 무리의 행동이 예술이나 언론의 성장에 유익할지는 의문이다. 과거 마르크스주의가 계급 의식을 예리하게 벼렸던 것처럼 오늘날의 정치적 올바름이 소수자의 정체성이나 권리에 대한 의식을 예리하게 만드는 것은 인정하지만 그 예리함은 언론 공간을 점점 신경 과민에 빠뜨린다.

둘째 문제는 이 '올바름'이 반드시 소수자에 대한 이해를 풍부하게 만들어 주지 않을뿐더러 차분한 계몽으로 이어지지도 않는다는 점이다. 일본 문학과는 무관하지만, 이 점에서 2010년대에 시작된 『스타 워즈』의 새로운 시리즈는 상징적이다. 새로운 시리즈는 백인 중심주의적인 옛 시리즈에 대한 반성에서 여성, 흑인 및 아시아계 캐릭터의 활약을 전면화했다. 정치적으로 올바른 일이었는지는 모르지만, 정작 그들의 표상이 지나치게 얄팍하고 알맹이가 없다는 것이 문제였다.

이렇게 되면 다문화주의라는 외관 위에 형성된 존중이 횡단적인 소통을 촉진하기보다 그저 제작자의 '올바름'을 보증할 뿐인 나르시시즘으로 전락할 우려가 있다. 하나하나 구체적 예를 들지는 않겠지만, 소수자가 다수자 측의 자유주의적인 선의에 근거해 머릿수 채우기로 동원되는 작품이나 이벤트가 근래 드물지 않다. 확실히 21세기 들어 사회는 진보했고 소수자에 대한 배려도 현격히 증가했다. 그 자체는 크게 환영할 일이지만 표현의 질적 진보가 동반되었는지에는 검증이 필요하다. 예를 들어 LGBT라는 단어가 없던 시대에 창작된 이른바 24년반(하기오 모토나 다케미야 게이코 등)[3] 소녀 만화

---

3 〔옮긴이〕1970년대 소녀 만화의 혁신을 이끈 1949년(쇼와 24년) 무렵 출생 일본 여성 만화가의 한 무리를 가리킨다.

쪽이 소수자에 대한 이해가 더 예리하고 깊지 않았나 질문해 볼 수 있다.

셋째 질문은 다문화주의를 지탱하는 정체성 정치가 경직 되기 쉽다는 점이다. 미셸 푸코의 '온 힘을 다해 게이가 되어 야 한다'라는 유명한 말이 보여 주는 것처럼 소수자든 다수자 든 정체성은 항상 이행 단계에 있는 미완의 '작품'으로 파악되 어야 한다. 소수자의 입장이 한결같은 것으로 간주된다면 정 체성은 자칫 작품성을 잃고 숨 막히는 것으로 고정되어 버리 고 말 것이다.

더구나 후기 근대 들어 정치적 담론의 중심이 '계급'에서 '정체성'으로, 경제적 '분배 정의'에서 '인정에 대한 배려'로 이 행한 것은 그 자체로 중대한 문제다. 예를 들어 경제적으로는 가난해도 유대와 타자의 인정으로 삶의 존엄과 행복을 얻을 수 있다는 이상론이 분명 일부에는 존재한다. 하지만 사회학 자 지그문트 바우만이나 조크 영이 말한 것처럼, 빈곤은 실제 로는 모든 굴욕의 트램펄린, 즉 온갖 굴욕을 양산하는 '메타적 굴욕'으로 기능한다.[4] 정치의 내실이 정체성과 인정으로 기울 수록 워킹 푸어의 굴욕과 최하층 계급의 박탈감은 더욱 비가 시화될 위험이 있다.

고전적 마르크스주의의 입장에서 하부 구조(경제 문제)를 경시하고 상부 구조(정체성 정치)에만 주목하는 자유주의자 는 오히려 비판받아 마땅한 존재였다. 실제로 다양성이나 다 문화주의의 도입에 열심인 것은 자본주의라는 넓은 바다를 서핑하는 글로벌 기업들이기 때문이다. 정치적 올바름을 내

---

4   조크 영Jock Young, 『후기 근대의 현기증』後期近代の眩暈(기노시타 지가야木下ちがや 외 옮김, 青土社, 2008), 149쪽.

거는 것만으로는 빈부 격차를 확대하고 최하층 계급을 비가
시화하는 신자유주의/세계화를 구조적으로 비평하는 것이
불가능하다. 아울러 도덕적 청렴성과 정의감의 증폭은 그 반
동으로 도널드 트럼프라는 일탈적이고 위악적인 미국 대통
령을 낳고 말았다.

이처럼 현대 언론 상황에는 얼핏 보기에도 많은 문제점이
있다. 다만 이 문제는 여기까지 다루기로 하고, 헤이세이 초기
까지 문학자에게 상식이던 것이 헤이세이 말기 겨우 수년 만
에 완전히 반전되어 버린 그 의미를 냉정하게 살펴야 한다.

반복하면 헤이세이 말기에서 레이와에 걸쳐 '정치와 문학'
중 '정치'의 내용이 쇼와 시대와는 엄청나게 달라졌고, 계급
투쟁 대신 정체성과 인정 투쟁이 중요한 의미를 지니게 되었
다. 간단히 말해 쇼와의 정치적 문학이 프롤레타리아 문학이
었다면 레이와의 정치적 문학은 LGBT 문학이다. 혹은 쇼와
의 좌익이 프롤레타리아를 수탈하는 부르주아에게 적의를
가졌다면 레이와의 자유주의자는 소수자를 차별하는 다수자
에게 적의를 갖는다. 이처럼 '정치적인 것'의 내실이 변화하는
가운데 오랫동안 분단되어 있던 '정치와 문학'이 적어도 표면
적으로는 재결합하게 되었다. 이는 일본 문화사에 지극히 큰
변화다.

2 헤이세이의 포스트모던 민족주의

그런데 '정치와 문학'이라는 문제의 기제에는 마르크스주의
나 자유주의뿐 아니라 민족주의도 내포되어 있다. 특히 후발
근대 국가에서는 운명 공동체로서의 '국민 국가'를 형성하거
나 그 정신을 고무 혹은 비평하는 역할을 종종 시인이나 소설

가가 맡아 왔다. 예를 들어 중국의 루쉰이나 마르티니크의 에 메 세제르 등은 때로 광기 어린 이미지까지 동원해 위기감이 나 콤플렉스를 문학으로 승화시켰다.

민족주의는 자유주의와 같은 진보주의가 아니다. 예를 들 어 베네딕트 앤더슨은 소설과 신문이라는 미디어가 민족주 의의 기반이 되었다고 주장하면서 민족주의가 포스트 종교의 사고 양식임을 강조했다. "〔18세기는―후쿠시마〕 민족주의 시 대의 새벽녘일 뿐만 아니라 종교적 사고 양식의 황혼기이기 도 했다." 앤더슨에 따르면 민족주의는 종교의 쇠약과 교대해 나타난 사고 양식이자 일종의 유사 종교다. "민족주의의 상상 력이 죽음이나 불멸과 관련된다면, 이는 종교적 상상력과 강 한 친화성을 시사한다."

일본의 야스쿠니 신사가 그 전형이지만, 민족주의는 개개 인간의 '죽음'을 공동체의 운명에 연결해 숭고한 '불멸'로 바 꾸는 힘을 지닌다. 앤더슨이 말한 것처럼 종교에 대한 종속을 비판한 계몽주의나 진보주의는 운명론적인 부조리(왜 나는 장애를 가졌을까, 왜 내 가족만 지독한 꼴을 당할까 등)에 "성마 른 침묵"으로 답할 수밖에 없다. 하지만 종교나 민족주의는 바로 그렇게 우연한 불행을 짊어진 존재에게 '의미'를 주려 했 다. "우연을 운명으로 바꾸는 것이 민족주의의 마술이다."[5]

18세기 이후 유럽에서 동시에 본격적으로 형성된 자유주

---

5   베네딕트 앤더슨Benedict Anderson, 『상상된 공동체』定本想像の共 同體(시라이시 다카시白石隆, 書籍工房早山, 2007), 32~34쪽〔서지원 옮김, 도서출판 길, 2018, 32~35쪽〕. 다만 홍콩 출신 사회학자 청육만이 강조 한 것처럼 자유주의와 민족주의가 공존할 가능성도 있다. 우산 운동 이래 홍콩에서 일어난 대규모 시위는 중국의 압제 정치에 저항하는 공민적civic 민족주의를 배경 삼았다. 상세는 후쿠시마 료타福嶋亮大, 청육만張彧暋, 『변경의 사상』辺境の思想(文藝春秋, 2018) 참조

의와 민족주의는 너무나 잘 어울리는 한 쌍이다. 자유주의는 종교적 우주를 상실한 이후에 우연성과 가능성—지금과 다를 수 있었음—에 근거한 관용과 연대를 최대치로 평가하려 한다. 이와 달리 민족주의는 생의 의미를 잃고 우연성의 바다로 내던져진 덧없는 존재에게 확고한 의미의 지반을 제공하려 했다. 일본인, 독일인, 미국인 등의 민족적 정체성을 매개로 흩어진 모래알 같은 인간들이 하나의 유사 종교적인 '운명'을 공유하기 시작한 것이다.

여기서 국민 통합이 꼭 당당한 어휘로 이루어지는 것은 아니라는 점이 중요하다. 실제로 일본과 같은 후발 근대 국가의 민족주의는 종종 '우리나라는 이토록 흉하다, 그렇기에 사랑한다'는 낭만주의적 역설을 끌어안는다. 사무치는 부정을 거쳐 국민 국가에 대한 사랑에 이르기에, 민족주의자의 신념은 어지간한 타격에 흔들리지 않는다. 그 대표적 인물이 바로 시인 다카무라 고타로이다. 그는 뿌리 깊은 서양 콤플렉스를 품고 '네쓰케의 나라'[6]에 사는 일본인을 보기 흉한 '원숭이'나 '여우'에 비유한 한편, 전쟁 중에는 전쟁 협력자로 활동한 바 있다.

하지만 이렇게 자기 부정을 거치는 존엄 획득의 게임은 헤이세이의 세대 속에서 너무나 '문학적'으로 굴절되면서 그 효용을 잃었고, 반대로 일본은 '아름다운 나라'이며 일본의 창작자는 세계적으로 인기를 끄는 '쿨저팬'의 일꾼이라는, 음영 없

---

6 〔옮긴이〕다카무라 고타로의 시 제목으로, 이 시에서 다카무라는 일본인을 여우, 원숭이 등의 동물과 기와, 사금파리 같이 하찮은 사물에 비유하면서 일본인의 외양 및 민족성을 비하했다. 일본을 네쓰케(담배 쌈지나 지갑 끈 끝에 매달아 허리띠에 질러서 빠지지 않게 하는 세공품)에 비유한 것 역시 이러한 맥락에서 이해된다.

는 자기 긍정의 민족주의가 당당히 통용되고 있다(그 이면에는 일본이 한국이나 중국으로부터 일방적으로 박해받고 있다는 피해자 의식이 들러붙어 있다). 근대 지식인 특유의 부정성이나 콤플렉스를 접어 두고 소박한 자기 긍정성만으로 조직된 민족주의, 이를 임시로 '포스트모던 민족주의'라고 해 두자.[7] 하지만 이 새로운 민족주의에 앤더슨이 말한 종교적인 힘이 어느 정도 남아 있을까.

세계화의 반동으로 부상한 원리주의와 민족주의가 21세기를 석권한 것은 주지의 사실이다. 헤이세이 후기 일본에서도 아베 신조 수상과 넷우익을 기반으로 우경화가 현저해졌다. 하지만 헤이세이 민족주의가 쇼와의 그것과 동일한 것인지는 의문이다. 그 변화를 암시하는 것이 1930년대생 보수 사상가들, 즉 1999년 자살한 에토 준과 2018년 자살한 니시베 스스무다.

에토는 '정치와 문학'이라는 주제를 독자적으로 재편집한 비평가다. 그에게 전후 일본은 미국의 실질적인 점령 아래에 있었고, 이처럼 '존재당하는' 상태로 '소꿉놀이'에 정신이 팔린 일본인을 다면적으로 비평하는 것이 그의 사명이었다. 하지만 쇼와의 에토는 마초적이고 강경한 보수주의자들과 달리 일본이라는 '정치적' 대상을 한사코 가족적인 뉘앙스를 담아 이야기했다. 에토가 선호하는 '~ 와 ~'라는 제목 형식 속에서 공과 사, 국가와 가족, 정치와 문학이 곡예적으로 연결된다. 그의 대표작인『성숙과 상실』(1967)―전후 일본의 미국화를 '어머니의 붕괴'로 포착하고, 반쯤은 억지로 고지마 노부

7 　후쿠시마 료타,『백 년의 비평』에 수록된 야마자키 마사카즈山崎正和론을 참조.

오의『포옹 가족』을 그 상징으로 삼은―에는 이 가족적 국가 관이 잘 드러난다.

다만 말년의 사적인 간호 에세이인『아내와 나』가 보여 주 듯, 헤이세이의 에토에게서는 공과 사의 균형이 무너져 갔다. 같은 세대의 오에 겐자부로처럼 문학적으로 성공한 것도 이 시하라 신타로처럼 정치적으로 리더십을 발휘한 것도 아닌, 문학자로서 정치를 말하는 중간적 존재 방식은 헤이세이에 그 성립 기반을 상실한다. 왜냐하면 헤이세이 민족주의는 문 학을 필요로 하지 않고 헤이세이 문학은 국가나 천황에게서 에로스를 찾지 않기 때문이다(에토는 쇼와 천황이 '영광과 비 참' 혹은 '치욕'과 '죄악'을 짊어진 쇼와 시공간의 '정점'에 있다며 깊이 감정을 이입했지만 헤이세이 천황에게는 냉담했다).[8] 에토 의 문제 의식을 계승한 후쿠다 가즈야는 90년대 이후 '핑크 우 익'을 자칭하며 종종 의고적인 비평문을 구사해 '정치와 문학' 을 곡예적으로 횡단하려 했지만, 이 역시 고육지책에 그쳤던 것 같다.

한편 오르테가 이 가세트를 모방해 대중 비판을 수행했던 니시베 스스무는 이미 90년대 후반부터 물에 빠져 죽는 이미 지 트레이닝을 반복했다.[9] 쇼와에서 헤이세이에 걸친 보수 사

---

8   에토 준江藤淳,『신편 천황과 그 시대』新編 天皇とその時代(文春学藝ラ イブラリー, 2019), 92쪽. 쇼와 천황이 그 '영광과 비참'에 의해 카리스마 를 가지게 된 것과 반대로, 에토와 같은 세대인 헤이세이 천황(현재의 상황)은 황후와 더불어 극히 섬세한 균형감을 바탕으로 천황을 전후 민주주의에 바짝 밀착한 '작품'―더구나 인위적으로 노력한 흔적을 알아차리지도 못할 정도로 자연스러운 인상을 주는 작품―으로 고쳐 썼다. 이런 의미에서 상황 부처는 탁월한 '작품'이다. 이와 달리 에토 는 황실이 '전후 민주주의'와 조화를 이루는 것에 강경하게 반발했다 (같은 책, 220쪽).

상을 매듭짓는 듯한 그의 죽음은 '예고된 자살'에 지나지 않는다. 하지만 니시베가 개체로서의 죽음을 면밀하게 계획하고 어떤 의미에서는 자아 중심적인 태도로 실행에 옮긴 것이 내게는 기묘해 보인다. 에토와 니시베는 보수주의자임에도 마치 개인주의자처럼 죽었다. 쇼와의 미시마 유키오가 모조로서의 무사도 전통을 연기하다 죽은 것과 달리, 헤이세이의 에토와 니시베는 전통을 연기하는 자세조차 보이지 않았다.

1927년(쇼와 2년) 자살한 아쿠타가와 류노스케를 필두로 쇼와 문인들은 고향 상실이나 전쟁이라는 커다란 압력 속에서 '어렴풋한 불안'을 품었다. 미시마 유키오의 퍼포먼스로서의 할복은 물론이고, 언뜻 사적인 죽음처럼 보이는 다자이 오사무나 가와바타 야스나리의 자살만 봐도 그들과 전후 사회 사이의 거리감이 느껴진다. 1999년(헤이세이 11년) 에토의 자살은 이와 같은 시대와의 엇갈림이 낳은 문인의 죽음 가운데 가장 뒤에 위치한다. 이는 '쇼와 문학의 끝'을 고하는 사건이었으리라. 헤이세이를 문인이 자살하지 않게 된 시대라고 요약할 수도 있을 것이다.

헤이세이의 포스트모던 민족주의는 문학을 필요로 하지 않는다. 에토식으로 말하면 기존의 가족적 일체감의 '상실', 즉 '악'을 떠맡아 국민 국가의 윤리적 '성숙'을 목표로 하던 굴절된 문학은 헤이세이에 들어 쓸모를 다했다. 이는 민족주의가 이미 운명론적인 부조리를 떠맡는 힘, 즉 유사 종교로서의 힘을 잃었음을 시사한다. 총리의 호령 아래 자아 도취적으로 '아름다운 나라'를 광고하는 일본에는 이미 악과 굴욕의 기억

---

9 니시베 스스무西部邁, 후쿠다 가즈야福田和也, 아사다 아키라淺田彰, 가라타니 고진柄谷行人, 「전통, 국가, 자본주의」伝統·国家·資本主義, 『비평 공간』批評空間, 2기 16호, 1996, 29쪽의 발언.

을 저장할 용량이 없다. 에토나 니시베의 자살에 따라붙는 쓸쓸함은 '정치와 문학'을 곡예적으로 연결하는 쇼와적 역설의 상실을 강하게 환기한다. 정치는 정치, 문학은 문학으로 분리하는 것이 좋다는 헤이세이 모델도, '정치와 문학'을 직접 연결시키려 하는 레이와 모델도 마찬가지로 이러한 역설 없이 성립하는 것이다.

3 인터넷의 '신뢰할 수 없는 서술자'

한편 현대에 들어 '정치와 문학'을 직결시키고 있는 것은 명백히 작품보다는 독자의 힘이다. 이제 '정치와 문학'이라는 게임의 주도권은 일반 독자가 쥐고 있다. 어떤 작품이 정치적으로 올바른 것인지는 독자가 결정하며, 일단 '이 표현은 아웃인가 세이프인가'를 둘러싼 사법적 방향 짓기가 고정되면 작가가 그것을 뒤집으려 변론을 해도 거의 무의미하다. 콘텐츠(알맹이)의 질은 어떤 의미에서 아무런 상관이 없고, 독자들의 해석 프레임에서 어떻게 판단되는지가 초점이 된다.

원래부터 인간은 '이야기의 욕망'에 추동되는 동물이다. 가십이 털 고르기(그루밍)를 대체하면서 결과적으로 인간의 자유 시간이 증대했다는 로빈 던바의 유명한 가설도 가십적인 이야기하기가 공동체의 유대를 지키는 근본적인 작업임을 시사한다. SNS는 유인원의 그루밍을 닮은 가십을 폭발적으로 증대시켰다. 기묘한 것은 현대의 인터넷 이용자들이 점점 자신의 사생활을 흥미 본위의 가십 공간에 자발적으로 투입하려 한다는 사실이다. 마침내는 우노 쓰네히로가 지적한 것처럼 '자기 이야기'하기의 쾌락이 '타인의 이야기'를 읽는 쾌락을 넘어서고 있다고까지 말할 수 있다.[10] 요컨대 자기 표현이 큰 가치를 지닌 시대, 자기 표현의 게임이 곧 민주주의의 실재를 보증하는 시대가 도래한 것이다.

이것은 문학에 있어서도 지극히 중대한 변화다. 본질적으로 '타인의 이야기'인 작품에 깊이 동화(=감정 이입)하면서도 한편으로는 낯설게 보지(=비판하지) 않는다면—혹은 한번 동화했다고 생각한 작품에 의표를 찔려 다시금 거리가 생긴 경험이 없다면—문학, 나아가 예술 일반을 깊이 있게 이해하기 어렵다. 만일 '타인의 이야기'가 기껏해야 SNS상에서의 '자기 이야기'를 효율적으로 증폭시켜 주는 계기에 지나지 않는다면 작품을 독해하는 의미가 없다. 그렇게 되면 독자의 자기 표현을 끌어내기 쉽게 조율된 작품만이 요망될 것이다. 그러한 작품은 자기를 뒤흔드는 '타자'보다 자기를 비추는 '거울'에 가까워질 것이다. 셀카가 보고 싶지 않은 자기(=실재)가 아닌 보고 싶은 자기의 모습(=거울상)을 증폭시키는 것처럼 말이다.

더구나 '자기 이야기'는 그 본성상 신뢰성이 전적으로 보장되지 않는다. 미디어가 유포하는 '타인의 뉴스'가 진실과 일치하지 않는 것처럼—'가짜 뉴스'fake news라는 말이 나타나기 한참 전인 1922년에 리프먼은 "뉴스와 진실은 동일하지 않으며 확실히 구별되어야 한다"라고 단언했다[11]—SNS상의 자기 표현도 진실과 일치하지 않는다. 스티븐스-다비도위츠의 말처럼 인터넷 사용자는 자각 없이 SNS에서 허세를 부리며

10　우노 쓰네히로宇野常寛, 『느린 인터넷』遅いインターネット(幻冬舎, 2020), 2장 참조.

11　월터 리프먼Walter Lippmann, 『여론』世論, 하권(가케가와 도미코 掛川トミ子 옮김, 岩波文庫, 1987), 214쪽〔이동근 옮김, 커뮤니케이션북스, 2021, 455쪽〕.

가짜 자기를 선전한다. 한편 누구에게도 알리고 싶지 않은 진짜 자기는 구글 검색 이력으로 매일 축적되고 있다.[12]

문예 비평 용어로 하면 이는 인터넷의 언론 공간이 '신뢰할 수 없는 서술자'에게 점유되고 있음을 의미한다. 이 점에서 전중부터 전후에 걸친 영국을 무대로 고지식한 집사 스티븐스를 '신뢰할 수 없는 서술자'로 설정했던 가즈오 이시구로의 대표작 『남아 있는 나날』(1984)을 참고할 수 있다. 대개 문학에서 '신뢰할 수 없는 서술자'는 정신 이상자나 사이코패스로 설정된다. 하지만 이시구로는 오히려 정상적인 인간이야말로 자기 존엄이나 자존감을 지키기 위해 사실을 은폐하고 '신뢰할 수 없는 서술자'가 된다는 것을 간파했다. 이는 SNS가 만들어 낸 상황과 포개진다. 모두가 발언할 수 있는 정보 사회에서 우리 모두 어딘가 스티븐스와 닮아 가는 것이다.

4 쇼와의 치통, 비평의 원점

이처럼 SNS가 정착한 헤이세이 후기(2010년대)에는 이야기의 환경에 중대한 변화가 생겨났다. '정치와 문학'의 재부상도 이 새로운 상황 속에서 일어난 현상이다. 다만 더 이상의 상황론적 분석은 다른 기회로 미루고 이제부터는 오히려 '정치와 문학'이라는 프로그램의 발단으로 돌아가 보겠다.

'정치와 문학'이 윤곽 지어진 1920년대 전반, 즉 다이쇼 후기에서 쇼와 초기에 걸친 시기의 문학 상황을 일별해 보자. 당시는 근대 문학사에서 중요한 전환기였다. 히라노 겐의 『쇼와

---

12   세스 스티븐스-다비도위츠Seth Stephens-Davidowitz, 『모두 거짓말을 한다』誰もが嘘をついている(사카이 다이스케酒井泰介 옮김, 光文社, 2018)〔이영래 옮김, 더퀘스트, 2018〕.

문학사』는 다이쇼 이래 기성 리얼리즘을 대표한 사소설, 쇼와 들어 신감각파를 중심으로 문체적, 형식적 혁신을 목표로 한 모더니즘 문학, 러시아 혁명을 배경으로 노동자 해방을 지향한 마르크스주의 문학이라는 세 흐름의 '정립'鼎立을 축으로 쇼와 문학의 지도를 그렸다.[13] 이 삼각형이 복잡하게 얽히는 가운데 문학이 재편성되었다.

특히 '정치와 문학'을 결부시킨 프롤레타리아파는 다른 그룹도 무시할 수 없는 존재였다. 다카미 준에 따르면 신감각파 모더니스트 가와바타 야스나리는 1925년(다이쇼 1년)에 발표한 시평에 이렇게 썼다.

프롤레타리아파 사람들도 새로운 문예를 창조하는 신진 작가라면, 그 작품에 새로운 감각이 포함되어 있어야 한다. 이유는 간단명료하다. 새로운 표현 없이 새로운 문예는 없다. 새로운 표현 없이 새로운 내용은 없다. 새로운 감각 없이 새로운 표현은 없다. 새삼스러울 것 없는 사실이다. 그리고 실제로 프롤레타리아파인 마에다코 히로이치로 씨, 가네코 요분 씨, 이마노 겐조 씨 같은 이들은 새로운 감각으로 표현하려고 노력하고 있다. 당연한 일이다.[14]

가와바타는 프롤레타리아파도 새로운 '표현'을 목표로 해야만 새로운 문학이 될 수 있다고 보았다. 동시에 그가 신흥 프롤레타리아 문학을 무시할 수 없었다는 것도 알 수 있다. 다

---

13 히라노 겐平野謙,『일본 쇼와 문학사』昭和文学史(筑摩叢書, 1963), 8쪽〔고재석 옮김, 동국대학교 출판부, 2001, 12쪽〕.

14 다카미 준高見順,『쇼와 문학 성쇠사』昭和文学盛衰史(文春文庫, 1987), 21쪽.

카미는 이 시평에 대해 "표현을 가장 중요한 요건으로 내세움으로써 프롤레타리아파에 저항하고 있다. 이를테면 프롤레타리아파를 수용함으로써 저항하는 것"이라고 형용하면서 "쇼와 문학에는 이렇게 그 탄생 이래 '부단한 치통'이 따라다니고 있다"고 총괄했다.[15] 이러한 설명은 쇼와 문학의 특질에 훌륭히 부합한다. 즉 가와바타와 같은 예술파 작가조차 정치라는 '부단한 치통'의 영향하에서 입장이 다른 프롤레타리아파를 일단 음미할 필요가 있었던 것이다.

이는 다이쇼 작가와의 중요한 차이다. 나카무라 미쓰오는 다이쇼가 "작가인 나" 안에서 자기 완결될 수 있는 시대였던 것과 달리, 쇼와는 "작가인 나가 절대적으로 가치를 지니지 않게" 되어 타자나 사회를 상대할 수밖에 없게 된 시대라고 서술했다.[16] 다이쇼적 기준에서 말하면 이는 일본 문학이 '나'의 중심성을 상실하고 타자라는 소음에 의해 예술적 순도를 떨어뜨렸음을 의미한다. 하지만 '나'가 무조건으로 성립하는 느긋한 문학을 쓸 수 없게 된 것이야말로 '쇼와의 치통'이 가져온 효과다.

게다가 이 쇼와의 새로운 경향은 다카미의 말처럼 세계적인 동시성을 수반했다.[17] 예를 들어 프랑스의 자연주의와 메이지의 자연주의에는 엄청난 시차가 있고, 이로 인해 에밀 졸라의 자연주의 소설이 다야마 가타이의 사소설로 미끄러지는 이상한 변용도 생겨난 것도 사실이지만, 다이쇼 말기에서 쇼와 초기에 걸친 모더니즘(신감각파) 문학이나 러시아 혁명

---

15   같은 책, 22쪽.

16   나카무라 미쓰오中村光夫, 『메이지, 다이쇼, 쇼와』明治·大正·昭和 (岩波同時代ライブラリー, 1996), 158쪽.

17   다카미 준, 『쇼와 문학 성쇠사』, 32쪽.

을 배경으로 한 프롤레타리아 문학에는 시간의 지체가 없었다. 이는 헤이세이 말기에서 레이와 초기에 걸친 #MeToo 운동이나 LGBT에 대한 주목이 SNS가 만들어 낸 세계적 동시성 안에서 발생했다는 사실과 닮았다.

더구나 신감각파와 프롤레타리아 문학의 대두는 이후 문예 비평의 존재 방식을 규정했다는 점에서 중요하다. 예를 들어 가와바타와 같은 세대인 고바야시 히데오는 초기 작업에서 프롤레타리아파와 신감각파를 묶어 "가지각색의 의장"이라 상대화하는 동시에, 이들 쇼와 신문학보다 굳이 다이쇼 이래의 옛 작가를 높이 평가했다. 여기서 그의 비평 전략이 드러난다. 고바야시는 「가지각색의 의장」을 발표한 해인 1929년의 에세이 「시가 나오야」에서 "세상의 젊고 새로운 사람들에게"라는 부제 아래 "시끄럽고 겉치레에만 신경 쓰는 오늘날 신시대 선언자들에 대한 혐오"를 표명하면서 "실생활"을 손에서 놓지 않은 시가 나오야의 리얼리즘을 평가했다.[18] 이듬해의 「신흥 예술파 운동」에서도 그는 다음과 같이 서술했다.

프롤레타리아 작가는 외국에서 마르크스의 세계관과 프롤레타리아 소설을 양손 가득 들고 돌아왔다. 마르크스의 세계관은 과연 새롭다. 하지만 그 세계관에 의해 소재가 변경된 소설은 고릿적 감상感傷 소설이다. 요즘 일본 프롤레타리아 소설보다 졸라의 소설 쪽이 백 배는 훌륭하고 새롭다.[19]

소수자 문제를 다루는 현대의 '정치적으로 올바른' 문학이

---

18   고바야시 히데오小林秀雄, 『고바야시 히데오 전 작품』小林秀雄全作品, 1권(新潮社, 2002), 156, 166쪽.

나 예술이 기법적 허술함과 내용적 감상성을 종종 노정하는 것을 생각하면 이러한 고바야시의 견해에는 여전히 현실성이 있다. 어쨌든 고바야시의 비평은 쇼와의 "젊고 새로운" 작가가 "실생활"을 지니지도 고릿적 감상주의를 벗어나지도 못했다는 인식을 바탕으로 한 것이었다.

고바야시 이후의 남성 비평가들도 '정치와 문학'을 '정치의 우위성'을 전제로 연결하는 데 회의적이었다. 이것은 나카무라 미쓰오, 요시모토 다카아키, 에토 준, 하스미 시게히코, 가라타니 고진, 가사이 기요시, 가토 노리히로, 아사다 아키라, 오쓰카 에이지 등에서부터 헤이세이 이래의 후쿠다 가즈야, 아즈마 히로키, 우노 쓰네히로 등에 이르기까지 사상 신조, 흥미 관심의 차이와 무관하게 대체로 공유되는 현상이다. 고바야시가 "세상의 젊고 새로운 사람들"을 비평했을 때부터 정치적인 것에 실패함으로써 성공하기라는 역설이 일본 비평의 프로그램에 기입되었다. 이번 장 첫머리에서 인용한 "정치라는 말을 사용하지 않고 정치적인 것을 부상시키고 싶다"라는 하스미의 역설도 이와 이어지는 것이리라. 헤이세이에 들어서도 일본의 비평은 문화 연구나 탈식민주의와 같은 방식으로 '정치와 문학'을 알기 쉽게 연결하는 데 거리를 두는 경향이 있었다.

---

19   같은 책, 203쪽. 또한 소설에서 1902년생 고바야시 히데오와 호응하는 것이 1898년생 이부세 마스지일 것이다. 이부세는 사소설과도, 프롤레타리아 문학과도 가까운 동시에 그 어느 쪽에도 의지하지 않는 유머로 감상성과 단절하며 독자적인 작풍을 확립했다. 이에 관해서는 노자키 간野崎歡, 『물 냄새가 나는 것 같다』水の匂いがするようだ(集英社, 2018), 40쪽 이하를 참조하라.

5 진재 후의 프레임

정치라는 '부단한 치통'이 주는 자극이 '정치와 문학'이라는 주제를 확립하는 한편, 그에 간섭하며 비평의 프로그램도 조직된다―이것이 대략 쇼와 문학의 원풍경이라 할 수 있다. 이에 더해 '쇼와적인 것'의 원점으로서 진재의 영향을 고려해야 한다. 다이쇼에 간토 대진재를 경험한 아쿠타가와 류노스케는 다음과 같은 흥미로운 견해를 남겼다.

재해가 컸기 때문에 이번 대지진은 우리 작가들의 마음에도 큰 동요를 일으켰다. 우리는 격렬한 사랑이나 미움이나 동정, 불안을 경험했다. 그간 우리가 다뤄 온 인간 심리는 굳이 따지자면 섬세한 것이었다. 이제부터는 조금 더 선이 굵은 감정의 곡선을 그린 작품이 새로 등장할지도 모른다. 물론 그 감정의 파도를 움직이게 하는 기제로 대지진이나 화재가 사용된다. 실제로 어떻게 되든 그럴 가능성이 있다.

또 대지진 후의 도쿄는 어찌어찌 부흥을 하더라도 당분간 살풍경을 면치 못할 것이다. 때문에 우리는 예전처럼 바깥 세계에서 흥미를 찾기 어렵다. 그렇다면 우리 내부에서 무언가 즐거움을 찾을 것이다. 적어도 그런 경향을 가진 사람은 다시금 이를 강화할 것이다. 즉 난세를 맞은 중국 시인 등이 은거의 풍류를 즐긴 것과 유사한 일이 일어날 것이라 생각한다. 사실이라고 예언할 수는 없어도 가능성은 꽤 있으리라.[20]

20　아쿠타가와 류노스케芥川龍之介, 「진재가 문예에 미친 영향」震災の文芸に与ふる影響, 『아쿠타가와 류노스케 전집』芥川龍之介全集, 6권(ちくま文庫, 1978).

여기서 아쿠타가와는 진재 후의 두 가지 가능성을 제시한다. 하나는 "섬세한" 문학적 심리와는 다른 유형의 "마음"이 나타날 가능성이다. 또 하나는 도쿄라는 현실이 파괴된 보상을 다른 데서 찾을 가능성이다. 달리 말해 아쿠타가와는 진재 후에는 "마음"의 묘사 방식과 '현실'의 묘사 방식 모두 기존과 같을 수 없으리라 예측한 것이다.

진재는 아쿠타가와에게 이야깃거리보다도 인식 체제의 변화를 초래했다. 신감각파인 요코미쓰 리이치는 아쿠타가와보다 분명한 어조로 자신의 스타일에 진재에 대한 반항의 성격이 있다고 진술한다.

다이쇼 12년의 대진재가 나를 덮쳤다. 그리고 내 미에 대한 신앙은 이 불행으로 순식간에 파괴되었다. [⋯] 낡은 정서에 얽매이는 자연주의라는 김빠진 옛 스타일을 더 이상 참을 수 없게 된 나는 반항을 시작했다. 이와 동시에 도래하는 신시대의 도덕과 미의 건설에 부득이 참여할 수밖에 없는 상황이 되었는데, 이때 이미 유물 사관이 우리나라에 나타난 최초의 실증주의로서 정신의 세계에 들이닥쳤다.[21]

모더니스트인 요코미쓰에게 대진재는 "자연주의라는 김빠진 옛 스타일"에서 탈각하고 이를테면 그라운드 제로의 공터에서 문학을 재구축하는 계기가 되었다. 그런 의미에서 '쇼와 문학'(모더니즘 문학과 프롤레타리아 문학)의 원류는 다이쇼 후기의 간토 대진재다. 그렇다면 '레이와 문학'의 원류 또

---

21 『정본 요코미쓰 리이치 전집』正本 橫光利一全集, 13권(河出書房新社, 1982), 584쪽.

한 헤이세이 후기의 동일본 대진재에 있다고 보는 것이 과연 무리한 해석일까. 이 두 대진재를 겹쳐 볼 수 있는 측면이 없는 것도 아니다. 결과적으로 동일본 대진재는 간토 대진재와 마찬가지로 기성 문학이 처한 곤경을 보여 주는 사건이 되었기 때문이다.

문학의 소재로서 동일본 대진재는 수년 만에 풍화되어 버렸다.[22] 진재, 특히 원자력 발전 사고는 확실히 '정치와 문학'을 연결하는 담론을 일시적으로 증가시켰으나 그것이 문학의 언어를 단련시켰는지는 의문이다. 예를 들어 시인 아라카와 요지는 "큰 재해 후에 똥오줌도 못 가리는 시와 노래가 다수 창작되어 문학 '특수'라 할 만한 사태가 일어났다. / 특히 시 쪽은 흔한 지껄임과 다를 바 없고 표현에 대한 궁리는 그 비슷한 흔적도 없다. 평이하고 알기 쉽지만, 그저 자기 주장에 가까운 것이다"라고 냉정하게 지적하고는, 이러한 익찬翼贊적 상황이 빚은 언어의 열화를 "시의 피해"라고 평했다.[23] 진재를 모드mode도 무드mood도 아닌 문학의 내적 논리 안에서 재해석하려는 작업이 부족했다는 것이다. 이는 시만이 아니라 소설에도 어느 정도 해당되지 않을까.

이러한 진재 후의 혼란과 방황을 거쳐 SNS상에서 이루어

22　일문학자 기무라 사에코木村朗子는 2017년 말 즈음 "6년의 시간이 흐르는 사이, 대진재는 학생들에게 먼 과거가 되었다. 〔…〕 진재를 소재로 삼은 창작이 경우 없다고 비판받던 것이 거짓말처럼 느껴질 정도로, '이러한 작품이 창작되어 우리도 무슨 일이 있었는지 알 수 있게 되었다는 점에서 중요하다'와 같은 감상이 주류를 이루게 되었다"라고 서술했다. 『그 후의 진재 후 문학론』その後の震災後文学論(青土社, 2018), 252쪽.

23　아라카와 요지荒川洋治, 『시와 말』詩とことば(岩波現代文庫, 2012), 160쪽.

진 '정치와 문학'의 재결합은 의외로 문화적 공백을 메우는 기능을 했다. 정치적 올바름의 상승은 아쿠타가와상을 받으며 판매고가 200만 부를 넘는 기록적인 베스트셀러가 된 마타요시 나오키의 『불꽃』(2015) 이후 예능인 소설에 대한 관심이 높아진 것과 더불어 헤이세이 기성 문학의 쇠약을 상징한다. 즉 일본 순문학은 정치화되거나 예능화되지 않으면 이미 실체를 유지하기가 어려워진 것이다. 이러한 경향이 대진재에서 직접 유래하는 것은 아니라 해도 대진재가 초래한 파괴와 결과적으로 병행한다. 간토 대진재 후와 마찬가지로 동일본 대진재에 뒤따른 '진재 후 문학' 또한 소재의 변화보다 인식 프레임의 변화로 나타난 것이다.

6 다이쇼, 쇼와, 헤이세이, 레이와

이상의 내용에 입각해 '정치와 문학'에 관한 모델을 원호별로 도식화해 보자. 물론 이는 단순화된 모델일 뿐 예외를 부정하는 것은 아니다.

다이쇼적인 것: '나'의 탈정치적 순수화 | 사소설
쇼와적인 것: '나'의 정치화와 그 굴곡 | 마르크스주의
헤이세이적인 것: '나'의 탈정치적 이상異常화 | 페티시즘
레이와적인 것: '우리'의 재정치화? | 정치적 올바름

다시 말해 마르크스주의의 인장이 새겨진 쇼와 문학은 프롤레타리아 문학이 탄압받은 후에도 정치를 망령으로 끌어안고 있었다(쇼와 말기에 발표한 『노르웨이의 숲』에서 60년대 말 학생 운동 시대를 노스탤지어적으로 회고한 무라카미 하루키

도 그렇다). 앞서 인용한 하스미와 다카하시의 대담도 이 망령에서 비롯한 '치통'이 독자들에게 여전히 아슬아슬하게 공유되어 있음을 전제로 '정치와 문학'을 역설적으로 연결하는 담론을 구성하려 한 것이었다.

하지만 헤이세이가 시작되고 세계화와 정보화가 진행되는 가운데 '쇼와의 치통'은 서서히 진정되어 간다. 헤이세이 문학에서 무엇보다 주목할 지점은 '정치와 문학'이라는 성가신 주제에 고민하지 않는 작가가 주류가 되었다는 사실이다. 앞서 인용한 1993년의 대담에서 다카하시 겐이치로는 "분명 요즘에도 좋은 작가는 있지만, 정치성은 매우 희박합니다. 정치 따위는 알 바 아니다, 그런 세계가 있긴 했지, 라는 식으로 소거해 버리기 때문에 산뜻하기 그지없습니다"라고 했는데,[24] 이는 지금 봐도 정확한 비평이다. 헤이세이 작가들은 다이쇼 작가들이 그랬던 것처럼 정치라는 '치통'에 시달리지 않는 '나'를 세계의 중심에 소환한 것이다.

다만 그후 헤이세이의 탈정치적 '나' 표현이 꼭 "산뜻"한 것은 아니게 되어 간 전개도 간과할 수 없다. 헤이세이의 '나'는 외부와의 거리를 잘 측정하지 못하고 조절 불능의 위험한 상황에 빠지기가 쉬웠다. 2장에서 다뤘듯 가와카미 히로미, 오가와 요코, 다와다 요코 등의 소설에서는 자아와 외부의 경계가 종종 '벽'보다 '막'에 가까워진다. 스트레스를 일으키는 타자와의 소통에서 완전히 물러나 오타쿠적 취미에 매몰되는 '소통 부전 증후군'(나카지마 아즈사)도 헤이세이 서브컬처의 특징이 되었다.

헤이세이적 '나'는 확고한 정체성을 갖지 않는다. G. H. 미

---

24   하스미 시게히코, 『영혼의 유물론적 옹호를 위해』, 24쪽.

드의 용어로 말하자면 '일반화된 타자'의 시선을 의식하면서 자기 언동을 제어하는 '사회적 자아'가 희박하다. '정치와 문학'을 생각하기에 혹은 정체성 정치를 도입하기에 앞서 자기를 세계에 고정시키는 것 자체가 어렵다—헤이세이 문학은 그러한 들뜬 자아, 사회에 좀처럼 접지하지 못하고 정체성도 행방불명된 실재를 포함한 것이었다. 더구나 이 안정되지 않은 상태는 언제든 미끄러져 상궤에서 벗어날 수 있다. 헤이세이 소설가들은 페티시즘, 망상, 광기, 폭력 따위의 공공 질서와 선량한 풍속에 반하는 모티프를 자주 이용해 이상성異常性을 검출하는 장치로 문학과 '나'를 구성하려 했다. 이 '이상화한 나'의 증식이라는 점에서 헤이세이에 실존주의의 재래가 있었던 것이다.

다만 '쇼와의 치통'을 벗어난 '헤이세이 페티시즘'도 어느새 일단락된 듯하다. 이상 감각을 작품의 토대로 지켜 가는 것은 물론 쉬운 일이 아니다. 쇼와의 다니자키 준이치로나 가와바타 야스나리가 늙어서도 성적 '변태'로 남았던 것과 달리 헤이세이 소설가들은 대체로 페티시즘적 욕망을 지키기가 어려워진 것 같다. 애초에 쓰나미와 원자력 발전 사고라는 이상한 사건은 대부분의 이상한 문학 표현을 무색게 하는 것이었다. 이리하여 대진재 후 헤이세이 말기에서 레이와에 걸친 기간 동안 '이상화한 나'라는 원료는 고갈되었고, 그 문학적 공백 지대를 인터넷의 '우리'가 메우는 상황이 나타났다.

7 포스트모던에서의 '악'

그렇다면 쇼와도 헤이세이도 끝난 세계를 살아가는 우리는 쇼와적 역설도 헤이세이적 페티시즘도 잊고 '정치와 문학'을 있는 그대로, 자동적으로 연결하면 되는 것일까? 물론 인터넷 이전으로 돌아가지 않는 이상 시대의 흐름을 되돌릴 수는 없다. 그렇지만 문학을 정치에서 완전히 분리하지도 못했고, 그렇다고 문학을 정치에 종속시키기도 주저되는 곤란한 지점에서 구성되어 온 일본의 비평 정신을 전부 폐기해 버려도 된다고 나는 생각하지 않는다.

이러한 문제 설정에서 다카하시 겐이치로의 작업을 대강이라도 살펴보는 것이 도움이 될 것이다. 전공투 세대인 다카하시는 쇼와적인 '정치와 문학' 프로그램을 쇼와 말기에서 헤이세이에 걸쳐 독특한 방식으로 재편성한 작가다.

포스트모던 문학의 기수로 알려진 다카하시의 소설에서는 도널드 바셀미의 '미니멀리즘'이나 존 바스의 '소진exhaustion의 문학' 같은 미국 문학의 콘셉트를 읽어 낼 수 있다. 예를 들어 초기 대표작 『사요나라, 갱들이여』(1982)에서 이야기는 잘게 잘린 미니멀한 파편이 되어 암시적인 성격을 띠는 한편, 책은 의인화되고 인간은 책으로 바뀌어—주인공의 연인은 '나카지마 미유키 송 북song book'이라고 불린다—각각의 사회적 의미가 소진될 때까지 희화화된다. 『사요나라, 갱들이여』는 책과 인간을 모조리 모독해, 의미의 지반에서 잡아 뜯긴 말의 파편으로 뒤바꿨다. 더구나 그 파괴 행위에서 독특한 리리시즘을 빚어낸 것이 다카하시의 성취다.

그런 동시에 『사요나라, 갱들이여』는 단지 해외 포스트모던 문학의 아류로 치부될 수 없다. 이 소설은 시인인 '나'를 서술자로 내세워 다니카와 슌타로, 다무라 유이치, 나카지마 미유키를 '세 명의 위대한 시인'으로 소개하며 일본의 전후 시까지도 상상력의 원천으로 삼은 작품이다.

전후 시의 출발점은 어디인가. 일찍이 요시모토 다카아키는 전후의 '황무지' 그룹 시인(다무라 유이치나 아유카와 노부오 등)에 대해 "각성한 눈으로 전쟁 체험을 내부에 수용하고, 또 그 시선을 전후의 절망적인 희비극 가운데서도 지속했다는 점"을 평가했다. 그에 따르면 '황무지' 시인들은 전쟁 체험을 냉정하게 관찰하고 내면화해 반추할 만큼 탄력 있는 언어를 일본어 시 안에 확립했다. 그들의 시는 "내부 세계의 수직성과 윤리성"으로, 나아가 "어두운 윤리성과 강한 현실 체험의 내면화"로 특징지어진다.[25]

흥미로운 것은 요시모토가 "오늘날 시의 표현 양식과 내실에 깊은 관심"을 가진 다카하시를 데뷔 당시에 앞서서 인정한 비평가라는 점이다. 요시모토에 따르면 『사요나라, 갱들이여』의 맥락 없는 여러 삽화는 텔레비전 채널들에 해당한다. 다카하시는 스위치를 조작해 "<공허>하고 <황당무계>한 이야기를 하는 것을 진정성 있는 윤리로 만들기"를 시도했다.[26] 이러한 요시모토의 평가는 다카하시의 핵심을 적확하게 맞춘 것이었다.

특히 『사요나라, 갱들이여』의 <공허>와 <황당무계>는 고유명을 다루는 방식에서 집약적으로 드러난다. 시인인 '나'는 고유명 하나하나에 애착을 보이며 나카지마 미유키 송 북과 딸 캐러웨이를 아끼지만, 세계는 그것들을 남김없이 규칙적으로 떠내려 보내고 탈취한다. 소중한 이의 죽음이 관료적으로 취급당하는 메커니즘에 맞서 '나'는 만화적인 '갱'이 되어

25   요시모토 다카아키吉本隆明, 「전후 시인론」戰後詩人論, 『마태오 복음서 시론, 전향론』マチウ書試論·転向論(講談社文芸文庫, 1990), 217, 219, 221쪽.

26   요시모토 다카아키吉本隆明, 『매스 이미지론』マス·イメージ論(講談社文芸文庫, 2013), 27쪽.

반항하려 하지만 결국에는 이 역시 '가짜' 자기 이미지에 지나지 않았음이 밝혀진다.

다카하시가 그리는 세계에는 직시하기를 주저하게 되는 '악'이 존재하며, 더구나 그 악은 리모컨으로 텔레비전 채널을 돌리는 것처럼 아무렇지도 않게 갱신되기에 그 리듬에 저항할 수도 없다. 고도로 우화화한 포스트모던적 작품 세계를 설정한 다음, 무자비하고 무표정하며 자동적인 메커니즘(=정치) 속에서의 악과 성애(=문학)를 이야기하는 실천이 다카하시의 '정치와 문학'이었다. 무겁고 울적한 내용을 짐짓 가볍고 천진한 문체가 감당케 하는 역설을 통해 다카하시는 '진정성 있는 윤리'를 배음倍音처럼 울려 퍼지게 했다.

공허하고 황당무계한 카오스모스(카오스+코스모스)를 전면적으로 전개하지 않고는 더 이상 진솔한 윤리를 이야기할 수 없다—이러한 요구에 근거한 결과『사요나라, 갱들이여』는 역사를 완전히 증발시키게 된다. 언제 어디인지 알 수 없는 포스트 역사적 시공간에서는 온갖 고유명사가 '거대한 강'을 타고 흘러가 사라질 뿐이다. 잔혹 동화를 닮은 이러한 스타일은『사요나라, 갱들이여』보다 먼저 쓰인『존 레논 대 화성인』(1985)에도 나타난다. 이 기묘한 제목의 악몽적 소설에는 이를테면 아이들이 자기 성기를 집요하게 만지는 것과 같은 그로테스크한 천진난만함이 있었다.

『존 레논 대 화성인』에서는 '대단한 일본의 전쟁'이라는 이름으로 악몽과도 같은 미래상이 담긴 엽서가 주인공에게 일방적으로 발신된다. 다카하시는 이를 통해 1960년대 말의 학생 투쟁과 중첩되는 '전쟁'을 그려 내려 했다. 다만 이 소설이 일반적인 '전쟁 문학'인 것은 아니다. 악과 폭력을 우화화한 『존 레논 대 화성인』에서는 폭력과 성에 얽힌 엽서도, 마구잡

이로 남용되는 고유명사도 텔레비전 채널처럼 대체 가능한 것에 지나지 않는다. 이 채널 바꾸기가 거듭되는 가운데 정말로 잔혹한 것은 악의 행위 자체가 아니라 악의 이미지를 간단히 만들어 내고 연이어 다른 이미지로 수정하는 세계의 존재 방식임이 시사된다.

60년대 말의 정치 투쟁과 80년대 초엽의 소비 사회라는 두 가지 '현실 체험'을 내적으로 숙성시켜 그 지평에 '어두운 윤리성'의 닻을 내리기 위해 다카하시는 팝적인 장식을 필요로 했다. 이로부터 포스트모던 시대에 좌익적이고 자동적인 투쟁론과는 다른 방식으로 '정치와 문학'을 교차시키려 한 다카하시의 전략을 읽어 낼 수 있다. 그리고 그런 한에서 다카하시의 포스트모던 소설은 언뜻 이단적으로 보임에도 실제로는 '쇼와 문학'의 정통에 속한다.

8 욕망은 '정치와 문학'을 연결하는가

그런데 80년대에 포스트모던 소설의 틀 안에 '정치와 문학'의 망령을 도입했던 다카하시 겐이치로도 90년대 이후에는 전략을 바꾸게 된다. 같은 세대인 무라카미 하루키가 역사가 끝을 고한 조용한 세계를 고요하게 묘사한『세계의 끝과 하드보일드 원더랜드』(1985)에서 편지를 통한 전언 게임으로 '나'에게 만주 전쟁을 유사 체험시키는『태엽 감는 새 연대기』(1994~1995)에 이르렀듯, 다카하시도 일본 야구라는 폐쇄적이고 기호론적인 '모드의 체계' 안에서 세계를 재해석하려 한『우아하고 감상적인 일본 야구』(1988)로부터 모험 소설의 망령이라고 할 수 있을『고스트 버스터즈』(1997)─여기에는 무언가를 찾는 몸짓과 욕망만이 남아 있다─를 거쳐『일본 문학 성쇠사』(2001)에 이른다.

상세한 내용은 6장에서 다루겠지만 이 두 작가의 변화는 일본 문학의 재역사화를 상징한다. 아우슈비츠 학살 등을 부정하는 역사 수정주의가 유럽에서 대두하고 일본에서도 니시오 간지 등에 의한 '새로운 역사 교과서를 만드는 모임'이 화제가 된 90년대 이후, 무라카미와 다카하시 모두 현실과 허구 사이에 서서 일본의 근현대사에 간섭하는 '위사'를 창작했다.

역사를 익살로 변주해 야구라는 게임에 중첩시킨『우아하고 감상적인 일본 야구』와 달리『일본 문학 성쇠사』는 공식적인 일본 문학사를 강하게 의식한다. 그러나 이는 일본 문학사를 우롱하고 정전을 탈신성화하기 위한 것으로, 이 우상 파괴는 일본 문학의 총체를 성적인 장난질과 동일시함으로써 달성된다. 이 작품 속에서『이불』의 다야마 가타이는 성인 비디오 제작에 손을 대고「로마자 일기」의 이시카와 다쿠보쿠도 부르세라 숍[27]의 경영자로 추대된다.

이처럼 헤이세이의 다카하시는 <일본 문학> 자체를 페티시즘적 욕망을 추동하는 성적 대상으로 만들었다. 다만 달리 보면 이는 문단이라는 특수한 공동체에 대한 관음증을 만족시키는 작업이기도 할 것이다. 즉 겉보기엔 멀쩡해도 무대 이면에서 알코올과 약물, 섹스에 탐닉하며 편집자나 동업 작가와 불화를 반복하는―일본의 천박하고 가십적인 문단 신화(당장 다자이 오사무로 대표되는)가『일본 문학 성쇠사』에서

---

27 〔옮긴이〕부르세라는 부르마(블루머, 학교 체육복)와 세라복(세일러복)을 합친 말로 일본 여학생을 상징하는 옷을 일컫는다. 서브컬처를 통해 십 대 중후반 여학생에 성적 페티시즘을 가지게 된 이들이 부르세라를 비롯해 여학생들이 사용하던 물건을 중고로 사는 풍조가 생겨나면서 일본에서는 부르세라 가게가 성행하기도 했다.

재생산되는 것도 부정할 수 없다.

이후로도 다카하시는 성적 '천박함'을 작품의 기반으로 삼았다. 동일본 대진재로부터 겨우 7개월 후인 2011년 10월에 발표된 『사랑하는 원자력 발전』에서도 피해자 지원 자선 활동을 위해 성인 비디오를 만드는 경위를 작품화했다. 일부러 얼토당토않고 어처구니없는 짓을 계속 저지르는 이 소설은 마치 1970년대 이후 오시마 나기사의 영화처럼 포스트모던하며 성적이고 착란적인 '의식'儀式에 다가선 것으로 보인다.

인터뷰 따위를 할 때가 아니다. 속속 몰려드는 '후쿠시마 제1 원자력 발전소 앞 집단 섹스' 참가자로 광장은 서서히 메워져 간다.

에다노 관방 장관이 보인다… 호소노 원자력발전소 담당 대신도 있다… 야마모토 모나는 없지만… 오자와 이치로가, 하토야마 유키오가, 마에하라 세이지가 있다. 물론 다니가키 사다카즈, 이시하라 노부테루도 있고 고노 다로도 있다. 엘리자베스 여왕이 있고 아사하라 쇼코가 있고 호킹 박사가 있다. 구로사와 아키라와 디즈니와 파솔리니가 포옹하고 있다. 후세인 전 대통령과 부시 전 대통령(부자)도 포옹하고 있다… 점점 쓰기도 귀찮아진다. 알 만한 유명인은 모두 있을 터이다. 왜냐하면 유명인을 1만 쌍·2만 명 모이게 해 달라고 존에게 부탁했기 때문이다…

다카하시가 진재 체험에 대한 내적 성숙이 아니라 원자력 발전 사고에 대한 신속한 외적 반응을 선택했음이, 이 부분의 약간 자포자기한 듯한 태도에서 엿보인다. 『사랑하는 원자력 발전』의 요설적인 서술자는 정당도 국적도 모두 한데 뒤범벅

된 성의 광분orgy, 즉 "주위의 모든 커플과 공동으로 만들어 내는 섹스"라는 축제로 발걸음을 옮긴다. 더구나 그곳은 "가이거-뮐러 계수기〔방사선 검출기〕가 멈추지 않는" 지옥이기도 하다.

그러면 다카하시는 이 광란적 지옥에 무엇을 기대한 것일까?『사랑하는 원자력 발전』이라는 제목부터가 애매하다. 일반적으로 생각하면 원자력 발전이 무언가를 사랑한다는 의미로 읽힌다. 하지만 실제로는 미국 주도하에 전후 일본인 스스로 원자력 발전/원자력을 사랑한 것이고 그 때문에 사고가 일어난 것이다. 더구나 원자력 발전/원자력에 대한 '사랑'이 그 반작용으로 반원전이라는 생태주의적 욕망도 빚어냈음을 간과할 수 없다(일례로 미야자키 하야오 감독에게는 이 양극적 욕망이 공존한다). 사실 진재 후에도 이러한 다면적인 욕망을 냉정하게 검증할 수 있는 작품이 필요했을 것이다.

하지만 다카하시는 그러한 욕망의 주체나 내력을 언급하지 않고 원자력 발전을 세계적인 축제의 장으로 만들기 위해 누구의 것인지도 알 수 없는 성적 욕망을 증폭시켰다. 그 결과『사랑하는 원자력 발전』의 천박함은 일본 정치와 평행한 천박함을 띠게 된다―아니, 다카하시가 그렇게 읽도록 암시한 것이다.『사랑하는 원자력 발전』이 양식良識을 침범해 문학을 엉망으로 만들려 한 것처럼 원자력 발전도 양식을 침범해 사회를 엉망으로 만들었다. 이토록 지독한 세계를 우리는 살아가는 것이다… 이 조응 관계가 '정치와 문학'을 곡예적으로 연결한다.

이상과 같이 다카하시의 헤이세이 소설은 좋게 말하면 겉보기에 그럴싸한 것을 파괴하는 운동을 내포하고, 나쁘게 말하면 일본 문학 및 정치가 가진 천박함과 일체화한다. 그럼에도 '정치와 문학'을 요란스러운 '성'을 매개로 연결한다는 점에서는 변함이 없다.『일본 문학 성쇠사』나『사랑하는 원자력 발전』에서도 성인 비디오 감독이 성의 사제가 되고, '일본 문학'과 '원자력 발전'은 누구의 것인지 모를 성욕 안에서 불가사의한 활기를 띤다. 원래 정치가 외설적인 것이라면, 문학도 외설적인 것이다—양쪽 다 자신들을 욕망하라는 페로몬적 지령을 끊임없이 발산하고 있기 때문이다. 포퓰리즘과 SNS의 대두는 '정치와 문학'이 가진 숨겨진 외설성을 백일하에 드러냈다.

이 욕망의 시대에 제일가는 다크 히어로는 도널드 트럼프다. 모든 이념적 기초 짓기를 조소하는 포스트모더니스트라 할 수 있는 트럼프도 과거 인기 텔레비전 사회자였던 만큼 사람들의 욕망만은 신뢰한다. 트럼프 대통령을 존재하게 한 것은 그럴싸한 것을 철저히 비웃는 욕망의 작용이기 때문이다. 마찬가지로 다카하시의 소설에서도 모든 진정성이 해체되는 가운데 성적 욕망만은 어떠한 제한도 없이 부풀어 갈 것이다.

욕망을 팽창시켜 마침내는 터무니없는 광란에 이르는『사랑하는 원자력 발전』이 현대의 허무한 일면을 포착한 것은 분명하다. 그렇기에 그 성적인 장난질이, 원래부터 질 나쁜 만화처럼 엉터리인 데다가 '무책임의 체계'를 구현한 듯한 일본의 원전 행정과 공범 관계를 맺고 있지 않다는 보증은 어디에도 없다.『사랑하는 원자력 발전』은 분명 '정치와 문학'을 연결하고 있기는 하지만, 그 광란적 연결 방식은 '진정성 있는 윤리'보다 육체의 자극을 두드러지게 만든다. 마루야마 마사오라면 여기서 "감성적 = 자연적 소여"에서 분화 독립하지 못한 채 "감상적 경험에 휘둘리는 결과"에 빠지기 쉬운, 일본의 "육체 정치"와 "육체 문학"의 결탁을 발견하지 않을까.[28]

하지만『사요나라, 갱들이여』이래 다카하시의 소설에서

드러난 질문은 여전히 중요하다. 즉 '정치와 문학'을 자동적인 논리로 연결하지 않고 그 양쪽의 비밀을 통해 관련지을 수 있을까? 가능하다면 어떤 방법이 있을까?—이것이 그럴싸한 정치적 올바름과 더러운 욕망의 시대에 재심의되어야 할 과제임을 강조하며 일단 논의를 마무리한다.

---

28   마루야마 마사오丸山眞男, 「육체 문학에서 육체 정치까지」肉体文学から肉体政治まで, 스기타 아쓰시杉田敦 엮음, 『마루야마 마사오 컬렉션』丸山眞男コレクション(平凡社ライブラリー, 2010), 191~192쪽.

4장

사소설 재고

'나'를 학습하다

1 해적판 '나'

일본 문학사는 해외 문학의 학습 과정으로 이해된다. 에도 시대까지는 중국이, 메이지 이후에는 서양이 각기 일본의 '교사'가 되어 문학의 반복적 학습을 촉진했다. 이는 배우는 쪽에서 보기에는 문화의 미메시스(모방/의태) 과정이고, 가르치는 쪽에서 보면 문화의 유출 내지는 절도의 과정이다.

중요한 것은 특히 서양으로부터 배우는 과정에서 자아ego, 자기self, 주체subject 등 '나'와 관련되는 기호가 많은 논쟁과 해석을 이끌어 냈다는 점이다. 장 자크 루소의 『고백』 이래 있는 그대로의 '나'를 기점으로 '성실성과 진정성'의 가치를 높이는 것이 근대 문학의 중요한 목표가 되었고, 메이지 이후의 문인들도 루소를 교사로 삼아 원본이자 진정한 '나'를 표현하려했다―물론 이는 꽤 단순화시킨 문학사적 줄거리지만 이제까지 대체로 받아들여졌던 것도 분명하다.[1]

---

1 실제 문학사는 조금 더 기복이 심하다. 『성가신 유산』厄介な遺産 (青土社, 2016)에서 나는 프로이트가 제2국소론에서 모델화한 자아, 초자아, 이드를 각기 일본, 서양, 중국에 할당했다. 근대 일본＝자아(학생)는 서양＝초자아(교사)를 문화적 '아버지' 삼아 자기를 형성했는데, 이 학습 과정에서 에도 문학의 교사 역할을 했던 근세 중국＝이드(무의식)의 유산이 종종 영향을 미쳤다. 이 점에서 일본 문학을 유럽과 아시아라는 두 아버지를 가진 유라시아 문학으로 이해할 수 있다.

베네딕트 앤더슨은 "민족주의의 기원과 보급에 대한 고찰"이라는 부제를 붙인 『상상된 공동체』에서 "'민족'은 특허권을 설정할 수 없는 발명이었다. 그것은 지극히 다양한, 그리고 때로는 전혀 예상치 못한 사람들이 해적판을 만들 수 있는 것이었다"라고 지적했는데,[2] 일본 문학의 '나'도 마찬가지다. 일본인은 주저 없이 민족주의와 근대 소설이라는 특허 없는 발명품을 서양에서 훔쳐 내 복제하고 유출해 왔다. 다만 해적판으로서 일본 문학의 '나'는 결코 안정적인 것은 아니었고, 이는 쇼와 들어 중대한 문제가 된다. 일례로 이소다 고이치는 쇼와 전기의 신감각파와 프롤레타리아 문학이 '자아의 해체'를 상징한다고 주장한다.

양자는 모두 시라카바파의 절대적 개인주의에 대한 불신과 거기에서 비롯하는 상실감을 공유한다. 적어도 '자아' 의식의 구조사라는 관점에서 신감각파와 프롤레타리아 문학의 차이는 자아의 해체를 해체로 표현하는지, 아니면 마르크스주의라는 새로운 신을 통해 자아에 새로운 의미를 부여하는지의 생활 태도적 차이에 지나지 않는다.[3]

간토 대진재 후 대두한 요코미쓰 리이치, 가와바타 야스나리, 이나가키 다루호 등의 신감각파는 때로 영화나 비행기 같은 것들을 작품 속에 도입하며 자아의 해체에서 발단한 모더니즘을 추진했다. 그들은 산업 사회의 기술과 기계를 교사로 삼음으로써 '나'의 학습을 생략했다. 반대로 프롤레타리아 문

---

2   베네딕트 앤더슨, 『상상된 공동체』, 120쪽〔113쪽〕.
3   이소다 고이치磯田光一, 「비교 전향론 서설」比較転向論序説, 『이소다 고이치 저작집』磯田光一著作集, 1권(小沢書店, 1990), 447쪽.

학은 자아에 계급 투쟁 신화의 등장인물이라는 자리를 마련해 주었다. 이는 변질되기 쉬운 '자아'를 마르크스주의라는 절대적 신, 즉 '초자아'의 감시 아래 안정시키려는 전략이었다.

이소다는 다이쇼 "시라카바파의 절대적 개인주의"—사소설이 그 결실이다—를 잃은 쇼와 작가들이 "'자기'라는 존재 자체에 대한 불안"에 겁을 먹었다고 보았다. 이는 그들이 있는 그대로의 '나'로 안정화할 수 없게 되어 '나'의 성립을 끊임없이 보류하거나 무언가 조건을 달게 되었음을 의미한다. 이러한 존재의 불안을 메우는 제재 중 하나가 기술technology이었고, 다른 하나가 마르크스주의였다. 물론 이러한 전략이 그들의 소설을 때로 관념만 앞세우는 볼품 없는 것으로 만든 것도 분명하다. 1920년대에 이부세 마스지가 만들어 낸 유명한 아이콘, 즉 지나치게 성장한 나머지 머리만 커져서 바위굴 바깥으로 나갈 수 없게 된 도롱뇽은 쇼와 문학의 희화화라는 측면에서 본다면 실로 탁월한 것이다.

2 학습의 이상화

쇼와 전기의 두 문학적 모델은 쇼와 후기 들어 전후 출생 작가들을 통해 반복되었다. 예를 들어 무라카미 류의 『한없이 투명에 가까운 블루』(1976)는 약물에 빠진 히피적 마조히스트를 등장시켰다. 오키나와의 홋사 기지를 배경으로 하는 이 소설에서, 미군 병사들은 주인공인 류에게 화장을 시키고 꼭두각시처럼 만들어 성적으로 희롱하지만, 류는 이러한 자기 상실 자체를 쾌락으로 받아들인다. 한편 야마다 에이미의「베드 타임 아이스」(1985)에서는 '기억 상실의 천재'인 '나'가 미국 흑인 탈주병과의 성애에 '중독'되고, 체포된 그가 남긴 성의 흔적을 아쉬워하는 내용이 나온다. 아메리카니즘을 이를테면 신체적으로 학습한 이들의 소설은 무방비가 된 자아에게 다양한 사물, 혹은 예민한 습성을 침입시켰다. 이것들은 대체로 신감각파 프로그램의 연장선에 있다.

다른 한편 무라카미 하루키의 『바람의 노래를 들어라』(1979)의 '나'는 데릭 하트필드라는 가공의 미국 작가에게 글쓰기에 대한 거의 모든 것을 배웠다며 허풍을 떤다. 무라카미는 여기서 서양 문학에 대한 학습 자체를 패러디한 셈이다. 나아가 다카하시 겐이치로의 『사요나라, 갱들이여』(1982)의 '나'에 이르면 문학 이해의 맥락을 뒤섞어 버리는 말도—"이지도르 뒤카스[4] 씨는 죽을 때까지 독자가 한 명뿐이었지만 언제나 톰 소여처럼 자신만만했습니다"[5] 같은—거리낌 없이 내뱉는다. 이때 서양과 일본 작가들의 이름이 자주 언급되지만, 이는 모두 시인인 '나'가 정한 독자적인 맥락에서다.

1994년 노벨 문학상 수상 연설문의 제목을 "애매한 일본의 나"라고 했던 오에 겐자부로는 자신의 주인공에게 단테, 윌리엄 블레이크, T. S. 엘리엇, 예이츠, 클라이스트 같은 유럽 작가들을 심층 학습시켜 왔다. 시적으로 세련된 문학 작품을 학습함으로써 "애매한 일본의 나"는 종교적 신실함으로 충만한 주체로 계도된다. 이와 달리 학생 투쟁의 시대를 통과한 무라카미 하루키와 다카하시 겐이치로는 '문학을 학습하는 나'를 변태시켰다. 그들의 주인공은 언뜻 미국이라는 '초자아'를 교

---

4 〔옮긴이〕 프랑스의 초현실주의 시인 로트레아몽의 본명이다. 그의 시집 『말도로르의 노래』는 보들레르의 『악의 꽃』과 함께 음울한 산문시의 절정이라는 평가를 받는다.

5 〔옮긴이〕 다카하시 겐이치로, 『사요나라, 갱들이여』, 개정판, 이상준 옮김, 향연, 2011, 54쪽.

사로 둔 것처럼 보이지만, 그 '신'은 사실 허구적이고 엉터리 같은 존재다. 아메리카니즘은 원래부터 코믹하고 친근한 교사였기에 전 세계에 침투할 수 있었던 것이다.

그레고리 베이트슨처럼 말하자면 1980년대 전후 무라카미와 다카하시는 이미 '학습하는 것을 학습하는'learn to learn 지경에 이르렀다. 즉 그때 이미 일본 문학의 기존 학습법에 간섭해 새로운 학습 과정을 개시할 준비가 되었던 것이다. 하지만 베이트슨에 따르면 이러한 고차적 학습 단계(학습 III)는 '나'에게 병적인 상태를 초래할 수 있다.

'나'는 맥락 속에서의 행동 방식이며, 또한 자신이 그 안에서 행동하는 맥락을 파악하고 구획 짓는 방식의 '틀'이다. 요약하면 '나'는 학습 II의 산물 또는 그 집합체다. 그렇다면 III의 수준에 이르러 자기 행동의 맥락이 놓인 더 큰 맥락에 대응하면서 행동하는 기술을 학습해 감에 따라, '자기'에는 필연적으로 일종의 무관함irrelevance이 어리기 시작할 것이다. 경험을 구획하는 틀을 할당하는 존재로서의 '자기'가 이제 그러한 '쓸모'를 잃게 된 것이다.[6]

서양 문학의 틀을 충실하게 학습하는 데서(학습 II), 그 학습의 전제가 되는 맥락을 변경하는 데에 이르기(학습 III)— 이때 '학습의 집합체'로서의 자기는 일단 공허해진다. 학습 III의 단계에 이르러 문학을 올바로 학습시키는 맥락이 사라졌을 때 학습자인 '나'는 자유를 얻게 되는 한편, 틀과 의미를 상

6　그레고리 베이트슨Gregory Bateson, 『마음의 생태학』精神の生態学, 개정 제2판(사토 요시아키佐藤良明 옮김, 新思索社, 2000), 246, 413쪽〔박대식 옮김, 책세상, 2006, 286, 472~473쪽〕.

실한 정보의 소용돌이 속에 방치된다. 실제로 무라카미 하루키와 다카하시 겐이치의 '나'는 분명 '허무'를 동반자로 삼고 있다. 가공의 작가에게 쓰기를 배웠다는 말은 실제로는 아무것도 배우지 않았다는 말이나 마찬가지기 때문이다.

그러면 이 고차화된 '나'의 학습에는 어떠한 발전이 가능한가? 이 점과 관련해 2장에서 다룬 다와다 요코의 중편 소설 「글자를 옮기는 사람」(1993)은 하나의 랜드마크가 된 작품이다. 다와다는 독일어 문학의 번역＝학습 과정을 재현하면서 번역자인 '나'의 신체에 문자를 빙의시켰다.

글자는 모두 뚫려 있었다. 하지만 나는 무감각하진 않았다. 무기력하지도 않았다. 외려 나는 뚫린 곳을 발견할 때마다 일일이 손을 넣어 볼 정도로 호기심으로 가득했다. 작가와 나는 둘이서 화산이 폭발한 분화구의 둘레를 걸었다. 분화구는 개미지옥 같은 절구 모양에 시커멓고 성긴 모래로 덮여 있었다.[7]

여기서 다와다는 번역을 개재시켜 독일어 단어 하나하나에 집착함으로써 텍스트의 매끄러운 연결을 토막 내고 그 '이식'의 도착지인 일본어 문장까지도 가쁜 숨을 몰아쉬게 만든다. 다와다의 '나'는 무라카미나 다카하시의 주인공과 달리 해외 작가나 작품이 아니라 오히려 표현 매체, 즉 문자 사이에 피드백 루프를 구성해 텍스트를 마치 '폭발 후의 분화구'처럼 결이 거친 직물로 만들었다. 더구나 이 호기심 왕성한 번역자는 작가와 대등한 입장에서, 즉 "둘이서" 거칠거칠한 문자의

7　〔옮긴이〕다와다 요코, 『글자를 옮기는 사람』, 57쪽.

황무지를 걸으려 한다.

이처럼 쇼와 후기의 무라카미나 다카하시가 문학 학습을 의식적인 차원에서 패러디했다면 헤이세이 초기의 다와다는 문학 학습을 신체적인 차원에서 페티시화했다. 무라카미의 '나'가 체념 어린 태도로 '이런 이런' 하며 빈정대는 것과 달리 다와다의 '나'는 오히려 대상에 매몰되고 심지어 그것을 폭발시켜 시커먼 분화구로 만드는 것도 마다하지 않는 문자 중독자다. 최근 함께 노벨 문학상 후보에 오른 이 두 작가의 차이가 여기에 응축되어 있다.

3 사소설 재고: 반려와 의존

이처럼 1980년 전후부터 일본 문학에서 '나'의 학습은 이상화하고, 때로 기발한 표현의 기원이 되었다. 외래종 '나'는 일본 근대 문학의 핵심이자 가장 문제를 일으키는 요소로, 이 착란을 일으키는 기호를 기점으로 여러 문학적 실험이 이뤄져 왔다.

불안이나 동요의 원천으로서의 '나'를 어떻게 그릴 것인가. 오랫동안 일본 문학의 아포리아였던 이 문제에 헤이세이 소설가들은 어떤 답변을 제시했을까? 그 구체적 예로 다와다의 작품에 더해 사소설과 범죄 소설을 들고 싶다. 이번 장에서는 전자로 목표를 좁혀 보자.

사소설의 지속력은 특별히 강조할 만하다. 앞서 쓴 것처럼 쇼와 전기의 신감각파와 프롤레타리아파는 '자아의 해체'에 어떻게 대응할 것이냐, '나'의 공허를 채울 '가면'을 어떻게 만들 것이냐는 문제를 남겼다. 하지만 이런 문제 의식이 전후 일본에서 원래 형태 그대로 남을 수는 없었다. 앞서 언급한 이소다 고이치는 "쇼와 문인은 '민낯'의 미학으로서의 사소설 미

학과는 다른 '가면'의 논리를 필요로 했다"고 썼는데,[8] 모더니
즘이든 좌익 문예든 이 '가면의 논리'를 내세우는 경우 끊임없
이 '나'가 좌초할 위험과 마주해야 했다.

　이에 비해 사소설 작가의 계보는 다야마 가타이, 도쿠다 슈
세이, 시가 나오야, 가사이 젠조, 사토미 돈 등에서 쇼와의 간
바야시 아카쓰키, 가와사키 조타로, 도모무라 시게루, 기야마
쇼헤이, 다자이 오사무, 오에 겐자부로, 나카가미 겐지, 쓰시
마 유코 등을 거쳐 헤이세이의 구루마타니 조키쓰, 미즈무라
미나에, 사에키 가즈미, 니시무라 겐타, 유미리, 아즈마 히로
키 등까지 세대를 넘어 이어져 왔다. 프롤레타리아파인 고바
야시 다키지나 신감각파인 이나가키 다루호가 각자의 작품
인 『당 생활자』[9]나 『미륵』 같은 사소설에서 '민낯'을 연출한
사례도 간과할 수 없다. 마르크스주의나 모더니즘을 해적판
으로 수용한 일본에서는 때로 가면을 벗고 내막을 보여 줘야
독자의 이해를 얻기 용이했다는 사정도 작용했을 것이다. 어
쨌든 그 기점이 가타이의 『이불』(1907)에 있다고 본다면 놀
랍게도 사소설은 실로 백 년 이상 그 명맥을 유지해 온 것이
된다.[10]

8　이소다 고이치, 「비교 전향론 서설」, 448쪽.

9　〔옮긴이〕『고바야시 다키지 선집 2』, 이귀원, 전혜선 옮김, 이론과
실천, 2014에 수록되어 있다.

10　사소설, 신감각파, 프롤레타리아 문학 세 유파의 틈새에 뿌리를
내린 것이 1935년부터 시작된 아쿠타가와상이다. 제1회 수상작 이시
카와 다쓰조의 『창맹』을 필두로 초기 수상작은 종종 해외, 특히 외지
(일본의 점령지)를 무대로 한 시국적인 색채가 짙은 것이었고, 이상의
세 유파에서도 벗어나 있었다. 지금의 아쿠타가와상도 선고 기준이
애매해서 누에〔일본의 민담 속에 나오는 요괴로 원숭이, 너구리, 호랑이,
뱀 등 여러 짐승의 모습이 섞여 있는 것으로 묘사된다〕를 연상시키기도
한다. 즉 어떤 유형의 작품을 지지하는 것인지 수상 기준에 일관성이

그러면 사소설의 특성이란 어떤 것일까. 사소설이 그저 작가의 실제 인생을 반영하는 것이 아니라는 점은 자명하다. 예를 들어 뛰어난 요코미쓰 리이치론을 쓴 데니스 킨은 간바야시 아카쓰키의 『성 요한 병원에서』를 예로 들어 "[사소설은─후쿠시마] 그 세계를 이해하는 것이 아니라 세계를 자기로 가득 채울 뿐"이라고 평하며 다음과 같이 이어 간다.

하나의 문학 형식인 '사소설'이 행동의 형식처럼, 즉 과거를 변환시키는 것처럼 보이는 것도 이 때문이다. 사소설은 무언가를 예술 작품으로 변화시키는 것이 아니라 그것을 이미 하나의 예술 작품으로 간주함으로써 무언가를 쟁취한다. 이러한 세계에 대해서는 무엇을 할 필요가 없다. 그것을 추체험하는 경우, 그 세계는 그 자체로 나무랄 데 없는 것이고 또 그런 것이라고 간주되기 때문이다.[11]

많은 사소설은 회상 형식을 취한다. 여기서 아무리 윤리에 반하는 일이 벌어져도 사소설 속 과거는 "그 자체로 나무랄 데 없는" 예술 작품으로서의 외관을 잃지 않는다. 사소설에는 작위성이 없기에 상기想起의 완전성이 보존된다는 플라토닉한 신념이 내포되어 있다.

이때 사소설의 주역들이 사회적으로 자율성을 확보한 개인이라고 말하기 어렵다는 점이 중요하다. 실제로 대다수 사소설 속 '나'는 좋든 싫든 가족 관계에 깊이 연루되어 있다.

없는데, 다만 개념적인 작품을 탐탁히 여기지 않는다는 점에는 변함이 없다.

11   데니스 킨Dennis Keene, 『모더니스트 요코미쓰 리이치』モダニスト 横光利一(이토 사토루伊藤悟 옮김, 河出書房新社, 1982), 194쪽.

『한눈팔기』에서 가족에게 이해받지 못한 불쌍한 아버지를 그린 나쓰메 소세키, 알거지가 된 비참한 아버지로 자기를 연출한 가사이 젠조, 병든 아내를 소재로 삼았던 간바야시 아카쓰키, 아내의 죽음을 비윤리적이고 스산하게 관찰한 도모무라 시게루, '나'를 맞코 마을이라는 '장'에 동화시켰던 가와사키 조타로, 장애를 가진 아들과의 관계를 그린 오에 겐자부로, 자신이 아버지라는 사실에 거북함을 느끼던 초기 나카가미 겐지. 이렇듯 남성이 쓰는 사소설은 종종 '나'의 문학 이상으로 아버지의 문학, 혹은 가족이나 반려자 문학의 양상을 드러낸다.

물론 페미니즘의 입장에서 이 사소설 작가들은 여성=반려를 발판 삼아 아버지=가장이 된다는 일본 문학의 정해진 패턴을 답습했을 뿐이다.[12] 이는 타당한 지적이지만 사소설의 특성과 관련해서는 별도의 분석도 필요하다. 예를 들어 장기적인 문학사의 관점에서 도널드 킨처럼 사소설을 일본의 일기 문학 전통과 연결 짓는 것도 가능하지만,[13] 그것만으로 사소설이라는 논쟁적 형식의 성격이 해명되는 것은 아니다.

주목할 것은 역시 사회와의 관계다. 사소설의 주인공은 일

12　예를 들어 우에노 지즈코上野千鶴子는 『신판 근대 가족의 성립과 종언』新版 近代家族の成立と終焉(岩波現代文庫, 2020)에서 이렇게 지적한다. "이시카와 다쿠보쿠나 다자이 오사무처럼 '약자의 문학'을 담당했던 이들조차 그들의 가정 안에서는 억압을 받는 여성과 아이의 위치가 아니라 '가장'의 입장에 있었다. 사소설은 '아이의 문학'이 아니라 실로 '가장의 문학'이고 '피해자의 문학'의 외관을 가지더라도 '가해자의 문학'이었다. 사실 무책임하고 약한 '가장' 곁에는 그로부터 피해를 받는 처자―다쿠보쿠의 아내 세쓰코나 다자이 오사무의 아내와 아이―가 있었다"(221쪽).
13　도널드 킨Donald Keen, 『백대의 과객』百代の過客(가나세키 히사오 金関寿夫 옮김, 講談社学術文庫, 2011).

반적으로 타자의 시선을 부정하고 가족이나 반려자와의 관계에 깊이 의존함으로써 마치 사회나 도덕이 존재하지 않는 것처럼 행동한다. 그리고 이 '타자의 부재'야말로 사소설의 아킬레스건으로 여겨진다. 특히 고바야시 히데오는 유럽 문학의 '나'가 버젓한 시민, 즉 '사회화된 나'인 데 비해 일본 문학, 특히 사소설의 '나'는 사회성을 결여하고 있다고 비판했다. 다만 그 사회화되지 않은 '나'도 마르크스주의라는 '절대적' 사상이 도입된다면 말살될 수밖에 없다고 보았다(「사소설론」, 1935).

이러한 고바야시의 비평은 그 후 표준적인 사소설론이 되었다. 사소설을 칭찬하는 사람도 비방하는 사람도 한결같이 사회화되지 않은 나를 평가의 근거로 삼았기 때문이다. 그뿐인가. "사소설은 없어졌지만 사람들은 과연 '나'를 정복한 것일까? 사소설은 다시 새로운 형태로 나타날 것이다. 플로베르의 '마담 보바리는 나다'라는 유명한 도식이 없어지지 않은 이상"이라는 다소 애매하고 이해하기 어려운 결론도 불가사의한 예견성을 지니고 있었다. 얄궂게도 일본의 많은 사소설이 바로 유럽의 소설처럼 사회화되지 않았다는 점에서 사회적인 책임이나 양식을 짊어지지 않고 '반려와 의존'에 근거한 문학으로서 지금까지 끈질기게 살아남은 것이기 때문이다.

4 유출하는 '나'

헤이세이 문학은 사소설에 그치지 않고 데니스 킨이 말한 "세계를 이해하는 것이 아니라 세계를 자기로 가득 채울 뿐"인 유형의 작품을 선호했다. 여기에 공적인 어투에 대한 불신이 더해져 서술자 '나'를 사회가 간파할 수 없는 불가해한 미궁으로 만드는 수수께끼 놀이가 나타나곤 했다.

　그중에서도 언어적, 신체적 이상 감각에 근거한 다와다 요코의 「고트하르트 철도」(1995)나 소설 세계의 총체를 스파이가 되고 싶어 하는 영사 기사의 진위를 알기 어려운 보고서로 포장한 아베 가즈시게의 『인디비주얼 프로젝션』(1997)은 전형이라 할 만하다. 이 두 작품의 서술자는 사회적 양식을 무시하고 망상이나 폭력을 내포한 개인적 투영으로 작품을 채워 나간다. 나아가 다와다와 아베는 그것이 가진 우스꽝스러움이나 위험을 강하게 자각했다. 헤이세이 문학의 많은 특징은 90년대 후반에 창작된 이 두 작품에 응축되어 있다. 그들과 비교하면 앞선 세대인 무라카미 류나 무라카미 하루키는 대항 문화를 경유했을지언정 사회와 자기 사이의 관계를 분명히 파악하고 있었던 성숙한 어른 작가로 보일 정도다.

　헤이세이 들어서도 사소설이 계속 창작된 이유 역시 여기서 분명해진다. 원래 일본의 사소설은 시민 사회의 리얼리티가 완전히 마모되었더라도 지속 가능한 문학이고, 따라서 전후 일본 사회의 모든 원칙―그것은 경제 성장이나 호황을 전제로 하는 집단주의적인 것이었다―이 해체되고 있던 헤이세이 불황기의 세상 물정에는 오히려 잘 어울리는 것이었다. 고바야시가 비판했던 사소설의 사회성 없음이 헤이세이에는 오히려 이점이 될 수 있었다.

　그러면 사소설 작가는 "그 자체로 나무랄 데 없는" 과거에 무엇을 의탁하려 했을까? 가타이의 『이불』―이 작품에는 여제자를 향한 성욕에 마음을 점령당한, 하웁트만의 『쓸쓸한 사람들』을 학습한 소설 교사가 등장한다―이래 사소설은 종종 비윤리적 신변잡기의 양상을 보였다. 더욱이 사소설 작가는 때로 그 보잘것없는 '악'을 종교적 구원에 연결하려 했다.

예를 들어 헤이세이 초기에 사소설을 부활시켰던 1945년 생 구루마타니 조키쓰는 1992년에 펴낸『소금 항아리의 숟가락』후기에서 "시나 소설을 쓰는 것은 구원의 장치인 동시에 하나의 악이다"라고 호언장담했다. 이는 있는 그대로의 '나'를 쓰는 것이 인류의 보편적 문제로 이어진다는 다이쇼 사소설의 종교적 휴머니즘을 악에 방점을 찍고 계승한 것이다. 구루마타니는 쇼와 종언 및 버블 붕괴와 호응하듯, 사소설을 '악'과 '구원'의 표현 수단으로 재규정했다(1992년은 구루마타니와 동세대인 나카가미 겐지가 죽은 해이기도 하다―나카가미 겐지는 불황도 인터넷도 알지 못한 채 죽었다).

다만 그 '악'은 사회적 행위가 아니라 가정 안에서의 광기나 성의 형태로 드러난다. 애초에 일본 문학에서는 사회 성립의 근거 없음을 폭로하고 인류를 떠받치는 저판底板을 뚫어 버릴 정도의 '악'을 그리려는 시도를 거의 찾아볼 수 없다. 구루마타니가 말한 '악'은 제삼자의 시선을 참조하지 않고 일방적으로 의존하고 또 의존되는 닫힌 가족 관계 안에서 완결된다. 예를 들어 음침한 유머가 깃든 단편 소설「무사시마루」(2000)는 무사시마루라는 이름의 딱정벌레가 성적인 것에 사로잡혀 만신창이가 되는 과정을 집요하게 들려준다. 이 작업은 가족 일원의 치부를 끊임없이 파헤치는 것이나 마찬가지다.

가족이나 반려에 대한 이러한 집착은 시민 사회의 리얼리티가 희박하다는 사실과 동전의 양면과 같은 관계에 있다. 예를 들어 구루마타니의 대표작『아카메 48 폭포 자살 미수』(1998)는 무대인 아마가사키를 다음과 같이 그린다.

나는 한신 아마가사키 역 구내에 보따리 하나를 들고 서 있었다. 낯선 거리에 처음 내려섰을 때만큼 주변 공기가 잡내 없이 신선하게 느껴질 때가 없다. 이 거리의 정체를 알지 못한다는 사실에서 삼켜질 듯한 불안을 느끼는 것이다.

예전에 도쿄의 광고 대리점에서 근무한 적 있는 '나'는 산책하는 기분으로 불온하고 정체 모를 아마가사키에 간다. 그런 다음 재일 한국인 여성과 만나고, 그녀와 떠난 "동반 자살" 여행에 대해서도 "현실 아닌 현실이라고밖에 생각되지 않았다". 이 부유하는 감각은 일본 시민 사회가 '나'를 붙들어 둘 만큼 견고하지 않다는 점을 시사한다. 이와 달리 시민 사회의 규약에서 겨우 반 발짝 벗어났을 뿐인 아마가사키는 농밀한 생활 공간으로 그려진다.

구루마타니에게 사회에서 살아가는 것과 사회의 변두리로 이동하는 것은 별반 다르지 않은 일이다. 여기에 사소설의 성립 근거가 있다. 이는 일본의 문화 풍토와 관계되는 문제이리라. 실제로 일본 문학사를 돌아보면 가모노 조메이나 요시다 겐코처럼 도시 안에 틀어박힌 에세이스트, 즉 사회의 안과 바깥에 걸친 존재 양식을 높이 평가해 왔다. 일본의 은둔자가 지닌 중간적이고 흐리멍덩한 성격은 미국의 철저한 칩거 작가와 비교하면 한층 분명해진다. 예를 들어 19세기 미국의 헨리 데이비드 소로는 월든 호수의 숲에 틀어박히는 것을 '사상'으로 설계했다. 도시와 단절하고 숲으로 이주해 문명을 수정하기 위한 아이디어를 실을 잣듯 뽑아내려 한 소로와 같은 은둔자적 사색가는 일본에서 구카이나 도겐을 제외하면 거의 찾아볼 수 없다.

소로와 같은 문명 비평적 퇴거drop out는 1960년대 미국 대항 문화의 번성 속에서 다시 활기를 띠었다. 히피나 비트족으로 대표되는 당시의 젊은 반역자들은 기술이 지배하는 산업 사회로부터의 근원적 이탈을 기획하고 의식의 심층을 탐구하는 데 투신했다. 그리고 그 수단은 의식을 변성 상태로 유도하는 마리화나나 LSD, 선禪 혹은 코뮌 지향에 그치지 않았다. 특히 스튜어트 브랜드가 버크민스터 풀러와 노버트 위너의 영향을 받아 창간한『지구 백과』*Whole Earth Catalog*는 '종이로 된 구글'(스티브 잡스)이라 할 만한 정보 교환의 매체가 되어 훗날의 컴퓨터 문화를 예비하게 되기도 했다.[14]

반대로 구루마타니 같은 일본 사소설 작가의 경우에는 근원적 이탈을 계획할 것도 없이 '나'가 사회에서 저절로 유출되는 양상을 띠었다.『아카메 48 폭포 자살 미수』에서 서술되는 '나'의 자기 인식은 구루마타니 사소설의 특성을 남김없이 말해 준다.

나는 이날저날 광고 일을 계속하면서 내 안에서 내가 유실되어 가는 것만 같은 불안을 느꼈다. 딱히 확고한 '나'가 있었던 것은 아니다. 이것이 대체할 수 없는 고유한 나, 라고 생각은 해도 그 나 역시 실은 타자와의 관계성 안에서 만들어져 타자가 날조한 담론을 호흡하며 형성된 나, 결국은 모호한, 어디까지가 나에게 고유한 나인지를 알 수 없는 나였다. 하지만 그런 나라도 유실되는 것은 불안하며 동시에 그 불안의 이면에는 또한 그러한 불안을 느끼는 것 자체를 바라지 않는 어리석은 '나'가 숨어 있는 것이다.

---

14   상세한 것은 시어도어 로작Theodore Roszak,『대항 문화의 사상』対抗文化の思想(이나미 요시카쓰稲見芳勝 외 옮김, ダイヤモンド現代選書, 1972)과 이케다 준이치池田純一,『왜 모두 미국에서 탄생했을까: 히피의 창조력에서 실리콘밸리까지』ウェブ×ソーシャル×アメリカ(講談社現代新書, 2011)〔서라미 옮김, 메디치미디어, 2013〕를 참조하라.

광고 업계가 있는 도쿄의 사회는 '나'의 유출을 멈출 수 없다. 이와 달리 두려우면서도 아늑한 아마가사키의 생활 공간은 보헤미안인 '나'의 받침이 된다. 더구나 아마가사키에 가는 데는 거창한 이탈의 계획도 필요 없고, 그저 도쿄에서 반 발자국 벗어나는 것만으로도 충분하다.

5 헤이세이 사소설의 시공간

일찍이 이토 세이가 지적한 것처럼 일본 문단에는 "사소설을 쓸 권리는 항상 패배한 자, 괴롭힘당하는 인간, 절망하는 인간, 연애 실패자, 병자, 또는 가난한 자여야만 한다"라는 기묘한 신념이 있다.[15] 사소설 작가는 계획적인 이탈이나 국가와의 대결 없이도 실패의 반복 속에서 의식을 변성시켜 시민 사회로부터 퇴거할 수 있다는 것, 더구나 때로는 '패배한 자'로서 살아가는 편이 마음 편하다는 것을 보여 준다.

구루마타니의 작품에 그치지 않고 일본판 대항 문화라고도 할 수 있는 사소설에는 '사회화되지 않은 나'가 연주하는 보헤미안 랩소디의 느낌이 있다. 그 때문에 일본에서 사소설이 지속되어 온 것과 애니메이션, 만화, 게임 같은 탈사회적(이라고 흔히 여겨지는) 허구가 번영한 것은 겉보기만큼 다른 일이 아니다(쓰게 요시하루나 아즈마 히데오처럼 양쪽을 중개한 유력한 만화가도 있다). 이들은 매력이 떨어지는 시민 사회에서 그 옆의 농밀한 생활 세계 혹은 허구 세계로 '나'를 유출시키기 위한 일종의 변신 기술인 것이다.

15 　이토 세이伊藤整, 『근대 일본인 발상의 모든 형식』近代日本人の発想の諸形式(岩波文庫, 1981), 122쪽.

이러한 '나의 유출'에 있어 사소설은 흔히 욕망의 힘에 의지해 왔다. 1967년생 니시무라 겐타의 사소설에 이르면 즉물적 욕망—성욕과 식욕에 집중된—은 한층 강조된다. 니시무라는 무뢰파를 가장하면서도 사소설이라는 게임을 정확하게 연기했다. 즉 사소설에 기대되는 일탈적 행위는 니시무라의 작품에서 오히려 단정한 장인적 스타일로 그려진다. 노래하는 듯 리드미컬한 문체는 시민 사회에서 반 발짝 벗어난 생활 세계가 그만큼이나 농후한 리얼리티를 지녔음을 보여 준다

흥미로운 것은 니시무라의 사소설에서 공간 의식이 두드러진다는 점이다. 예를 들어 『꿈틀대며 건너라, 진흙탕 강을』(2016)에서는 사소설적 분신인 열일곱 살 기타마치 간타를 중심으로 우구이스다니의 골목길, 오카치마치 번화가 레스토랑, 나아가서는 간타의 다락방 같은 공간이 지저분하고 궁상맞으면서도 묘하게 즐거운 원더랜드로 그려진다. 니시무라의 우구이스다니는 구루마타니의 아마가사키에 비해서도 한층 쾌락적이다. 간타의 인간 관계는 거짓말과 폭언 탓에 오래 가지 못하고 무너져 버리지만, 공간만은 그의 온갖 추악한 감정과 악행을 감싸는 안락한 누에고치가 된다. 그에 따라 사소설에 잠재된 변신 소망은 구루마타니의 작품이 그린 것 이상의 변형déformer을 겪는다.

그런 만큼 구루마타니나 니시무라의 사소설에는 역사적인 관찰이 결핍되어 있다. 이런 점에서 오쓰카 에이지가 "'나'와 '역사'의 마찰을 구루마타니는 교묘하게 회피한다. 〔…〕 '악'을 자칭하는 것만으로 성립되는 '문학'에 나는 조금도 감동을 느끼지 않는다", "구루마타니는 '문학'이라는 영역에서 '나'라는 일인칭으로 이야기하기만 하면 '나'의 실재가 보증되는 제도를 활용하고 있을 뿐이다"라고 비판한 것은 정당하다.[16] 원

래 그들의 '나'는 대체로 발작적이고 충동적이며, 쾌락적인 공간과 일체화하는 한편 역사적인 시간을 배제한다. 예를 들어 니시무라의 대표작『고역 열차』(2011)는 이렇게 마무리된다.

이내 누구도 상대하지 않고 또 누군가가 상대해 주지도 않게 된, 그즈음 알게 된 사소설 작가 후지사와 세이조의 작품 사본을 항상 작업복 바지 뒷주머니에 숨긴, 이렇다 할 장래 목표도 없는, 여전한 막일꾼이었다.[17]

니시무라는 후지사와 세이조를 교사로 삼으며 자신의 사소설적 분신의 건재를 과시한다. 간타가 아무리 발작적으로 폭력을 휘둘러도 그 '악'은 신화처럼 영속하는 시공간에 용해된다. 니시무라가 집필한 일련의 사소설은 다양한 나이대의 간타를 초점 인물로 하는 롤플레잉 게임에 가까운 측면이 있다. 그리고 그 게임 공간은 역사적 반성을 필요로 하지 않을 것이다.

이와 대조적인 것이 역사의 각인을 짊어진 시공간에 근거한 미즈무라 미나에의 사소설이다. 미즈무라는『사소설: 왼쪽에서 오른쪽으로』(1995)의 등장인물을 계승한『어머니의 유산: 신문 소설』(2012)을 실제 체험을 섞은 유사 사소설로 구성했다.

서술자인 미즈키는 서먹한 사이였던 어머니의 죽음을 계기로 어머니와 언니, 남편과의 관계를 회상하기 시작한다. 이

---

16   오쓰카 에이지大塚英志,『서브컬처 문학론』サブカルチャー文学論(朝日文庫, 2007), 482, 483쪽.

17   〔옮긴이〕 니시무라 겐타,『고역 열차』, 양억관 옮김, 다산책방, 2011, 129쪽.

기주의적이었던 노모는 입원과 노인 요양원 입주를 둘러싸고 요란한 연극을 벌이며 미즈키와 언니를 계속 괴롭힌다. 한편 바람기가 있는 불문학자 남편은 새 애인 때문에 미즈키에게 헤어지자며 압박한다. 미즈키 본인은 갱년기에 들어서면서 신체적인 불편을 느끼고 있다.

특히 어머니와 미즈키에게는 근대 일본 여성 주체화의 실패가 응축돼 있다. 노모는 인생의 '겨울'에 들어서서도 은막과 무대에 대한 소녀적 욕망을 버리지 못한다. 다만 이는 골계를 넘어 음산한 인상을 준다. "인생의 봄에서 한여름까지는 그 무언가를 구해 마지않는 강한 욕망이 어머니에게 미래를 부여했다. 그것은 딸들에게도 미래를 주었다. 하지만 단풍이 깊어가면서부터 어머니의 강한 욕망은 헛돌기 시작했다. 추운 겨울이 되어서도 계속 허덕이는 어머니는 어쩐지 으스스했다. 으스스할뿐더러 인생의 비극이 종종 그러하듯 희비극이었다."[18] 일찍이 여성에게 화려한 미래상을 부여해 주던 서양의 문화적 교양은 바야흐로 '희비극'을 낳는 저주로 변했다.

나아가 대학 강사인 미즈키 자신도 다양한 좌절을 겪는다. 『보바리 부인』을 번역할 기회를 놓친 미즈키는 엠마 보바리처럼 문학을 학습하는 대신 어머니를 간호하며 오싹한 용어를 배우게 된다.

'경비 영양법'이란 '경비'經鼻라는 문자대로 콧구멍에 관을 넣어 영양분을 주입하는 것이다. '위샛길'은 '위루'胃瘻라고도 하는데 위에 구멍을 뚫어 영양분을 주입하는 것이다.

---

18 〔옮긴이〕미즈무라 미나에, 『어머니의 유산』, 송태욱 옮김, 복복서가, 2023, 197~198쪽.

노인의 수발을 드는 것은 이제까지 들어보지 못한 단어―그
것도 가능하면 평생 듣지 않고 넘어가는 편이 행복할 말을 배
우는 것이었다.

얼마나 슬픈 경험인가.

어렸을 때는 소설을 통해 새로운 단어를 자연스럽게 배웠다.
전후의 가난을 여전히 느낄 수 있었던 지토세후나바시〔도쿄
세타가야구에 위치한 지역명〕 시절 집에서 읽은 서양의 소녀
소설에 나오는 말의 마력―'전나무', '풍차', '벽난로', '사두마
차', '요정'. 삽화도 아름다웠지만 귀에 익지 않은 번역어에는
이 세상에 있지만 이 세상에 없는 짙은 안개가 낀 세계로의
이정표 같은, 형언할 수 없는 매력이 있었다. 사춘기 들어 읽
은 소설은 어서 성인 여성이 되기를 꿈꾸게 하는 말들뿐이었
다. '화장품 냄새', '비단 양말', '검은 레이스 장갑', '벨벳 망토',
'연지', '검정 새틴 허리띠'.[19]

미즈무라는 여기에서 오에 겐자부로나 무라카미 하루키,
다카하시 겐이치로 등으로부터 가져온 문학 교육의 모티프
를 전복한다. 이들의 작품에는 '문학을 학습하는 나'인 청소년
이 나오는데, 미즈무라의 작품에서 그에 대응하는 '소녀'들은
학습 때문에 오히려 불행해진다. 어머니는 젊을 무렵의 학습을
매듭 짓지 못한 탓에 만년을 애처롭게 보내게 되고, 딸인 미즈
키는 듣고도 싶지 않은 의료 용어를 억지로 학습하며 남편과
불륜 상대의 메일을 숙독하고 비참한 현실과 맞닥뜨린다. 『어
머니의 유산』에서는 말을 배우고 읽는 것이 자신의 존엄을 손
상시킬 수 있는 심각한 굴욕으로 연결된다. 베이트슨이 말한

---

19 〔옮긴이〕 같은 책, 220~221쪽.

'학습 II'의 주체는 '학습 III'의 자유를 손에 넣지 못한 채 화석화된 틀 안에 갇혀 버린다.

더구나 정신적 고통은 신체적 불편으로도 이어진다. 냉방병 때문에 차갑게 식은 미즈키가 "배에 손을 얹으면 형언할 수 없이 기분 나쁜 냉기가 손바닥으로 전해져 흡사 죽은 아이를 밴 듯했다"[20]고 묘사하는 대목에는 이 가족 로망스 사상이 상징되어 있다. 미즈키가 사랑하고 학습해 온 문학의 아름다운 언어는 더 이상 주체를 키울 수 없는 '불임'의 상태에 놓였고, 이를 대신하는 추한 의료 용어는 미즈키로 하여금 그저 어머니가 한시라도 빨리 돌아가시기를 바라게 만들 뿐이다.

미즈무라는 반세기 전 에토 준과 마찬가지로 '어머니의 붕괴'를 거쳐 '일족의 재회'에 이르렀다. 다만 그 과정은 에토와 달리 감미로운 추억을 일소하는 것이었다. 에토는 1970년대에 발표한 자전적 에세이 『일족 재회』에서 "여자는 역사적 사건의 흔적을 태내에 보존하고, 그것이 과거지사가 된 지도 오래일 때 새로운 세대 안에 되살려 보여 준다"라는 인상적인 문장을 남겼는데,[21] 이러한 모성 신화는 『어머니의 유산』에서 모조리 반전된다. 즉 근대 일본의 문화적 '흔적'은 분명 여성들에게 보존되었지만, 그것은 '딸'인 미즈키 세대에게 축복이 아니라 심신을 좀먹는 저주로 나타난다. 『어머니의 유산』 속 여성들은 오직 저주받은 가족과 병원과 노인 요양원에서 '재회'할 따름이다.

나아가 이러한 주체화의 실패는 공간적 표상과도 결부된다. 미즈무라가 다양한 시공간(크로노토포스)을 근래에 보

---

20 〔옮긴이〕같은 책, 65쪽.

21 에토 준江藤淳, 『일족 재회』一族再会(講談社文芸文庫, 1988), 68쪽.

기 드물 정도로 세세하게 구분했다는 것은 특히 강조할 필요
가 있다. 남편에게 청혼을 받았던 파리의 다락방, 도쿄의 LDK
맨션,[22] 초라해진 미즈키가 체류하고 있는 하코네의 호텔, 어
머니가 살았던 요코하마 집, 어머니가 들어가게 된 노인 요양
원… 하지만 그 어느 것도 그저 꾸며 낸 무대에 지나지 않으
며, 영혼의 그릇으로서는 쓸모가 없는 불모=불임barren의 사
막이다.

거주 공간에 대한 기술은 특히 집요하고 정밀하다. 미즈키
부부는 버블 붕괴 후에 "72.3제곱미터 3LDK"로 이사하며 "여
유라는 것이 인생에 부여하는 미덕"을 향유한다. 하지만 남편
과 헤어진 미즈키는 "근대화가 시작된 지 백오십 년인 일본의
추함이 그 협소한 공간에 아찔할 정도로 웅축된" 듯한 맨션을
보러 가는 굴욕을 맛본다. 어머니가 남긴 상당한 유산 덕에 결
국 "2LDK에 62.5제곱미터"인 공원 부근의 번듯한 맨션에 들
어가게는 되지만 이 얼마나 알량한 성취인가.[23] 아무리 세련
된 맨션이라도 그것이 근대 일본의 '추함'에서 비롯한 것이라
는 사실은 변함없기 때문이다.

에토 준이라면 『어머니의 유산』에서 "자서전/도시형 소설
의 시공간을 구성하는 도시 공간이, 자연스러운 지형이 부과
하는 경계를 잃고 공학적인 힘에 의해 얼마든지 임의로 변용
될 수 있게"[24] 된 사태를 읽어 냈을 것이다. 구루마타니나 니
시무라의 '나'는 아마가사키나 우구이스다니의 생활 공간으

---

22 〔옮긴이〕 LDK는 거실living, 식당dining, 주방kitchen의 약어로,
각 용도의 공간이 분리되어 갖춰진 주거 환경을 뜻한다. 일본에서는
이 공간들 외의 별도 방이 있는 수만큼 LDK 앞에 숫자를 붙여 부른다.
23 〔옮긴이〕 미즈무라 미나에, 『어머니의 유산』, 339, 519, 531쪽.
24 에토 준江藤淳, 『쇼와의 문인』昭和の文人(新潮文庫, 2000), 172쪽.

로 꽁꽁 싸매어졌기 때문에 오히려 보헤미안적 삶과 성을 구가할 수 있었다. 반대로 미즈무라의 '나'는 그야말로 "공학적인 힘에 의해 얼마든지 임의로 변용"될 수 있는 인공적인 LDK를 전전할 수밖에 없다. 『어머니의 유산』은 어머니가 붕괴하고, 문학이 저주로 변하고, 은막의 환상이 메말라 '나'의 마음과 신체를 길러내야 할 시공간이 빈곤해졌음을 담담하게 기술했다.

미즈무라와 가까운 세대인 쓰시마 유코는 일찍이 사소설적 연작집 『빛의 영역』(1979)―최근 영어로 번역되어 호평을 얻은―에서 어린 딸과 사는 싱글 맘의 에로스와 불안을 구체적으로 그렸다. 이 작품에서는 "4층짜리 낡은 빌딩의 가장 위층"에 있는 "사방에 창이 있는 방"이 죽음의 예감을 품은 비밀스러운 빛으로 가득 차는 장면이 그려진다. 반대로 미즈무라는 그러한 환상과 에로스를 환멸과 갈등으로 변모시키는 현대 일본의 거주 공간을 그린다. 거기에는 빛도 구원도 없다. 그래도 『어머니의 유산』 말미에는 호숫가의 벚꽃이 일제히 흰 구름처럼 피어나는 서정적인 장면이 등장한다. 이는 절망으로부터의 해방이라기보다는 거기에 이르기까지 비참함을 써 나간 노고에 대해 이야기가 주는 그나마의 보상일 것이다.

6 자본주의의 시스템, 가족의 트러블

그런데 시공간의 공학적 변용이라는 모티프는 『어머니의 유산』과는 완전히 다른 유형의 사소설에서도 공유된다. 1971년 생인 아즈마 히로키의 『퀀텀 패밀리즈』(이하 『QF』, 2009)가 그러하다.

아즈마는 SF와 사소설을 융합했다. 주인공인 아시후네 유키토—이 알레고리적 이름은 이자나기와 이자나미가 히루코를 '아시후네'에 태워 흘려보냈다는 『고사기』古事記의 삽화[25]를 연상시킨다—에는 아내와 딸을 둔 아즈마 자신의 상황이 부분적으로 투영되어 있다. 더구나 아시후네에게 가족이 있는 현실은 하나가 아니다. 아즈마는 양자론적 요소를 활용해서, 정보 네트워크가 지나치게 복잡화한 결과 평행 세계로부터 끊임없는 '간섭'이 일어나 무수한 가능성이 망령처럼 중첩되는 세계를 디자인했다.

이로 인해 아시후네 가족은 계속 평행 세계의 '분신'과 공존하지 않을 수 없게 된다. 특히 아버지이자 남편인 아시후네에게는 가족의 모략으로 평행 세계의 아시후네가 중첩되어 간다. 원래 사소설은 작가와 닮은 분신을 주인공으로 하는데, 아즈마는 자신의 사소설적 분신을 SF적 평행 세계의 아바타로 바꾸었다(덧붙여 말하면 제임스 카메론 감독의 『아바타』가 『QF』 간행과 같은 해에 공개되었다).

아버지, 가족, 반려의 문학인 『QF』는 사소설의 코드를 답습한다. 실제로 아시후네는 사회 운동을 얕보면서 시민적 현실에 발붙이지 못하고 미끄러지기만 할 뿐이다. 다만 구루마타니와 니시무라의 사소설이 시민 사회의 옆에 또 하나의 충실한 생활 공간을 마련한 것과 달리, 『QF』에서는 '나'를 격납하는 시공간이 엉망으로 착종되어 있다. 구루마타니의 '나'가 시민 사회에서 저절로 유출된 것이라면, 아즈마의 '나'에게는 다른 '나'와 다른 가족이 끊임없이 유입되어 온다. 이 유입에는

---

25 〔옮긴이〕『고사기』는 일본에서 가장 오래된 신화와 전설을 기록한 역사서다. 이자나기와 이자나미는 일본 창세 신화 속 창세 신이며 히루코는 그들의 첫 자식인데, '갈대로 만든 배'로 해석되는 '아시후네'에 태워 버려졌다고 한다.

내재적인 종결이 없기 때문에 아시후네의 불안도 해소되지 않는다.

이러한 착종이 나타나는 것은 아즈마가 미즈무라와 마찬 가지로 공학적인 시공간을 그린다는 점과 관련된다. 초반부 에 나오는 아시후네가 실패한 작가에 지나지 않는 데 비해 평 행 세계의 아시후네는 고층 맨션 26층에 살며 세속적인 성공 도 거둔 활동가다.

나는 현기증에 사로잡혀 창밖으로 펼쳐지는 다마 구릉 풍경 을 망연히 바라보고 있었다. 단자와 능선에 석양이 물들기 시 작했다. 오렌지색 빛줄기가 거실에 가득 찼다. 원래 세계의 자택은 쇼와 초기에 개발된 낡은 주택지에 있었고, 길이 비좁 고 복잡해서 잡거 빌딩과 전봇대의 실루엣이 만들어 내는 토 막 난 하늘 틈새로만 석양을 엿볼 수 있었다. 그런 나에게 거 실에서 바라다보이는 조망은 도쿄보다 오히려 애리조나를 떠올리게 했다.
이 세계의 나는 명백하게 나보다 풍요롭고 행복한 인생을 이 루고 있었다.
나는 질투를 느꼈다.[26]

이 세계의 나는 장인의 도움으로 고층 맨션에 살면서 쇼핑몰 에 다니고, 휴가철에는 해외 여행을 가는 한편 빈곤이니 노동 이니 연대니 희망이니 하는 것에 관해 젊은이들에게 호소하 고 있었던 것이다.[27]

---

26 〔옮긴이〕아즈마 히로키, 『퀀텀 패밀리즈』, 이영미 옮김, 자음과 모음, 2011, 107~108쪽.
27 〔옮긴이〕같은 책, 116쪽.

다만 이 쾌적하고 인공적인―'우주인과 원폭과 뉴에이지의 고향'인 애리조나의 사막과도 연결되는―공간은 아시후네의 시간을 고정하지 못한다. 그리고 이 불안정함은 공격성으로 전화한다. 사실『QF』에는 2001년 미국 동시 다발 테러 이후의 세계 정세가 짙게 반영되어 있다. 한 평행 세계에서는 "어떠한 정치적 선언도 없이, 어떠한 정치적 권력도 대상으로 삼지 않고서, 순수하게 자본주의 소비 사회만을 대상으로 하는 최초의 테러"[28]가 발생하고, 아시후네(의 한 인격)도 테러 용의자로 체포되기에 이른다.

아즈마는 35세를 인생의 반환점으로 보는 입장―이러한 입장은 단테의『신곡』으로까지 거슬러 올라간다―때문에 자주 무라카미 하루키에 비견되는데,『QF』의 구조 자체는『체인지링』(2000) 이후 오에 겐자부로의 유사 사소설에 가까울 것이다. 오에는 자신의 사소설적 분신으로 노작가인 조코 고기토를 만들어 냈다(이 아바타의 탄생에는 오에의 처남이었던 이타미 주조의 의문사가 깊게 관련되어 있다―현실의 가족을 강제로 빼앗긴 오에는 이 상실을 검증하는 역할을 허구의 '나'에게 넘겼다). 폭력에 감염되기 쉬운 고기토는『책이여, 안녕』(2005)에서 미시마 유키오와 루이-페르디낭 셀린을 읽으며 문학을 학습하다가 폭파 테러 계획을 알게 된다. 제로 년대의 오에는 문학 교육을 통해 광기와 우행에 대한 충동을 가속화했다.

한편 도스토옙스키의『지하로부터의 수기』에 교육받은 아시후네(의 한 인격)는 글로벌 자본주의의 흐름을 "훨씬 철저하게, 임계까지 밀어붙여야 한다"고 선언하면서 그 현실을 위

---

28 〔옮긴이〕같은 책, 263쪽.

해서는 "테러리스트의 오명을 뒤집어쓰는 것조차 두렵지 않다"라고 말한다. 즉 아시후네가 생각하는 테러리스트는 미시마 유키오 같은 민족주의자도 종교 원리주의자도 아닌 자본주의에 과잉 동일화하는 존재다. 그는 자본주의가 만들어 낸 불공정, 즉 시스템의 악을 일종의 자연 현상처럼 엄숙하게 받아들인다. 하지만 자본주의 세계의 가족에게 외관상의 행복을 주는 고층 맨션이나 쇼핑몰에 대해선 그야말로 오에적인 "광기와 우행"으로 이어질 정도의 질투와 공격성을 지니고 있다.

실제로 『QF』를 통독하면 공격성의 원인이 자본주의가 아닌 '양자 가족'量子家族에 있다고 생각하게 된다. 아시후네의 부인은 남편에 대한 불신을 키워 가고, 딸은 평행 세계의 아버지를 모욕하는 메시지를 보내며, 아들은 아버지에게 도발적으로 행동한다. 아시후네 자신이 동화 안에서 만들어 낸 허구의 딸조차 양자화된 네트워크 안에서 그야말로 '일족 재회'를 위한 계획을 꾸미며, 가족을 복잡하고 기괴한 미궁으로 변형시킨다. 아시후네는 가족으로부터 비롯한 광기와 모략 안에서 겨우 가족의 마이너스적 중심이 될 수 있었다. 자본주의에 대한 관심은 이야기가 진행될수록 후퇴하고 문제투성이 가족이 아시후네의 착란적인 행동 원리가 되어 간다.

아시후네의 경련적인 언동을 현실 속 테러리스트의 사고방식과 비교해 볼 수 있다. 이를테면 핀란드의 페카-에릭 우비넨은 '인간은 과대평가되었다'는 관점에서 사회 진화론을 한층 단순화한 「자연 도태 선언」이라는 문서를 남겼는데, 이 문서는 고등학교에서 아홉 명을 사살한(2007) 배경에 약자에 대한 보호를 증오하고 자연도태를 촉구하는 신자유주의적 (반反복지 국가적) 이데올로기가 있었음을 보여 준다.

한편 노르웨이의 연쇄 테러 사건의 범인인 아네르스 브레이비크는 『2083: 유럽 독립 선언』이라는 문서를 통해 유럽의 '여성화'와 '이슬람화'에 경종을 울리고 다문화주의에도 혐오를 표출하며 감정이 없는 로봇처럼 살육을 자행했다(2011). 이탈리아의 활동가 프랑코 '비포' 베라르디에 따르면 "물론 그 또한 자신의 감정이나 정서의 지각을 완전히 지우기가 힘들었을 것임은 틀림없다. 하지만 많은 사람을 죽일 때 그는 이데올로기적, 종교적, 정치적 가치의 이름으로 냉철하게 행동하고 있었다".[29]

우비넨과 브레이비크는 '나'를 한없이 축소해 신자유주의 혹은 사회 진화론의 충실한 대리인이 되려고 했다. 자본주의를 도태의 시스템으로 파악하고 그 시스템에 동화되고자 함으로써, 즉 철저한 탈주관화를 진행함으로써 외관상 '강자'로 행세하는 것―이 로봇과도 같은 범죄자의 행동 양식은 문인들이 흥미를 가질 만한 내면을 완전히 말소시켜 버린다.

이렇게 생각하면 아시후네가 브레이비크 등과는 반대로 평행 세계의 유입에 의해 '나'의 감정과 지각을 점점 팽창시킨다는 점이 흥미롭다. 아시후네(의 한 인격)는 분명 자본주의를 가속하자는 선언을 남기지만, 시스템의 대리인으로서 인격을 로봇화하지는 못하고 오히려 가족과의 극적인 갈등 속에서 '나'를 분열, 비대화한다. 다만 이 주관의 과잉화가 끝나고 나면 그저 만신창이이고 가난한 '나'가 남을 뿐이다. 실제로 이 광란적 SF 소설의 에필로그에서는 어느새 자본주의도

29 프랑코 '비포' 베라르디Franco 'Bifo' Berardi, 『대량 살인의 '다크 히어로'』大量殺人の"ダークヒーロー"(스기무라 마사아키杉村昌昭 옮김, 作品社, 2017), 51, 114쪽(『죽음의 스펙터클: 금융 자본주의 시대의 범죄, 자살, 광기』, 송섬별 옮김, 반비, 2016, 121~122쪽).

테러리즘도 완전히 망각되고 과거의 개인적 성범죄를 보상하려는 일본 사소설 특유의 왜소한 아버지가 그려진다.

자본주의 시스템의 대리인이 되고자 하는 테러리스트의 탈주관화 욕망은『QF』에서 가족이라는 미궁에 휘말린 사소설적 주관으로 덧칠된다. 일종의 실패를 향한 정열에 사로잡힌 아시후네는 시공간의 착종 안에서 광기 어린 주체를 조직해 나간다. 일본 근대 문학의 트러블 메이커인 '나'를 한층 트러블 과잉으로 몰아넣는 것―이 끝없는 나선 안에서『QF』는 현실의 테러리스트와는 다른 경련적 '나'에 이른 것이다.

7 나의 재중심화

여기까지 쇼와 전기의 "'자기'의 존재 자체에 대한 불안"을 출발점 삼아 헤이세이 이후 '나'의 학습, 특히 그 이상화에 대해 논했다. 일본 근현대 문학의 총체는 '나'라는 신비로운 성배를 탐구하는 서사시라고 볼 수 있다. 이 서사시를 주관성의 역사라고 바꿔 말해도 큰 지장은 없다. 이상화한 가족과 공학화한 거주 공간에서 '나'를 생성하는 미즈무라 미나에와 아즈마 히로키의 사소설은 이 역사의 끝자락에 위치해 있다.

다만 사소설을 일본에 한정할 필연성은 희미해지고 있다. 서양에서도 근래 수년 동안 오토픽션(자전적 허구)이 유행한 바 있기 때문이다. 이는 분명히 페이스북과 인스타그램, 트위터의 출현과 맞닿아 있다. 자기 표현, 자기 선언이 각종 소셜 미디어에 의해 적극 장려되면서 서양 문학도 이에 보조를 맞추듯 오토픽션에 대한 저항을 줄여 나갔다. 여기에서 나의 재중심화라고 부를 수 있는 현상이 나타난다.[30]

더구나 이는 표면적 유행에 머무르지 않고 문학 패러다임의 변화도 시사한다. 약 반세기 전 대항 문화의 시대에 롤랑 바르트는 '저자의 죽음'이라는 새로운 패러다임의 출현을 선고했다. 바르트에 따르면 작가는 이미 텍스트의 절대적 기원, 즉 신=창조자가 아니다. 어떠한 텍스트도 항상 선행하는 여러 텍스트의 기억 안에서 생성되는 것이고, 작가는 기껏해야 그 그물 모양의 간텍스트적 우주 속 한 결절점에 지나지 않기 때문이다. 바르트는 이 다원적 텍스트를 묶어 내는 데 독자가 필요불가결하다고 본다.

한 편의 텍스트는 몇 개의 문화에서 지금에 이르는 다원적 에크리튀르에 의해 구성되고, 이 에크리튀르들은 서로 대화하며, 서로를 패러디하고 이의를 제기한다. 하지만 이 다원성이 수렴하는 장이 있다. 그 장이란 이제까지 서술했듯 작자가 아니라 독자다. 독자는 어떠한 에크리튀르를 구성하는 모든 인용이 손실 없이 기입되는 공간이다. 한 텍스트의 통일성은 텍스트의 기원이 아니라 텍스트의 수신자에 있다. 하지만 이 수신자는 이미 개인적인 것일 수 없다.[31]

작가의 절대성이 사라진 대신 독자가 새로운 '통일성'을 부여하는 장으로 출현한다―이러한 사태는 소셜 미디어의 시대인 오늘날에도 본질적으로는 다르지 않다. 다른 점이 있다

---

30 이러한 경향은 언어 표현만이 아니라 영상 엔터테인먼트에서도 확인된다. 최근 할리우드에서는 프레디 머큐리를 주인공으로 한 『보헤미안 랩소디』(2018)나 『배트맨』의 악역에 밀착한 『조커』(2019)를 전형으로 '이 사람을 보라'류 전기적 영화가 눈에 띄는데, 이들도 '나'의 재중심화 사례라고 할 수 있다.

31 롤랑 바르트Roland Barthes, 『이야기의 구조 분석』物語の構造分析 (하나와 히카루花輪光 옮김, みすず書房, 1979), 88~89쪽.

면 작가가 자신의 서명이나 도상을 수신자=독자를 향해 과거의 어느 때보다 적극적으로 발신하게 되었다는 사실이다. 작가의 개인적 기호에 많은 응답이 달리면 작가는 정보 네트워크 안에서 일시적으로 실체화할 수 있다. 이는 '나'를 소재로 한 게임에 가깝다.

다자이 오사무라는 전형이 보여 주듯, 원래 사소설에 등장하는 폭로형 '나'에게도 문예 공동체 내에서 벌어지는 내밀한 가십 게임의 아이콘이라는 측면이 존재했던 게 사실이지만, 소셜 미디어의 '나'는 이제 자신이 소통 게임의 소산임을 숨기지 않는다. 여기에 나르시시즘의 현대적 형태가 있다. 그리스 신화에서 나르키소스는 수면에 비친 자신의 거울상에 매료되었는데, 21세기 소셜 미디어상의 나르키소스들은 네트워크라는 거울에 '나'를 비추는 게임에 몰두하고 있다. '에고 서칭'egosearching이라는 인터넷 용어가 이 나르시시즘의 게임화를 단적으로 보여 준다.

이러한 의미에서 '작가의 죽음'이라는 패러다임은 수정될 필요가 있다. 신=기원으로서의 작가는 분명 죽었지만 기호로서의 작가는 주로 상업적, 집단 심리학적 이유에서 여전히 건재하기 때문이다. 한 번은 죽은 작가의 '나'가 독자를 통한 재생을 꾀한다(들뢰즈와 가타리의 다소 거창한 개념을 사용한다면 이것은 '나'의 '탈영토화' 후 '재영토화' 과정이다). 나의 재중심화는 '나'의 지배권을 일단 놓아 주고 독자에게 그 생성을 맡김으로써 이뤄진다.

더구나 그 생성은 그치지 않고 지속될 필요가 있다. 문학의 '나'가 격리된 이야기의 시공간 속을 살아가는 것과 달리 네트워크상의 '나'는 열린 자극과 반응 안에서 명멸하는 순간적인 기호, 즉 '기호 자본주의'(프랑코 '비포' 베라르디)가 만들어 낸

꿈과 같은 존재다. 후자의 '나'는 시공간을 특권화하는 에토
준 식 문예 비평과는 거의 상관이 없다.

8 포스트휴먼의 시대

반복하자면, 일본 근대 문학은 '나'를 서양 문학의 학습과 모
방에 의해 구성해 왔다. 해적판 '나'와 서양의 원본인 '나' 사이
에는 항상 틈이 있으며 그 때문에 잘못 학습하는 일도 생기는
데, 그것이 오히려 만만치 않은 트러블 메이커로서 '나'의 표
상을 풍부하게 했다.

하지만 이제는 외국 문학을 통한 학습의 의욕이 이전 세기
에 비해 저하되고 있다. 특히 '아버지' 서양의 몰락과 함께 학
습해야 할 '나'의 틀은 찾기 어려워졌다. 그 틀의 집적인 '학습
II'도, 맥락의 변용을 견디며 살아남은 '학습 III'도 이미 일본
문학의 기본형이라고 하기 어렵다. 아울러 소셜 미디어와 기
호 자본주의에서 '나'의 학습에 대한 문학적 숙려는 한층 더
불필요해졌다. 앞으로도 겉보기에는 순조롭게 '나'의 문학이
계속 쓰이겠지만, 실제로 문학이 보유한 주관성의 역사는 큰
전환점에 접어들고 있다.

더구나 간과할 수 없는 것은 '나'의 가치를 하락시키는 조류
가 21세기 들어 다양한 분야에서 눈에 띈다는 점이다. 예컨대
인문적 분야에서는 포스트휴먼 사상이 활황을 맞고 있다(유
물론, 생태주의, 인류세, 동물 윤리 등). 이미 20세기 마지막 사
반세기 동안 인문계 사상은 서양, 남성, 백인, 이성애, 하이 컬
처 등의 중심성을 계속 해체해 왔다. 그리고 이 탈중심화 과정
의 귀결로 이제는 인간 중심주의에 대한 비판이 여기저기서
분출되어 자연 환경(객체)의 풍요로움을 부당하게 감축하는

인간 주관에 호된 비판을 가하고 있다.

더구나 공학 분야에서도 정보 기술의 진화나 빅데이터 해석을 통해 인간의 행동과 생태를 알고리즘으로 환원하려는 움직임이 활발하게 일어나고 있다. 건축가인 이소자키 아라타는 최근 들어 미셸 푸코의 '생명 정치' 이론을 참조해 사람이나 물건을 정량적으로 파악 가능한 '거대 수'로 처리하려는 기술에 주목하고 있다.[32] 이 역시 기존의 휴머니즘으로는 대응할 수 없는 사태이다.

흥미롭게도 제로 년대 이후 중국의 창작가들은 자주 '거대 수'에 기상천외한 이미지를 부여해 왔다. 예를 들어 류츠신의 『삼체』(2008)에서는 진시황제가 폰 노이만의 조언을 받아 수천만의 병사를 인력 컴퓨터로 다루는 장면이 나온다. 또 파시즘 미학을 패러디한 듯한 장이머우의 『영웅』(2002) 결말에서는 거대 수의 화신이라고 할 만한 엄청난 양의 화살이 시황제 암살을 기도한 검의 달인을 덮친다. 그 결과 인간 중의 인간인 '영웅'은 거대 수 속에 뚫린 공백으로 표상된다. 이는 빅데이터 시대의 인간에 대한 빼어난 초상이다. 거대 수가 초래하는 현기증과 충격은 인간으로부터 인간적 형상을 빼앗아 기분 나쁜 구멍으로 바꾸어 버린다.

이처럼 현대 사회에서는 '나'를 재중심화하는 소셜 미디어가 정착된 한편, 인문적으로도 공학적으로도 '나'의 주관을 사고의 중심에서 몰아내려는 포스트휴먼 사상이 확장된다. 양자는 언뜻 정반대로 보이는데, 일본 문학이 배양해 온 해적판으로서의 '나'를 불식하고 있다는 점에서는 일치할 것이다. 주지하듯 고바야시 히데오는 "사소설은 없어졌지만 사람들은

---

32 이소자키 아라타磯崎新, 『와륵의 미래』瓦礫の未来(青土社, 2019).

과연 '나'를 정복한 것일까?"라고 반어적 질문을 던졌지만, 80년 이상이 지난 지금 이 질문은 마침내 결정적으로 과거의 것이 되어 가는 중이다. 소셜 미디어와 포스트휴머니즘은 사소설적 '나'를 이미 문화의 뒷전으로 밀어낸 것 아닐까.

9 '나'의 새로운 좌표

그럼에도 우리가 만일 문학의 주관성, 즉 '나'라는 미궁을 변형된 형태로라도 계승하려면, 도대체 어떤 사고가 필요할까? 이 점에서 SF 작가인 어슐러 르 귄의 고찰은 여전히 참고가 된다. 그녀는 1975년의 유명한 강연 「SF와 브라운 부인」에서 "'인류'가 무언가의 목적, 혹은 정점이라고는 생각하지 않고, 하물며 무언가의 중심이라고는 결코 생각하지 않습니다"라고 냉정하게 진단하면서 다음과 같이 서술했다.

> 만일 이 세상에 주체가 없다면 객체가 아무리 많다고 한들 무슨 의미가 있을까요. […] 우리는 주체입니다. 그리고 우리 중에 누구라도 우리를 객체로 다루는 사람이 있다면, 그 사람은 비인간적인, 잘못된, 자연에 반하는 행동을 하는 것입니다. 그리고 우리와 더불어 위대한 '객체'인 자연도, 지치지 않고 타오르는 태양, 돌고 도는 은하계와 혹성도, 바위, 바다, 물고기와 양치식물, 전나무들, 작은 털복숭이 동물들도, 모두가 마찬가지로 주체입니다. […] 우리는 그들의 의식입니다. 우리가 보는 것을 그만둔다면 세계는 맹목이 됩니다. 말하고 듣는 것을 그만두면 세계는 농아聾啞가 됩니다. 생각하는 것을 그만두면 사고는 존재하지 않게 됩니다. 우리 자신을 없애 버리면 의식을 소멸시키는 것이 됩니다.[33]

약 반세기 전 르 귄은 인간 중심주의를 거부하면서도 세계를 의식하고 사고하는 주체의 필요성을 역설했다. 물론 요즘의 생태주의나 유물론이 주장하는 것처럼 자연(객체)을 일방적으로 지배하고 그 풍요로움을 옥죄는 오만한 인간 주체에게는 큰 문제가 있다. 하지만 르 귄의 말처럼 주체 없이 주체 내지 주관 자체를 흔적도 없이 소거해 버리면 세계의 소산인 사고나 의식도 없어진다. 그렇다면 사고나 의식이 창출되는 장을 지키기 위해서 문학은 주체 혹은 주관을 돌보며 품질 저하를 막는 목자여야 하지 않을까(후기 하이데거가 인간을 '존재의 목자'라고 부른 것에 근거한 표현이다). 적어도 근대 이후의 문학은 주관성의 역사를 끊임없이 검증하고 또 가끔은 수정하는 역할을 맡아 왔던 것 아닐까.

주체와 객체의 관계를 다시 질문하는 것은 르 귄 이후에도 진행 중인 과제다. 아니, '나'의 좌표를 어떻게 재설정할 것인가는 오히려 21세기 문학에서 초미의 과제라 할 수 있다—특히 사소설을 낳은 일본은 말할 것도 없다. 이미 인간은 자신을 세계의 중심이라고 자처할 정도로 오만할 수 없는 처지가 되었지만, 그렇다고 인간이 순수한 객체인 것도 아니다. 그러므로 문학자는 '나'의 좌표를 다시 측량할 필요가 있는 것은 아닐까. '나'를 보존하려는 근대 문학의 충동을 어떻게 새로운 지점으로 이끌어 갈 것인가. 이것이 목자의 과제다.

'나'와 그 반려자로 세계를 채우는 일본 사소설의 창작 방식은 큰 시련을 맞고 있다. 덮어 놓고 '나'의 주관을 중심화하는 사소설은 세계를 포착할 만한 진보를 이루었다고 단언하기

---

33   어슐러 K. 르 귄Ursula K. Le Guin, 『밤의 언어』夜の言葉(야마다 가즈코山田和子, 岩波書店, 2006), 273~275쪽(조호근 옮김, 서커스, 2019, 226~227쪽).

어렵고, 나아가서는 일본 문학의 잘못된 발전을 촉진한 측면조차 있다. 하지만 어쨌든 사소설은 21세기까지 살아남아 일본 문학이 안고 있는 '문제'를 가리켜 보였다. 그 문제를 어떻게 인수해 이류시킬지가 우리에게 주어진 질문이다.

5장

근대의 재발명
헤이세이 문학과 범죄

1 근대 문학의 종언

헤이세이 비평사에서 중대한 사건은 메이지 시대에 시작된 근대 문학의 '종언'이 공공연하게 회자되기 시작했다는 데 있다. 가라타니 고진은 2004년 잡지에 게재된 강연에서 18세기 칸트나 모토오리 노리나가의 미학론을 계기로 문학에서 "철학이나 종교와는 다르지만 보다 인식적이고 실로 도덕적인 가능성"이 발견된 것, 하지만 그러한 근대 문학의 가능성이 이미 소진되었다는 것을 지적했다.

> 문학의 지위가 높아지는 것과 문학이 도덕적 과제를 짊어지는 것은 같은 것이기 때문입니다. 그 과제에서 해방되어 자유로워진다면 문학은 그저 오락이 됩니다. 그래도 좋다면 그것으로 좋습니다. 자, 그렇게 하시기 바랍니다. 더구나 나는 애당초 문학에서 무리하게 윤리적인 것, 정치적인 것을 찾을 필요는 없다고 생각합니다. 분명히 말해 문학보다 더 큰 것이 있다고 생각합니다. 그와 동시에 근대 문학을 만든 소설이라는 형식은 역사적인 것이어서 이미 그 역할을 완수했다고 생각합니다.[1]

근대 일본인은 문인에게서 지식이나 도덕, 정치를 각 분야의 전문가 이상으로 깊이 이해하는 상상력을 발견했다. 하지만 문학이 그러한 상상력의 무거운 짐을 내려놓는다면, 근대 이전의 '게사쿠'戱作[2]에 가까운 문학(라이트 노블이나 휴대폰 소설처럼)이 다시 출현할 것이고, 실제로 그렇게 되고 있다. 이것이 가라타니 주장의 골자다. 마찬가지로 미즈무라 미나에도 2000년 베스트셀러가 된 평론『일본어가 사라질 때』에서 동공이곡同工異曲[겉만 다를 뿐 속은 같다]의 문제를 제기했다. 미즈무라는 일본의 근대를 문학의 유도로 〈국어〉가 더없이 은성했던 시대라 본다.

〈국어의 축제〉 시대란 〈문학 언어〉가 〈학문 언어〉를 초월하는 시대를 말한다. 서양에 속하지 않는 일본에서는 더구나 비서양어로 학문을 하는 데서 오는 이중고 때문에 〈문학 언어〉가 〈학문 언어〉를 초월하는 필연성이 서양과는 비교가 되지 않는 강도로 존재했다. 〈국어의 축제〉 시대의 위상은 더욱 높아질 수밖에 없었다. 일본에서는 〈문학 언어〉야말로 미적인 부담뿐만 아니라 지적이고 윤리적인 부담도 지는 언어로서, 비할 데 없이 강한 빛을 내뿜으며 〈국어〉의 운명을 맞았다.[3]

---

1   가라타니 고진柄谷行人,『근대 문학의 종언』近代文学の終わり(インスクリプト, 2005), 45쪽 이하[조영일 옮김, 도서출판b, 2006, 53쪽 이하). 조영일,『가라타니 고진과 한국 문학』柄谷行人と韓国文学(다카이 오사무高井修 옮김, インスクリプト, 2019)[도서출판b, 2008]에 따르면 가라타니의 주장은 한국 문단에서 일본 이상으로 센세이셔널하게 수용되었다.
2   [옮긴이] 에도 시대 후기에 나타난 소설류를 지칭하는 말로, 전통적인 아문학雅文學과 다르게 지식인의 여기餘技로 만들어지기 시작한 속문학俗文學을 일컫는다.
3   미즈무라 미나에水村美苗,『증보 일본어가 사라질 때』增補日本語が亡びるとき(ちくま文庫, 2015), 256~257쪽.

하지만 미즈무라에 따르면 미와 지식과 윤리라는 보편적 과제를 짊어진 특별한 일본어, 즉 <문학 언어>는 영어가 글로벌화하며 패권을 잡는 가운데 '사라지게' 되었다. 그것은 일본어가 <보편어>의 중력을 잃고 지역적인 자기 표현의 욕구를 만족시킬 뿐인 <현지어>로 전락한 것을 의미한다.

가라타니와 미즈무라는 일본 문학의 곤경과 황폐에 '종언'이나 '사라짐'이라는 묵시록적 표현을 부여했다. 실제로 문학에 고도의 인식이나 윤리를 기대하는 독자는 확실히 감소하고 있다. 문학을 키워 내는 측도 사회적 현실과의 접점을 놓치는 일이 적지 않을 뿐더러, 긴 출판 불황 속에서 체면을 차리지 않고 광고에 몰두해 온 것도 부정할 수 없다.

이와 더불어 문학을 위협하는 것으로 미디어 환경의 변화를 들 수 있다. 영화나 컴퓨터를 발명한 20세기가 상징이나 의미를 대신하는 스펙터클이나 기술 같은 새로운 통합 원리를 만들어 낸 시대라고 한다면, 21세기는 그것을 더욱 밀어붙여 신경이나 뇌에 직접 작용하는 기술이 성장한 시대로 훗날 이야기될 것이다. 세계를 의미의 네트워크, 즉 '말'로 재구성하는 수고를 생략하고 뇌나 신체와 직결된 '사물'의 집합으로 다루려 하는 것—이러한 즉물적 태도가 지금 할리우드 영화에서 미디어 아트나 유물론적 철학에 이르기까지 폭넓게 나타나고 있다.

계산력 향상을 배경으로 신경 중심적neurocentric 경향에 박차를 가하는 지금, 문학은 느긋한 행위 정도로 여겨질지 모른다. 영화나 미술, 음악, 퍼포먼스가 지금의 신경학적 홍수에 적응하려는 몸짓을 드러내는 데 비해, 소설이나 비평은 어디까지나 언어적 차원에서 세계를 축약하고 재구성하는 성가신 과정을 필요로 하니 말이다. 19세기 헤겔은 이 성가신 세계 가공의 과정, 즉 '노동'에서 정신의 공적을 인정했는데, 이러한 사고 방식은 21세기라는 신경과 계산의 시대를 맞아 중대한 전기를 맞고 있다. 언어에 의한 **노동**이 〈현지어〉의 수준에 머무른다면 신경학적 홍수에 대항하기는 어려울 것이다.

2 범죄 소설의 유행

어쨌거나 쇼와와 비교해 헤이세이 들어 문학의 사회적 역할이 축소된 것은 분명하다. 다만 가라타니나 미즈무라의 주장에도 난점이 있다. 미디어 환경의 변화가 일어나는 가운데 그럼에도 인식적이고 윤리적인 영역을 유지하려 한다면, 어떠한 발상이나 표현이 가능할 것인지에 대한 건설적인 논의가 그들에게는 전혀 나타나지 않는다.

후발 근대 국가인 일본의 경우, 문학이 많은 정신상의 문제를 떠맡아 온 것이 사실이다. 그 때문에 다양한 장르가 병렬된 21세기가 되어서도 이미 현실적 근거를 잃은 문학에 대한 신앙이 출판계 일부에 남아 있다. 하지만 이는 이미 한계에 이르렀다. 물론 그렇다고 갑자기 묵시록적인 담론으로 비약하는 것도 독자의 사고를 마비시킬 수 있다. 영광은 지나가고 모든 것은 끝났다고 말하기는 쉽지만, 다행인지 불행인지 문학은 절멸할 것 같지 않다. 헤이세이 문학에 요구된 것은 오히려 퇴각하는 전투에서 살아남기 위한 새로운 인식과 수법이 아니었을까.[4]

4　분야는 다르지만 이소자키 아라타는 이 퇴각전의 모델이 될 만하다. 헤이세이에 이소자키는 모더니스트의 입장에서 대문자 〈건축〉의 간판을 다시 내거는 한편, 예술이나 정보 사회, 축제, 도시를 이야기하기 위한 윤리로서 〈건축〉을 대담하게 개조하는 것에도 거리낌이 없

그런데 가라타니에게는 근대 문학의 범위를 명쾌하지만 협소하게 한정하려는 경향이 있다. 그에게 일본 근대 문학이란 후타바테이 시메이에서 시작해 나카가미 겐지에서 끝나는 것이다. 하지만 이 양자의 특징은 오히려 근대 소설의 리얼리즘을 벗어나는 데 있다. 그들은 메이지 이래 일본어와는 다른 수맥을 갖고 있었다. 가라타니 자신이 주목한 것처럼 후타바테이의 고골 번역은 에도 시대 골계본滑稽本[5]의 문체와 닮았고, 그렇기에 다양한 가능성을 포함했다.[6] 나카가미도 왕조 문학에서 근세 문학에 이르는 일본 문학의 총체를 상대하려고 했다. 특히 미완의 대작『이족』(1984~1992)은 근세 말기 교쿠테이 바킨의 독본『진설 유미하리즈키』椿説弓張月나『난소 사토미 팔견전』南総里見八犬傳을 생각나게 하는 만화적 활극이다. 나카가미는 근대 문학이 잘라내 버린 것을 적극적으로 회복하려 했다.

　이에 비해 미즈무라는 데뷔작『속 명암』(1990)으로 나쓰메 소세키의 미완성 작품인『명암』을 이어받은 작가답게 메이지, 다이쇼, 쇼와의 <문학 언어>를 향수 속에서 이상화했다. 그녀는 헤이세이를 그러한 언어가 추락하고 변질된 시대로 보았다. 그러나 메이지 이래의 문학 언어로는 사회의 변동이나 이상성을 검출하기 어렵게 되었기 때문에 헤이세이의 일부 소설가들이 때로 지저분하고 경박한 표현을 선택한 것은 아닐까.

었다. <건축>을 생존시키기 위해 반강제로라도 <건축>을 확장하는 이러한 작업이 문학에도 필요하지 않을까.

5　〔옮긴이〕 서민 생활의 익살스러움을 회화 중심으로 묘사한 에도 시대 후기 속문학의 한 종류다.

6　가라타니 고진,『근대 문학의 종언』, 15쪽〔24쪽〕.

원래 포스트 냉전 세계에서는 다양한 표현 분야에서 추하고 역겨운 것이 꺼려졌다. 자크 라캉의 용어로 말하자면 일상의 약속을 구성하는 리얼리티의 지평을 물어뜯는, 역겨워도 눈을 뗄 수 없는 '리얼한 것'(실재계)에 대한 집착obsession이 미술부터 영화, 철학부터 서브컬처에 이르는 광범위한 영역에서 노출되었다.

특히 불가해한 날것의 '사물'이 침입해 리얼리티의 구멍을 폭로하는 연출은 90년대의 유행이었다. 아사다 아키라가 라캉파인 슬라보예 지젝을 해설한 문맥에서 언급했듯, 토머스 해리스 원작, 조너단 드미 감독의 영화 『양들의 침묵』(1991)이나 브렛 이스턴 엘리스의 『아메리칸 사이코』(1991), 90년대 초반 데이비드 린치 감독의 인기 텔레비전 드라마 『트윈 픽스』를 위시해, 리얼한 것의 노출은 90년대 미국 문화를 특징 짓는다.[7] 같은 시기 일본에서 미이케 다카시나 구로사와 기요시 등이 작업한 컬트적 폭력 영화나 호러 영화도 같은 패러다임에 속한다. 만화나 애니메이션 역시 95년에 방영을 개시한 안노 히데아키 감독의 『신세기 에반게리온』을 시작으로 이 계통의 작품은 일일이 헤아릴 수 없을 정도다.

이렇게 생각하면 헤이세이에 범죄 소설이나 사이코 스릴러가 유행한 것도 이상한 일만은 아니다. 1950년대생인 기리노 나쓰오, 무라카미 류, 다카무라 가오루, 오쿠이즈미 히카루, 요코야마 히데오, 히가시노 게이고, 60년대생인 미야베 미유키, 오가와 요코, 가쿠다 미쓰요, 요시다 슈이치, 유미리, 호시노 도모유키, 아베 가즈시게, 70년대생인 오노 마사쓰구, 아즈마 히로키, 미나토 가나에, 히라노 게이치로, 가와카미 미에

7   아사다 아키라浅田彰, 『비평 공간』批評空間, 1기 6호, 1992.

코, 누마타 신스케, 무라타 사야카, 나카무라 후미노리, 다카하시 히로키 등은 범죄, 테러리즘, 컬트, 괴롭힘, 아동 학대, 가정 폭력 등을 매개로 사회나 심리의 주변부에서 일어나는 사건에 접근하려 했다. 일상성의 지평을 용해하는 경계적인 것이 그들 문학의 대상이었다.

그래도 이들이 대체로 리얼리즘의 양식을 지킨 데 비해, 1960년생인 아야쓰지 유키토의 데뷔작 『십각관의 살인』을 효시로 하는 신본격 미스터리는 리얼리즘의 저판을 뚫어 버렸다. 90년대 이후에도 시마다 소지, 가사이 기요시, 노리즈키 린타로, 아비코 다케마루, 교코쿠 나쓰히코, 모리 히로시, 세이료인 류스이, 마야 유타카, 사쿠라바 가즈키, 제로 년대의 마이조 오타로, 오쓰이치, 니시오 이신, 사토 유야, 쓰지무라 미즈키 등 미스터리 작가들은 95년의 옴 진리교 사건이나 97년 고베 아동 연쇄 살인 사건처럼 오컬트적 범죄 혹은 학교에서의 음습한 괴롭힘과 공명하는 작품을 썼다. 범죄가 만화에 가까워지고 순진한 아이의 이미지가 무너져 버리자 황당무계한 미스터리나 호러가 시의적절한 표현 수단으로서 활기를 띠게 된 것이다. 나중에 서술할 무라카미 하루키에게도 분명 오컬트나 신비주의에 대한 경사가 나타난다.

3 근대성의 핵심으로서 자기 입헌 기능

개별 작품의 평가는 별도로 하고, 원래라면 작풍도 사상도 달랐을 헤이세이 소설가들이 하나같이 범죄나 폭력에 이끌린 것은 흥미로운 현상이다. 시류에 편승하려는 상술도 작용했겠지만, 근대 문학의 힘이 쇠약해졌을 때 범죄 소설이 유행하는 데는 필연성이 있다. 이와 관련해 테리 이글턴의 다음과 같은 견해는 참고가 된다.

더구나 법의 제정자lawgiver는 헤겔이 지적한 것처럼 법의 위반자lawbreaker와 공통된 점이 많다. 헤겔에게 역사란 일련의 강력한 침범적 입법자에 의해 고안되는 것이다. 여하튼 그들은 진보의 선두에 서 있기 때문에 몸소 시대의 도덕적 경계를 침범하지 않을 수 없었다. 도스토옙스키의 『죄와 벌』 속 라스콜리니코프는 이와 거의 같은 생각을 품고 있다. 근대성의 시점에서 보면 범죄자와 전위 예술가, 혹은 무법자와 예술가는 밀접하게 연결되어 있다.[8]

근대 사회는 공동체의 '법'을 우선 수호하면서도 더러는 그것을 정지하고 부정하고 침범해 새로운 법을 세움으로써 진보하려 한다. 따라서 가장 근대인다운 근대인은 잠재적 범죄자의 일면을 가진다. 탈법자이자 입법자라는 일인이역의 존재를 원동력으로 삼기―거기에 근대의 위험한 매력이 있다. 이제 법을 침범하면서 재구축하는 자기 입법 기능에 바로 근대성의, 나아가 근대 문학의 핵심이 있음을 확인해 보겠다.[9]

예를 들어 에드거 앨런 포는 파리를 무대로 한 「모르그가의 살인」(1841) 첫머리에서 '분석적 지성'에 대해 설명한 후, 그

---

8   테리 이글턴Terry Eagleton, 『성스러운 테러』テロリズム: 聖なる恐怖 (오하시 요이치大橋洋一 옮김, 岩波書店), 2011, 6쪽〔서정은 옮김, 생각의나무, 2007, 17쪽〕. 이글턴은 디포 이래 영국 문학의 인물상에서 범죄자와 자본가가 일종의 공모 관계에 있었다는 점도 지적했다(87쪽〔102~103쪽〕).

9   모더니스트의 요건으로서 입법 행위에 대해서는 지그문트 바우만Zygmunt Bauman, 『입법자와 해석자』立法者と解釈者(사키야마 교이치向山恭一 옮김, 昭和堂, 1995)를 참조하라.

지성의 대리인으로서 탐정 뒤팽을 등장시킨다. 21세기의 컴퓨터가 계산력으로 초현실적인 영상을 만들어 내는 것처럼, 19세기 뒤팽은 분석력으로 살인 사건의 내용을 재구성해 오랑우탄이라는 이례적인 '범인'을 아웃풋으로 내놓는다(다만 포 자신은 계산과 분석을 구별한다). 포의 소설에서는 범죄를 계기로 공동체(경찰과 언론)의 사물에 대한 견해가 비평되고 체에 걸러져 마침내 통념을 넘어서는 괴물 상이 도출된다. 범죄crime와 비평critic이 공통되는 인도유럽어족의 어간(klei-/구분하기)을 가진다는 것도 포를 읽으면 충분히 납득이 된다.

「모르그가의 살인」으로부터 약 20년 후, 도스토옙스키는 『죄와 벌』(1866)의 라스콜리니코프를 지극히 발작적이고 충동적인 범죄자로 그려 냈다. 그는 분석적인 뒤팽과는 달리 계획하지 않은 살인, 즉 우발적 실수에 의해 공동체의 법을 벗어난다. 동시에 예리한 '범죄론'을 집필하고 『요한 묵시록』의 유토피아인 '새로운 예루살렘'을 믿는 라스콜리니코프에게는 몽상적인 입법자로서의 일면도 있다. 그의 거친 에너지와 경련적인 언동은 공동체에 안주하지 않고 탈법과 입법을 반복하는 근대인의 편집증적 성격을 농축한 것이다.

다만 이러한 근대의 범죄자 이미지가 포스트모던 테러리즘 시대를 맞아 변화하고 있다는 것도 분명하다. 문학적 표상의 차원에서 20세기까지의 범죄자에게는 탐정이나 경찰이라는 상대가 있었다. 포와 코난 도일 모두 악한 것도 분석적으로 기술 가능하다는 입장을 취했다. 의사인 왓슨처럼 온건한 서기 덕에 홈즈가 맞서는 이상한 사건도 정상적인 과학 담론 안으로 회수될 수 있었다.

하지만 21세기 테러리스트는 이러한 대칭성을 찢어 버렸다. 원래 테러리즘이라는 용어의 사용은 프랑스 혁명기까지 거슬러 올라가는데, 로베스피에르 등에 의한 국가 주도의 공포 정치를 가리키는 것이었지 국가를 향한 공격이 아니었다. 이와 달리 현대인은 테러리스트를 국가나 사회를 노리는 원리주의자나 과격한 사상의 소유자로 상정한다. 테러리스트에게는 자신들과 균형을 이룰 상대로서의 탐정이 없다.

더구나 현대의 테러리스트는 종종 자기의 고유성을 말소하고 익명적 집합 명사가 되려고 한다. 특히 자폭 테러라는 행위에서 테러리스트는 자신을 문자 그대로 '사라지는 매개자'로 만들려고 한다. 이는 여전히 공포 정치를 실행하고 있는 권위주의 국가에도 적용된다. 예를 들어 중국이 신장 위구르 자치구나 티베트에서 저지르는 탄압은 명백한 국가 테러리즘인데, 그 실행자는 결코 '나'의 상이 맺히게 두지 않는다. 자기의 얼굴을 단호하게 부정하고 익명적인 이데올로기의 대리인으로 변한 테러리스트는 이제 라스콜리니코프(혹은 앞 장에서 논한『퀀텀 패밀리즈』의 주인공)와 같은 경련적 주체의 모델로는 고찰할 수 없다. 이 변화는 헤이세이 후기의 범죄사를 고찰하는 데도 중요하다.

4 재연된 근대 문학:『해변의 카프카』

다만 포스트모던의 테러리즘으로 갑자기 화제를 돌리기 전에 탈법적 입법자로서 범죄자라는 근대적 패러다임을 유념하며 다음 질문으로 넘어가자. 근대 문학의 종언이 이야기되는 중에 헤이세이 작가들은 어떻게 범죄를 표상했던 것일까.

무라카미 하루키의『해변의 카프카』(2002)를 보자. 무라카미는 이 장편 소설을 대위법적으로 구조화했다. 한편에는 독서를 좋아하는 소년인 다무라 카프카가 도쿄의 집을 나와 다카마쓰에서 생활하는 부분이 있다. 다른 한편에는 고양이를 좋아하는 노인 나카타가 냉혹한 '조니 워커'를 살해하라는 권유를 받은 후, 호시노라는 청년의 트럭으로 역시 시코쿠까지 여행하는 부분이 있다. 카프카 소년은 오이디푸스처럼 '아버지를 죽이고 어머니, 누이와 교합'한다는 예언의 저주를 받았고, 실제 그의 부친은 그가 꿈을 꾸고 있을 때 살해된다. 더구나 이 일은 나카타의 조니 워커 살해와 은유적으로 겹치듯 그려진다.

무라카미는 문학을 읽으며 새로운 생활과 에로스에 개방되어 깊은 숲속의 신비한 이계異界를 여행하는 소년과, 글자를 읽지 못하고 능청스럽지만 죽음에 대한 예감을 품고 여정 속에서 떠들썩한 만남을 이어 가는 노인을 세심하게 중첩시킨다. 아일랜드 시인 예이츠의 "꿈에서 책임이 시작된다"라는 문구의 반복은 카프카 소년이 상징적인 차원에서 범죄자이고 나카타 또한 그러하다는 것을 강조한다.

자신이 책임을 질 수 없는 꿈의 차원에서 이루어진 '악', 그것을 어떻게 이해해야 할지는 확실히 어려운 문제다. 예를 들어 열악한 가정 환경이나 사이비 교주의 마인드 컨트롤이 상상력을 왜곡해 범죄를 유발한다면, 그 책임을 범죄자에게 돌릴 수 없는 것 아닐까. 이런 논리를 밀어붙일수록 악의 근본 원인은 혼탁하고 포착하기 어려워진다. 무라카미는 이 애매한 상태의 살인을 '꿈'으로 우화화하면서 온전한 정신을 지키고 살아가는 책임 주체를 세우는 방법을 찾으려 했다.

꿈속 범죄의 충격(=탈법)을 매개로 가출 소년이 새로운 자기를 구성한다(=입법)는 점에서 『해변의 카프카』는 근대 문학을 교과서적으로 재연하는 작품이다. 이것은 범죄 소설이면서 범죄 '후'의 정신 질환을 말하는 포스트 범죄 소설이기도

하다. 이를 위한 무라카미의 고안을 두 가지 들어 보겠다.

첫째는 근대 교양주의를 부활시킨 것이다. 다카마쓰의 도서관에서 소세키 전집과 다니자키 준이치로가 번역한『겐지 이야기』, 또 우에다 아키나리의『우게쓰 이야기』를 읽어 나가는 카프카 소년은 도서관 사서이자 트랜스젠더인 오시마—오에 겐자부로의 소설에 빗대면 주인공의 교사 역할인 '기이형'에 해당하는—로부터 소세키의『갱부』나 슈베르트의 장대한 피아노 소나타에 대해 정성스러운 강의를 듣는다. 특히 음악은 이 작품의 근간을 이룬다. 원래『해변의 카프카』라는 제목은 카프카 소년의 어머니로 보이는 여성이 만든 팝송 제목이었기 때문이다.

무라카미는 이렇게까지 했는데도 알아보지 못하겠냐는 듯 교양주의적 제재로 작품을 에워싸고 소년의 존재를 인정해 주는 타자를 배치했다(덧붙이면『해변의 카프카』에는 헤겔의 인정론에 대한 언급도 있다). 복장도 일관되게 청결한 카프카 소년은 일종의 타블라 라사(백지)이며, 격식 있는 문학과 음악을 교육받는다. 이는 여타 헤이세이 작가들의 지향과 크게 구분되는 점이다. 예를 들어 다카하시 겐이치로나 다와다 요코의 주인공이 랄프 로렌 셔츠를 입고 다카마쓰의 한적한 도서관에서 수양하지는 않을 것이다. 90년대 문화가 이른바 라캉적 리얼리티의 '구멍'을 폭로했다면, 제로 년대의『해변의 카프카』는 이를테면 융적으로 그 위험한 구멍—작품 속 표현으로는 '입구의 돌'—을 연 다음 다시 막는 이야기를 제시했다. 범죄=구멍이 예술=법에 덮이는 것이다.

돌이켜 보면 문인들이 소년 범죄에 이렇게까지 충격을 받은 것은 이상한 일이다. 오쓰카 에이지는 '14세'의 남용에 대해 "조금 빈정거리자면 문학에게 '14세'는 '고베 대지진'이나

'사린 사건'에 비하면 감당할 만한 것이었음을 알 수 있을 따름"이며, "'문학'이 '현실'과의 관계를 잃었다는 불안감이 '위기'의 기조에 있었고, 그렇기 때문에 우연히 그들의 손끝에 닿은 '14세'라는 '현실'로 무리하게 발판을 옮긴 것이다"라고 비판했는데,[10] 이는 지당한 지적이다. 다만 문인들의 동요에는 전후 일본의 집단 심리가 깊숙이 관여했던 것 아닐까 한다.

쇼와 문화는 순문학과 서브컬처를 불문하고 성인보다 월등한 능력을 가진 '소년'을 오랫동안 신화화해 왔다. 어른들은 패전 후 전후 민주주의로 '전향'했지만, 쇼와 전기에 확립된 활기 넘치는 '소년' 이미지는 그러한 단절 없이 전후에 계승되었다.[11] 패전으로 성인의 강한 남성성을 상실한 후 소년은 문화를 다시 시작하기 위한 근거지가 되었다.

순문학에서는 오에 겐자부로가 대표적이다. 오에는 1958년의 「사육」과 『새싹 뽑기, 어린 짐승 쏘기』에서 생기 넘치고 육감적인 소년들을 매개로 전시하의 작은 공동체 이야기를 다시 썼다. 이는 전쟁을 아이의 영토 안에서 이해하는 것이다. 약 반세기 후인 2000년 유사 사소설 『체인지링』에서도 주인공인 노작가 조코 고기토는 이타미 주조를 연상케 하는 죽은 고로(이 이름은 분명 '신령'과 통한다)[12]와의 영적 소통 속에서 소년 시절의 사건으로 거슬러 올라간다. 그런 한편 고로의 누이동생이자 고기토의 아내인 지카시는 모리스 센닥의 그림

---

10   오쓰카 에이지, 『서브컬처 문학론』, 471~472쪽.

11   자세한 것은 후쿠시마 료타, 『울트라맨과 전후 서브컬처의 풍경』ウルトラマンと戦後サブカルチャーの風景(PLANETS, 2018), 6장을 참조하라.

12   〔옮긴이〕'신령'을 뜻하는 일본어 '御靈'가 '고료'로 발음된다는 점에서 고로吾良와의 유사성을 발견하고 있다.

책을 촉매로 오빠와의 관계를 다시 위치 짓는다. 무엇과도 바꿀 수 없는 죽은 자의 위치는 여기에서도 아이의 영토 안에서 새롭게 구조화되어 보다 심층적으로 이해된다.

일찍이 '늦게 온 구조주의자'를 자칭한 오에가 성인을 아이로 구조적으로 변환하는 프로그램을 설정한 것은, 트라우마가 된 육친의 죽음을 수용하기 위해 불가결한 일이었다. 마찬가지로『해변의 카프카』도 무라카미적인 이야기 구조를 유지하는 한편, 기존의 성인 주인공을 소년으로 변환하고 그를 예술과 성의 입사식initiation으로 이끄는 것으로 자기 입법의 기능을 부여하고자 했다. 오에와 무라카미는 필시 해결되지 않는 문제를 해결하기 위해서는 인격에서 인격으로, 혹은 이야기에서 이야기로의 환승transit이 필요하다고 생각한 것이다. 그들에게 소년은 이야기의 환승이 일어나는 문학의 공항과 같은 것이었다. 그들은 범죄나 트라우마를 말소하는 것이 아니라 그것들을 다른 관계로 재정위하려 한 것이다.

5 오브라이언 문제

하지만 헤이세이 전기의 소년 범죄, 괴롭힘, 아동 학대가 '쇼와의 소년' 신화를 분쇄해 버린 것도 확실하다. 소년이 사회를 위협할 때 전후적 양심에는 균열이 생긴다. 대다수 문인은 일련의 자극적인 언론 보도를 전후 일본의 상징 질서 자체를 부정하는 폭력적인 우상 파괴iconoclasm로 이해했다. 제로 년대의『해변의 카프카』는 그 충격적인 상징 폭력에 대한 하나의 응답이다.

꿈속 범죄를 출발점으로 근대의 교양 소설을 재연한『해변의 카프카』에는 더럽혀진 소년이라는 아이콘(우상)을 사악한 것으로부터 구출하고 정화해 온전한 정신이 어디 있는지를 보여 주려는 의지가 있다. 그 정화=정상화의 성인식을 담당하는 것이 정숙한 도서관이고, 신비한 숲이었으며, 근대의 예술 교양이었다.[13] 하지만 무라카미 자신의 문학적 이력에 입각했을 때 실제로 이러한 장치들이 신뢰할 만한 것인지에 대한 의문은 남는다.

무라카미가 그리는 '사악한 것'에는 조지 오웰의 『1984』에서 윈스턴을 집요하게 고문하는 오브라이언을 생각나게 하는 지점이 있다. 우수한 관료인 오브라이언은 윈스턴을 학대할 뿐만 아니라 그의 신념 체계를 다른 것으로 변경하고 나아가 윈스턴 본인이 그 파괴를 진심으로 수용하게 만드는 데서 쾌락을 느낀다.

철학자 리처드 로티가 독창적인 『1984』론에서 서술한 것처럼 "윈스턴으로 하여금 '2 더하기 2는 5'를 믿게 하는 것의 요점은 그를 파괴하는 데 있다. 누군가로 하여금 아무 이유도 없이 어떤 신념을 부정하도록 하는 것은 그가 자아를 갖지 못하게 하는 첫걸음이다. 이로써 그는 신념과 욕망의 정합적인 그물망을 짤 수 없게 되기 때문이다." 더구나 오브라이언은 거칠고 야만적이라서가 아니라 지적으로 세련되었기 때문에 이 잔혹한 게임을 깊이 음미한다. 로티에 따르면 전체주의가 완성되었을 때 오브라이언과 같이 "재능 있고 감수성 풍부한

---

13 대중 매체에서 이 '정화'의 주역이 된 것은 쟈니즈다. 오에 겐자부로와 거의 같은 세대인 쟈니 기타가와는 미국 쇼 비즈니스의 수법을 계승한 미소년 그룹을 아이돌화하고, 그들이 노래하고 춤추는 예능적 신체를 헤이세이 시기 텔레비전에 내보냄으로써 쇼와의 활기 넘치는 소년상을 상품으로 존속시켰다. 이것은 소년 범죄라는 사회적 현실을 망각시키는 소년 환상, 즉 우상 애호iconophile의 재생을 의미한다.

지성인"에게 고문이 "유용한 예술 형식이자 지적인 학문 분야"가 된 것은 이상한 일이 아니다.[14]

이러한 로티의 해석은 90년대 이후 무라카미 하루키가 무라카미 류와 더불어 고문 장면을 그야말로 장인적으로 정성을 다해 그린 이유도 설명해 준다. 왜냐하면 이 두 무라카미에게 인간의 마음을 공중 납치hijacking하는 예술가는 인간의 신념을 파괴하는 고문자와 엄밀하게 구별되지 않기 때문이다.

90년대의 무라카미 류로 말하면 『오 분 후의 세계』에서 〔두 개의 리듬을 병치시키는〕 폴리리듬polyrhythm을 구사해 군중의 뇌 속 대사 물질을 조절함으로써 패닉에 빠뜨리는 천진난만한 음악가 와카마쓰가 오브라이언과 비슷한 부류다. 화학적 쾌락으로 인간의 자기 제어를 잃게 만드는 와카마쓰의 음악적 실험은 고문자의 수법과 다르지 않다. 혹은 『해변의 카프카』에서 고양이를 학살하고 그 심장을 먹는 조니 워커(유명한 조각가임이 시사된다)도 『맥베스』를 인용하고 푸치니에 대한 지론을 펼치면서 나카타의 마음을 천천히 공들여 파괴하는 데 심취한다.

조니 워커는 미미를 책상 위에 눕히고 여느 때와 마찬가지로 천천히 배 위로 곧장 손가락을 미끄러뜨렸다.

"당신은 이미 당신이 아니야"라고 그는 조용한 목소리로 말했다. 그 말을 혀 위에서 차분하게 맛보았다. "그건 매우 중요한 일이야, 나카타 씨. 사람이 사람이 아니게 된다는 것 말이야."[15]

---

14 리처드 로티Richard Rorty, 『우연성, 아이러니, 연대』偶然性・アイロ二ー・連帯(사이토 준이치斎藤純一 옮김, 岩波書店, 2000), 369, 373쪽〔김동식, 이유선 옮김, 사월의 책, 2020, 362, 366쪽〕.

내가 보기에 자기 결정을 긍정하는 리버럴한 사회에서 태어난 두 무라카미에게 가장 큰 악은 다른 이의 신념이나 애정을 "사람이 사람이 아니게" 되기까지 남김없이 다시 쓰게 하는 데 있다. 더구나 이러한 악은 소비 사회의 영웅이 된 두 무라카미 본인들의 소설에도 내포되어 있다. 실제로 와카마쓰의 발언은 무라카미 류의 발언으로 이해해도 특별히 위화감이 없다.

반복하지만 근대성의 핵심은 공동체의 법을 넘어 자기 입법하는 주체를 만드는 데 있다. 다만 소비 사회에서 이 일은 이제 '조니 워커'가 판매하는 '상품'을 통해 실행된다. 상품이 임의로 만든 법을 다른 상품이 곧이어 덮어 쓴다—이때 신념은 유동적인 것이 될 수밖에 없다. 이 상황에서 두 무라카미의 문학은 좋든 싫든 오브라이언의 고문과 비슷해진다.

예술에 대한 풍부한 교양을 갖춘 인간이 어떠한 모순도 없이 사악함을 발휘한다는 것—이 오브라이언 문제는 20세기의 문화에 박혀 있던 가시다. 카프카 소년과 호시노 청년은 문학과 음악 덕에 바른 신념과 욕구로 인도되었지만, 로티에 따르면 이러한 정상화의 회로를 기대할 수는 없다. 확실히 호시노 청년은 악을 말살하고 카프카 소년은 어머니와의 부드러운 성적 환상에서 빠져나온 후 마지막에 "너는 옳은 일을 한 거야"라는 보증을 얻지만, 이것은 그들이 장래에 오브라이언이 되지 않으리라는 것을 보증해 주지 않는다.

그럼에도 무라카미는 『해변의 카프카』를 정신 의료적인 교양 소설로 완성했다. 나는 여기서 근대 문학과 근대적 주체에

---

15 〔옮긴이〕 무라카미 하루키, 『해변의 카프카』, 김춘미 옮김, 문학사상사, 2008, 265쪽.

대한 세심한 돌봄을 요청하는 무라카미의 의지를 느낀다. 이를 실현하기 위해 카프카 소년의 곁에는 어머니, 형, 누이, 연인을 대신할 수 있는 확실한 유사 가족이 교육적인 상담사로 배치되었다. 하지만 이야말로 현실에서는 일어날 수 없는 일이다. 돌봄을 통한 정상성의 회복은 어디까지 상징적으로 이루어질 수밖에 없는데, 사회의 구멍이나 찢어진 틈새를 상담으로 막아도 폭력은 머지않아 다른 형태로 다시 찾아온다. 이는 이후 무라카미 자신의 장편 소설이 증명하는 대로다.

6 무라카미 류와 제2의 근대 문학

이어서 『해변의 카프카』에 앞서 "이 나라에 없는 것은 희망뿐이다"라고 주장한 무라카미 류의 『희망의 나라로 엑소더스』(2000)가 인터넷 기술을 통해 공동체의 폐색에서 벗어나는 소년을 등장시킨 점에 주목해 보자. 이미 신용을 창조할 수 없게 된 일본에서 "한결같이 시큰둥한 얼굴"을 하고 "하얀 폴로셔츠와 베이지색 면바지"를 좋아하는 청결한 중학생들이 학교를 중퇴하고 인터넷 사업으로 성공해 마침내는 홋카이도로 이주한다―이러한 탈법적 입법의 시나리오는 십 대 청년이 주도하는 요즘의 기후 위기 데모를 예고하는 듯도 하다.

다만 그에 앞서 헤이세이의 무라카미 류 작품군을 돌아보자. 그는 90년대 이후 '근대 문학의 종언'을 강하게 의식하면서 탈법적 입법의 게임을 재상연했다. 1997년의 에세이에서 그는 이렇게 썼다.

일본 근대 문학이 이 나라 근대화 과정에서의 모순이나 서양과의 차이, 더불어 전쟁이나 전후의 정보를 전달하기 위한 존재였다고 한다면, 그 기능은 이미 진작에 끝이 났다. 일본 근대 문학은 기본적으로 이 나라의 근대화 과정에서 나타난 모순과 차이를 자국민을 향해 쓰고 전하려 해 왔다.[16]

논의의 정리를 위해 근대 문학에 두 가지 단계를 상정해 보자. 인습적인 마을 공동체에서 개인＝나가 이탈해 주체화로 나아가는 탈법적 입법의 과정을 그리는 제1의 근대 문학은 무라카미 류가 말하는 것처럼 풍요를 달성하고 끝이 났다. 그에 이어 계속해서 제2의 근대 문학에 착수한 것이 대항 문화를 배경으로 한 무라카미 하루키와 무라카미 류이며, 이 점에서 둘은 같은 패러다임에 속한다. 전자가 〔추상적인 것과 관련되는〕 사건적 입사식(우물에 잠겨 드는 일)를 선호하는 데 비해 후자는 〔구체적인 것과 관련되는〕 사물적 입사식을 선호한다는 차이가 있기는 하지만 말이다.[17] 제1의 근대화가 공동체로부터의 이탈을 통한 주체화를 의미한다면, 제2의 근대화는 타자와의 조우에 의한 주체화를 의미한다. 이미 '풍요로운 사

16　무라카미 류村上龍,「우화로서의 단편」寓話としての短編,『무라카미 류 자선 소설집』村上龍自選小說集, 3권(集英社, 1997), 577~578쪽.
17　무라카미 류의 사물적 입사식을 떠받치는 것은 '묘사'의 기술이다. 하지만 이는 자연주의적 묘사와는 대체로 관련이 없다. 왜냐하면 그가 노리는 것은 공간의 과밀화와 시간의 세분화를 통해 주인공과 독자 모두를 가차 없이 유린해 의식의 방어벽을 날려 버리는 것이기 때문이다(『공항에서』에서 퇴영적인 주변을 슬로 모션으로 미분하는 방식이 그 전형이다). 이것이 딥포커스로 찍은 안드레아스 거스키Andreas Gursky의 사진처럼 사물들이 선명하게 포착되고, 순간적인 도상이 잇따라 빠르게 갱신되어 스트로브 효과를 만들어 낼 때, 무라카미의 소설에서는 깊이가 사라진다. 그의 묘사는 자극으로 가득한 표층(피부)의 '분석'에 가깝다. 이러한 의미에서 무라카미가 있는 그대로의 현실을 묘사하려고 했던 적은 거의 없는 것으로 보인다.

회'에서 살아가는 두 무라카미의 주인공은 무시무시하고도 매력적인 타자의 자극에 추동되어 자신을 주체화한다. 이 프로젝트를 근대의 재발명이라고 정리해 두자.

제1의 근대 문인에 의해 특권화된 18세기의 루소는 무엇과도 바꿀 수 없는 원본인 '나'에게서 범죄자적 주체상을 발견했다(실제로 그의 『루소, 장 자크를 심판하다』는 자신이 자신을 심판하는 기묘한 대화록이다). 이에 비해 제2의 근대 문인인 두 무라카미에게는 소위 '훅 들어오는' 타자야말로 탈법적 입법의 기능을 담당한다. 더구나 이 범죄자적 타자는 종종 자본주의가 잉태한 상품 이미지, 즉 '조니 워커'처럼 내부의 타자로 나타난다.

버블 말기의 무라카미 류는 이 입사식의 무대를 소비 사회로 정했다. 특히 『토파즈』(1988)와 『이비사』(1992)에서는 죽음과 이웃한 아슬아슬한 성의 게임(특히 SM) 안에서 여성이 중심적 플레이어가 되는데, 이 게임 속에서는 쾌락과 굴욕이 뒤범벅되어 정동의 미궁을 만들어 낸다. 연작인 『토파즈』에서는 성 게임의 포로가 되어 술에 잔뜩 취하는 것과 승자가 되어 오연히 서 있는 것이 거의 분간되지 않는다. 더구나 『이비사』의 여성 주인공은 유럽을 횡단하면서 산업 폐기물 처리장이자 최고의 리조트 지역이기도 한 이국에서 압도적 소비의 힘에 몸과 마음을 거침없이 내맡긴다.

일찍이 루이 알튀세르는 이데올로기적 국가 장치의 '호명'에 응답함으로써 개인이 주체(국민)가 된다고 보았는데, 무라카미 류의 여성은 말하자면 소비 사회의 호명에 응답해 성적 행위자가 된다. 더구나 이 변신은 그 자신을 망가뜨리는 '향락'과 일체화되어 있다. 이렇게 무엇이 성공이고 무엇이 실패인지도 분간하기 어려운, 어지러운 스릴을 향유하는 것이 무라카미적 주체의 기반이 되어 간다.

애초에 무라카미는 데뷔 때부터 일관되게 개체가 정체를 알 수 없는 타자의 호명에 응답하고 가혹한 상황에 몸을 맡길 때 가장 강력한 주체가 될 수 있다는 역설을 보여 준 작가다. 따라서 그의 소설에서는 타율적인 것과 자율적인 것, 정복하는 것과 독립하는 것이 모순을 만들지 않는다. 꽉 막힌 일본 사회 속에서 정체된 개체를 옥죄어 다른 차원에서 각성시킬 수 있는 타자를 어떻게 정립할 것인지가 그에게는 중요한 주제였다.

7 사디스트로서의 타자

90년대에 일본이 불황에 돌입하자 무라카미 류는 위기가 야기하는 각성을 강조하게 되었다. 맹우 겐조 도오루가 설립한 겐토샤에서 『오 분 후의 세계』(1994)와 그 속편인 『바이러스 전쟁』(1996), 『러브 앤 팝: 토파즈 II』(1996), 문고판 『인 더 미소 수프』(1998)가 연달아 간행된 것이 바로 이 시기다. 이 소설군은 소비 사회의 쾌락에 기대지 못하게 된 후 입사의 계기가 된 강렬한 '타자'를 탐구하는 일련의 여행으로 요약할 수 있다. 이로부터 발탁된 소재가 지하에 숨어들어 레지스탕스 활동을 이어 가는 가공의 일본(『오 분 후의 세계』)이고, 치사성 바이러스(『바이러스 전쟁』), 전두엽을 잃고 감정이 없는 로봇으로 변한 미국인 살인마(『인 더 미소 수프』)다.

이 작품들에서 '타자'는 모두 주인공에게 복종을 강제하는 사디스틱한 프로그램이다. 인간적인 온정을 가지고 있지 않은, 자동적으로 작동하며 자아를 가차 없이 추궁하는 초자아의 프로그램은 꺼림칙하기 짝이 없는 광경을 창조한다. 특히 에볼라 바이러스를 떠올리게 하는 휴가 바이러스는 세계를 일변시킬 만한 탈법적 입법의 힘을 가진 범죄자적 타자다. 하지만 타성적인 개체는 바로 그처럼 전조 없이 출현하는 비인간적 바이러스의 공포와 상대할 때 주체로 각성한다. 가라타니 고진이 말한 것처럼 데뷔작 『한없이 투명에 가까운 블루』가 일본적 세련을 파괴하는 '포스트 역사적 동물성'의 승리를 이야기했다면,[18] 헤이세이의 무라카미는 생물적, 화학적, 경제적인 변이 프로그램을 신의 위치에 근접시켰다.

비인간적인 타자가 발휘하는 사디즘—무라카미는 그로부터 도망친다는 선택지를 마련하지 않는다. 타자의 강림에 눈을 감은 개체에게는 생존을 허락하지 않는다. 이 단순한 게임에는 우연성이나 망설임이 파고들 여지가 없다. 무라카미 류와 무라카미 하루키의 차이는 바로 이 우연성을 다루는 방식에 응축되어 있다. 무라카미 하루키의 남성 주인공은 파스타를 삶다가 우연히 모험의 주역으로 선택되어 '이런 이런' 같은 대사를 말하면서 신변의 변화에 추종할 준비가 되어 있다. 『해변의 카프카』는 소년이 살인을 범했는지도 일부러 애매하게 처리했다. 반대로 무라카미 류는 이러한 애매함을 허용하지 않을 것이다.

쇼와 말기의 여성들이 소비 사회의 현기증 안에서 살아남는 데 비해 헤이세이 초기 남성들은 사디즘적이고 범죄자적인 타자와의 접촉을 통해 각성한다—이것이 무라카미 류 소설 속 주체상의 변천이다. 그럼에도 남녀 어느 쪽 주인공이든 "애매한 일본의 나"라는 문학적 형상을 등지고 자립과 이

18　가라타니 고진, 「해설」解説, 『무라카미 류 자선 소설집』村上龍自選小説集, 1권(集英社, 1997).

동으로 내몰린다는 점은 공통된다.『사랑과 환상의 파시즘』(1987)에서 수렵민을 모델로 삼았던 무라카미에게는 국가에 의한 구속을 혐오하고 시장이 주는 쾌락적인 전리품을 좇는 자유 지상주의자로서의 일면이 있다(여기서 상술하지는 않지만, 이 미학은 제로 년대 이후 인터넷 기업가의 이데올로기로 재등장한다). 더구나 이 수렵민적 주체는 사디즘과 마조히즘, 에로스와 타나토스가 교착하는 아찔한 게임의 플레이어로 그려진다.

게다가 1997년 아시아 통화 위기 이후 무라카미는 베스트셀러가 된 그림책『13세의 헬로 워크』(2003)을 시작으로 미디어를 통해 경제와 관련된 계몽 활동을 시작했다. 위기를 내포한 금융 자본주의가 '타자'로 나타났을 때 무라카미는 문학보다 저널리즘의 언어를 선택했다. 이는 일본 순문학 작가에게서 거의 예를 찾아볼 수 없는 행보다. 약물 문화drug culture를 경유한 무라카미는 말의 약효가 떨어질 수 있다는 두려움을 누구보다 강하게 가졌던 것이 아닐까.

그런데 제로 년대 이후 무라카미의 소설에서는 타자를 찾는 여행에 변화의 전조가 나타난다. 어른을 당황하게 하는『희망의 나라로 엑소더스』속 매끈한 혁명가들은 사디스틱한 범죄자적 타자의 계보에 속하는 기술 소년으로,『해변의 카프카』의 문학 소년과 대조된다. 다만 욕망도 낙인도 갖고 있지 않은 기술 소년들은 합리적인 입법 프로그램으로 조심스럽게 활동할 뿐이고, 90년대 작품군이 지녔던 병리적 과잉을 상실했다.

한편 2005년의 대작『반도에서 나가라』에서는 후쿠오카를 점령한 북조선 특수 부대가 타자로 설정되고, 규슈는 본토에서 떨어져 나온 실질적 독립국으로 그려진다(여기에는 일찍이 후쿠오카 출신인 히노 아시헤이가 『혁명 전후』에서 재현한 바 있는 전전 규슈 독립 운동의 흔적이 있다). 하지만 후반에 강한 인상을 주는 인물은 점령된 후쿠오카 시청의 직원이자 두 아이를 키우는 어머니와 극도로 빈곤한 북조선에서 아이를 잃은 여성 사관이다. 그녀들은 국가의 비호나 사회의 풍요를 기대할 수 없을 때 주체의 거점을 어머니임에서 찾았다.

90년대 중반 『러브 앤 팝』의 원조 교제 소녀, 즉 '딸'들은 패스트 푸드와 명품 브랜드, 성인 비디오가 만들어 낸 컬러풀한 기호의 바다를 헤엄치고 있었다. 구석구석 화려한 『이비사』의 여행과 달리 『러브 앤 팝』에서는 기호적 풍요로움이 상징적인 빈곤함을 동반한다(안노 히데아키 감독이 1998년 영화화한 『러브 앤 팝』은 그 컬러풀한 빈곤에서 콘크리트 정글 틈새의 시궁창을 활보하는 소녀들이 출발하는 이야기를 솜씨 좋게 만들어 냈다). 그에 비해 『반도에서 나가라』에서는 소비 사회의 게임 대신 경제 성장 이전의 소박한 사회에 대한 향수가 두드러진다. 제로 년대의 무라카미는 전후 물질주의의 말단에 위치한 '딸'이 아니라 단순한 생존 원칙에 따라 살아가는 '어머니'로─즉 전후 일본의 원풍경으로─회귀했다. 강렬한 타자를 찾는 무라카미의 여행은 여기에 이르러 한 바퀴를 돈 것 아닐까. 이렇게 생각하면 2013~2019년 동안 드문드문 써 나간 특이한 걸작 『미싱: 잃어버린 것』에서 우울증에 걸린 남성 작가가 어머니와의 영적인 대화를 이어 가는 데도 필연성이 있을 것이다. 일찍이 약물 문화가 낳은 작가로 등장한 무라카미는 이제 코카인과 LSD가 아닌 수면제에 취해 어머니의 이야기와 일체화하는 자식을 그리기에 이른 것이다(상세는 「보론 2」 참조).

8 축제와 공회

어쨌든 가라타니 고진이 '근대 문학의 종언'을 선언한 것과 거의 같은 시기에 무라카미 하루키와 무라카미 류가 타블라 라사(백지)로서의 '소년'으로 되돌아간 것은 매우 상징적인 일이다. 두 무라카미는 탈법적 입법자를 기점으로 하는 근대의 재발명에 착수했다.

그렇지만 헤이세이 문학의 특징은 바로 그들과 같은 '건강함'이 성립하기 어렵게 되었다는 데 있다. 예를 들어 1980년생인 사토 유야의 『수몰 피아노』는 무라카미 류가 유토피아화했던 홋카이도를 무대 삼아 스스로 기억을 백지화한 소년을 등장시킨다. 이것은 고통스러운 과거의 트라우마를 없던 일로 만드는 자기 기만의 산물이며, 소년은 성장해서도 그 가짜 기억 안에서 가짜 인생을 보낼 수밖에 없다. 여기에는 교양 소설의 풍요로운 시간도 인터넷의 첨단 기술도 없다. 『수몰 피아노』의 주인공은 지방 도시의 교착된 시간 속에서 악순환에 휘말릴 뿐이다(1장 참조). 『수몰 피아노』는 같은 시기에 출간된 『희망의 나라로 엑소더스』와 『해변의 카프카』의 소년 환상을 해체하는 뛰어나게 비평적인 작품이다.

더구나 2001년 미국에서 동시 다발 테러 사건이 일어난 이후로 두 무라카미와 다른 유형의 범죄 소설이 나타난다. 그중에도 다음 두 장편 소설은 상징적인 의미를 지닌다.

우선 1968년생인 아베 가즈시게의 『신세미아』(2003)가 있다. 원래 아베는 『ABC 전쟁』(1995), 『인디비주얼 프로젝션』(1997), 『닛뽀니아 니뽄』(2001) 등을 통해 큰 것을 작은 것에 대응시키는 아이러니를 기조로 삼아 온 작가다. 즉 <전쟁>은 시골 불량배들 간의 항쟁에, <진짜>는 가짜에, <일본>은 희소종인

따오기에 각기 배당되어 있다. 잘못된 축척 안에서 진행되는 이야기로 때로는 불온하고, 때로는 기묘한 분위기를 빚어내다가 결국에는 비극으로 작렬시키는 것—이것이 아베의 본령이다.

아베 자신의 출신지인 '진마치'를 무대로 한 『신세미아』에서는 미국화된 전후 일본이 점령기 미군과 유착한 빵집을 중심으로 하는 이야기에 대응된다. '미국의 그림자'가 곳곳에 남아 있는 이 소우주에서는 성적인 욕망이 노골적으로 표출되며 속악한 남성들이 도촬을 일삼는다—국지적인 범죄가 쌓여 가는 가운데 시골 마을의 하찮은 사건으로 끝날 일이 갑자기 세상을 뒤흔드는 대사건으로 부상하게 된다(여기서 『트윈 픽스』와의 연관성을 발견할 수도 있다).

아베 특유의 침소봉대 화법 속에서 진마치는 이윽고 신화적 홍수를 겪게 되고 남성들도 죽음에 이른다. 더구나 등장인물 중 하나인 '아베 가즈시게'가 명의를 진마치의 청년에게 빼앗기는 마지막 장면은 공동체의 속악함이 그 후에도 영원히 이어지리라는 점을 암시한다. 『신세미아』의 범죄는 공동체의 법칙을 수정하는 대신 오히려 마이너스적인 것의 축제를 통해 공동체에 활기를 불어넣는 것이었다.

다른 한편에는 1975년생 히라노 게이치로의 『결괴』(2008)가 있다. 히라노는 전지전능한 입장에서 쓴 19세기적 '본격 소설'의 틀 안에서 90년대의 소년 범죄와 제로 년대의 테러리즘을 하나의 선으로 연결하려 했다. 도쿄, 후쿠시마, 돗토리, 교토에 흩어져 있는 등장인물들은 극장형[19] 토막 살인 사건과 그에 이어진 동시 다발 테러를 통해 연결된다. 『결괴』는 대중 매체의 자극적인 범죄 보도를 재현하면서 일본이라는 '상상된 공동체'를 연출했다.

이 작품의 핵심 인물은 어머니와의 관계에 문제가 있을 뿐 아니라 심한 괴롭힘도 당하고 있는 열네 살 기타자키 도모야다. 도모야는 인터넷에 망상적인 일기를 게재하고 머지않아 '악마'와의 긴 대화를 시작한다. 히라노의 데뷔작 『일식』(1998)과 마찬가지로 여기서 살인은 엑스터시를 끌어내는 공희sacrifice의 의미를 부여받는다.

도모야는 남자가 말한 대로 이것이 대규모 동시 다발 살인으로 발전하고, 마침내 그 주모자가 자신이라는 것이 알려졌을 때 사람들의 반응을 몽상했다. 누구나가 그때의 고베 중학생 이상으로 자신을 두려워하며 떨 것이 분명하다! 〔…〕 내가 시작한 살인을 계기로 세계 곳곳에서 사건이 발발하고 이탈자가 속속 발생한다! 세계는 나를 인식하고 역사는 나를 기억하겠지! (강조는 원문)[20]

'고독한 살인자'를 지칭하면서 '이탈'을 부추기는 악마는 도모야 자신의 내밀한 목소리이기도 하다. 다만 『결괴』의 문고판 해설을 쓴 야마시로 무쓰미가 말한 것처럼, 악마가 "무시무시할수록 〔…〕 독자에게 어딘가 얄팍하고 진부한 느낌을 준다", "그렇다기보다는 그것을 굳이 싸구려로 허술하게 그리는 데 작가의 노력이 있었을 것이다". 히라노는 나중에 『형

19　〔옮긴이〕 대중 매체나 인터넷 게시판 등에 범행 성명을 올리고 연극의 일부처럼 연출하는 범죄를 '극장형 범죄'라고 한다. 선정적인 언론 보도에 선동된 대중이 범죄를 구경거리처럼 즐기는 행태를 보이기도 한다.

20　〔옮긴이〕 히라노 게이치로, 『결괴』, 1권, 이영미 옮김, 문학동네, 2013, 338쪽.

태뿐인 사랑』(2010)이라는 연애 소설을 쓰는데, 『결괴』의 기조에도 이를테면 '형태뿐인 범죄', 즉 소년 범죄나 테러리즘에 대한 모방이 있다.

히라노는 공동체에 대한 희생물로서의 살인에서 마이너스적인 것의 축제 에너지를 확인했다. 그 '형태뿐인 범죄'는 공동체를 질적으로 변화시키지 않는다. 축제적 기능은 있어도 입법적 기능은 없다. 따라서 근대 소설다운 외견에도 불구하고 『결괴』에서 근대인의 모델로서 범죄자(탈법적 입법자)는 오히려 소실되어 있다. '악마'라는 값싼 은유나 자연 재해인 '결괴'를 가져다 붙인 제목이 그 증거다.

야마가타의 소소한 악당들이 폭주하는 『신세미아』와 지식인의 대화가 많은 『결괴』는 겉보기에 인상이 전혀 다르다. 하지만 범죄를 얼굴 없는 축제나 공희와 결부시키고 거기에 홍수나 결괴의 이미지를 부여한 점에서 양자는 일치한다. 더구나 아베와 히라노는 근대적 주체의 이야기를 다시 시작하는 '소년'도 필요로 하지 않았다. 히라노가 그린 14세 소년은 속俗을 성聖으로 전환하는 샤먼이고, 아베가 그린 소녀들은 속을 한층 속되게 하는 촉매다. 이들을 이해하는 데는 문화 인류학이나 민속학의 틀이 유용할 것이다.

제2의 근대 문학자인 두 무라카미는 입법 능력을 갖춘 타자에게 '조니 워커'나 '휴가 바이러스'라는 기괴한 형상을 부여하며 강한 집착을 보였다. 그들은 더 이상 인간적인 범죄자를 믿지 않고, 공동체의 법을 뒤덮는 '얼굴 없는 타자'를 조형하며, 그것과의 대항 관계 속에서 주체화를 구상한다. 반대로 『신세미아』와 『결괴』에서 악은 자연 현상에 가까우며 남자들을 파멸과 죽음으로 몰아넣기는 하지만 공동체의 성질을 바꾸지는 않는다. 이는 이들 소설의 결정적인 차이다. 이로부터 범죄 소설의 신화화 혹은 포스트모던화를 확인하는 것도 가능하리라.

9 분수령이 된 아키하바라 사건

문학이 범죄를 어떻게 그리느냐는 고전적인 물음은 지금도 비평적 주제로 성립한다. 그간 영향을 주고받은 범죄와 문학이 제각각 질적으로 변용되었다면, 이는 정신사적 문제로 고찰되어야 할 사안이다. 2011년 동일본 대지진 이후 일본 문학의 경향은 범죄와 컬트, 테러리즘에서 원자력 발전, 치유, 정치적 올바름으로 이동했지만, 원래의 문제가 해소된 것은 아니다.

범죄 쪽으로 눈을 돌려 보자. 예를 들어 고도 경제 성장기의 이진우나 나가야마 노리오의 살인 사건을 '자기 발견으로서의 범행'이라고 본 문예 비평가 아키야마 슌은 1981년에 "범죄란 '나'의 행위다. 그 외에 더 말할 것은 없다"고 단언했고, 만년에 이른 2007년에도 "범죄는 일본 근대 문학의 새로운 옥토가 될 터였다"고 썼다.[21] 아키야마는 범죄자야말로 근대인과 근대 문학의 모델이라는 데 망설임 없는 믿음을 보인다.

하지만 헤이세이의 범죄자는 오히려 '나'를 허구의 연막으로 감싸려 한다. 1988년과 이듬해에 걸쳐 연쇄 여자아이 유괴 살해 사건을 일으킨 1962년생 미야자키 쓰토무는 여성으로 가장해 범행 성명을 냈고, 체포된 후에도 꿈속에 있다는 식의 진술을 반복했다(『해변의 카프카』의 "꿈속에서 책임이 시작된

---

21   아키야마 슌秋山駿, 『내부 인간의 범죄』内部の人間の犯罪(講談社文芸文庫, 2007, 182), 244, 277쪽.

다"라는 인식은 미야자키에 대한 비평으로도 읽을 수 있다). 더구나 1982년생인 소년 A는 스스로 신의 목소리를 날조하고 오컬트적 범죄 대본을 만들어 연기했다.

그 후 소년 A는 '원래 소년 A'라는 이름으로 펴낸 자서전 『절가』(2015)에서 도스토옙스키의 『죄와 벌』, 무라카미 하루키의 『1Q84』와 『해변의 카프카』, 오야부 하루히코의 『야수는 죽어야 한다』, 미시마 유키오의 『금각사』 등을 참조하면서 범죄에 이르게 된 과정(특히 그 성적 도착)과 이후의 생활을 고백하는데, 이는 고베 사건으로 촉발된 여러 소설에 대한 패러디의 양상을 띤다. 저자의 의도가 어찌 되었든 『절가』는 문인이 부풀린 '14세 소년' 신화에 대해 당사자가 손수 만든 거울을 들이대는 것과 같았다.

다만 『절가』는 악마적 소행을 돈벌이 수단으로 삼으려 한 작품은 아니다. 미시마 유키오와 무라카미 하루키에게 경도된 소년 A는 『절가』를 오히려 『해변의 카프카』와 같이 '나'가 독서와 노동을 왕래하면서 온전한 정신을 되찾고자 하는 교양 소설로 만들었다. 흥미로운 것은 그가 가족, 특히 어머니에 의한 교육에 책임을 지우는 여론을 분명하게 부정하며, 오히려 가족과의 화해를 중요한 주제로 삼은 점이다. 나는 『절가』의 출판에 윤리적 문제가 있다고 생각하지만,[22] 적어도 소년

22　피해자를 고통스럽게 하고 범죄를 비즈니스화하는 『절가』의 출판에 대해서는 당연히 부정적인 의견이 많았다. 하지만 현재의 사법적 프로세스가 현대의 이상 사건을 해명하는 데 그다지 도움이 되지 않고(가토 도모히로의 『해설』은 바로 그에 대한 조바심에서 쓰인 책이다), 여론 역시 범죄자를 괴물 취급하는 데 만족하기 쉽다는 점은 분명하다. 이러한 상황에서 당사자의 수기가 없다면 범죄를 일종의 경보음으로서 위치 짓기도 어렵다. 『절가』와 『해설』의 간행도 범죄의 사회적 이해를 위한 필요악으로서 허용할 수밖에 없지 않았을까.

A가 『해변의 카프카』와도 닮은 정상화 프로그램을 소설로 그려 내려 한 점은 분명하다.

여하튼 꿈과 오컬트는 헤이세이의 문학적 상상력과 접점이 많다. 하지만 헤이세이 후기의 범죄는 어떨까.

소년 A와 같은 해에 출생한 가토 도모히로가 일으킨 2008년의 아키하바라 사건은 범죄와 문학의 관계를 고찰하는 데 분수령이라 할 만하다. 이 사건에 대한 보도는 애초에 가토가 파견 노동자였다는 점을 강조했다. 오타쿠의 거리 아키하바라를 습격하는 것만으로 상징적인 의미를 지니는 이상, 그의 범행을 사회에 대한 메시지를 담은 극장형 범죄라고 보는 것은 자연스럽다.

하지만 가토 자신은 이러한 시선을 거부한다. 기묘한 것은 그가 사건을 분석한 『해설』(2012)이나 『해설+』(2013) 등에서 마치 범죄학자처럼 이러한 범죄가 추후 일어나지 않도록 '진짜 사건 대책'을 제언했다는 점이다. 그는 사건을 판에 박힌 이야기로 만드는 검찰과 매스컴에 조바심을 표했다. 그는 사법적 내러티브에 대항하면서 자기가 사건을 일으킨 것은 자신이 글을 쓰던 그다지 유명하지 않은 인터넷 게시판에서 일어나던 '분탕질'에 대한 경고 때문이었음을 여러 각도에서 설명하려고 했다.

가토는 이 게시판에 쓴 글이 소설이나 만화처럼 "실제로 있는 일과 일어나지 않은 일을 뒤섞어 게시판에 '연재'하듯이 쓴 것"이고, 그 내용을 '마음의 외침'이라고 보는 것을 부인했다.[23] 직장을 전전하며 사회적 고립이 진행되는 가운데 게시판이라는 '작품'이 마음의 전부가 된다—이 작은 놀이터를, 작가인 자신을 사칭한 '분탕질'에 침해당했을 때 그는 흉악한 범죄에 이르게 되었다.

가토는 작품의 훼손을 지켜보며 사건을 '실행하지 않기'가 어려워지는 과정을 들려준다. 트럭과 칼을 사용한 살인에 대해서도 『절가』와 같은 고양감은 전혀 없었으며 오히려 많이 주저했다고 말한다. 이는 살인의 자극적인 의식화와는 동떨어진 것이다. 다소 꾸며진 이야기이긴 하지만, 『도쿄 구치소 영야초』(2014)에서도 어머니의 학대를 모방해 주위를 '훈육'하려는 공격성이나 '뭐 어때' 하는 체념, 사회적으로 고립되는 것에 대한 공포와 차에 대한 애정 등이 소재가 되는데 이것들은 소년 A처럼 도착적이지 않다. 더구나 가토는 카트 레이싱장을 만들어 아이들이 차와 접하게 하고 싶다는 꿈도 갖고 있었다. 여기서는 자기 현시욕이나 자부심을 넘어 일종의 공공심조차 느껴진다.

아키하바라 사건에 객관적인 '해설'을 부여하려는 태도에서도 소년 A와 같은 문학적 자아는 축소시키고 일반화된 담론을 이야기하려는 의도를 읽을 수 있다. 그런 만큼 가장 중요한 살상 사건의 동기가 놀라울 정도로 일반성을 결여하고 있다는 사실이 나는 당혹스럽다. 게시판 '분탕질'에 대한 경고라는 이유가 아키하바라 습격이라는 엄청난 사건으로까지 발전했으니 발단의 왜소함과 결과의 심대함이 도무지 어울리지 않아 보인다.

23　가토 도모히로加藤智大, 『해설+: 아키하바라 무차별 살상 사건의 의미와 그로부터 도출하는 진짜 사건 대책』解＋ 秋葉原無差別殺傷事件の意味とそこから見えてくる真の事件対策(批評社, 2013), 89쪽. 인터넷 게시판의 사회학적 기능을 서술한 논고로는 하마노 사토시濱野智史, 「K는 왜 '2ch'가 아닌 'Mega View'에 썼는가?」なぜKは「2ちゃんねる」ではなく「Mega-View」に書き込んだのか?, 오사와 마사치大澤真幸 엮음, 『아키하바라발』アキハバラ発(岩波書店, 2008)이 있다.

이처럼 가토 도모히로에게는 객관적 분석으로 일반화되어 해소되는 '나'와 지나치게 특수해서 거의 누구와도 공유할 수 없는 충동을 품은 '나'가 동거하고 있다. 가토의 '나'는 때로 기체처럼 탈중심화하고 또 때로 돌처럼 응고한다. 그리고 후자의 '나'는 인터넷 게시판이라는 극히 사적인 '작품'과 밀접하게 관련된다.

이 분극화된 '나'의 형태는 이후의 범죄자와도 공통되는 점이 있다. 예를 들어 2016년 사가미하라 사건[24]의 범인 우에마쓰 사토시는 사회 진화론적 이데올로기의 순수한 대리인을 자칭하며 복지 시설에 입소해 있던 중증 장애인 19명을 살해했다. 일본을 위해 장애인을 도태시킨다는 왜곡된 '공공심' 안에서 살인자로서의 자기를 해소하는 것—이러한 '나'의 기체화=탈중심화는 우비넨이나 브레이비크처럼 자본주의의 도태 시스템에 동화하려 한 외국의 대량 살인자와 공통되는 점이다(4장 참조). 수감 중인 우에마쓰가 그린 컬트적 만화를 봐도 창세 신화의 패러디 같은 거친 투쟁이 그려질 뿐 그 자신의 모습은 세계상 안에 숨겨져 있다.[25]

반대로 2019년 교토 애니메이션을 표적으로 방화 살인 사건을 일으킨 아오바 신지는 이러한 일반화의 욕망을 가지지

---

24 〔옮긴이〕'사가미하라 장애인 시설 살상 사건'이라고도 불리는 이 사건은 2016년 가나가와 현립 지적 장애인 복지 시설에서 발생하였다. 범인 우에마쓰 사토시는 해당 시설의 전 직원으로 19명을 살해하고 26명에게 중경상을 입혔다.

25 우에마쓰의 만화는 월간『상처』편집부月刊『創』編集部 엮음,『열린 판도라 상자』開けられたパンドラの箱(創出版, 2018)에 수록되었다.

않았다. 이 사건은 어떠한 종교적, 정치적 이유가 없음에도 2015년 파리 샤를리 에브도 습격 사건의 피해자 수를 넘어, 표현자에 대한 폭력으로서는 역대 최악의 규모가 되었다. 교토 애니메이션에 소설을 투고했던 일로 개인적 원한을 키운 것으로 보이는 아오바에게는 아마 깊은 박탈감이나 굴욕감이 있었겠지만, 이러한 동기는 지극히 사적이고 특수한 것이어서 사실상 공유 불가능하다.

이렇게 보면 아키하바라 사건이 그 후의 중대 범죄를 어느 정도 예고했음을 알 수 있다. 특히 가토와 우에마쓰와 아오바가 제각기 인터넷 게시판, 만화, 소설이라는 '작품'을 썼다는 점, 그리고 가토와 아오바의 경우 작품이 망가졌다는 굴욕감이 사건의 방아쇠가 되었으리라는 점이 중요하다. 이 작품들이『절가』처럼 근대 문학을 모방하진 않았지만 무언가의 표현이라는 점은 분명하다. 이들은 무지하고 거칠며 난폭한 괴물이기 때문이 아니라 현대라는 '총표현 사회'(우메다 모치오)가 낳은 광의의 제작자였기에 폭력에 호소한 것이다. 그들의 범죄는 헤이세이 데모크라시를 키워 낸 토양 안에 있다.

이 변화에 근거해 우리는 '범죄와 문학'이라는 패러다임을 갱신해야만 한다. 하지만 가토처럼 일반성과 특수성으로 분극화된 '나'는 헤이세이 문학의 상상력으로 도저히 편입될 수 없었다.『해변의 카프카』는 '아버지를 죽이고 어머니와 교합한다'는 신화를 부활시켰지만, 가토에게 아버지는 존재감이 없고 어머니는 혐오스러운 지배자다. 미즈무라의『일본어가 사라질 때』와 히라노의『결괴』가 출간된, 그리고 트위터의 일본어 서비스가 시작된 2008년에, 미즈무라가 말한 <현지어>로 쓰인 게시판＝작품을 계기로 한 아키하바라 사건이 일어난 것은 몹시 상징적이다. 이해를 경계로 범죄와 문학이 결정적으로 괴리되기 시작한 것은 아닐까.

실제로 소년 A가 지나치게 신화화된 데 비해 가토 이후의 범죄자에 대해 문학에서 주목한 사례는 찾아보기 어렵다. 이는 범죄를 이해하는 언어적 회로가 축소된 것을 의미한다. 이제부터는 범죄의 양극화가 진행되어 작가의 욕망을 자극하는 극장형 범죄나 테러리즘이 드문드문 일어나는 한편, 아키하바라 사건, 사가미하라 사건, 교토 애니메이션 사건처럼 기존의 상상력이 미치지 않는 범죄가 늘어날 것이 분명하다. 그때 우리는 한편으로 쓸데없이 말이 많아지고 다른 한편으로는 침묵할 것이다.

하지만 그런 뒤틀린 구조에 새로운 표현 형태를 가지고서 맞서 싸우는 것이 본래 문학의 역할일 것이다. 이러한 점에서 무라카미 하루키와 무라카미 류에 의한 '근대의 재발명'은 여전히 미완의 프로젝트이다. 근대 문학의 '종언'이나 '사라짐'을 말하는 대신, 범죄의 변용에 대응해 새로운 입법적 기능을 발견하려는 시도는 헤이세이로부터 지금까지의 과제로 남아 있다.

6장

소설적 접속

역사와 허구

1 위사의 유행

냉전 종식에서 오늘날에 이르기까지 일본인에게 역사란 자주 짜증스럽고 소모되는 기분이 들게 하는 가시 돋친 것으로 나타났다. 냉전으로 오랫동안 봉인되었던 2차 대전 시기 아시아에 대한 가해 책임 문제가 정치적, 문화적 차원에서 분출되었기 때문이다. 이러한 상황은 전후 일본인이 대체로 전쟁의 어리석음을 반성하고 양심적으로 살아가고 있었을 뿐이라는 막연한 믿음을 근저에서부터 위협하는 것이었다. 우리는 지나쳐 온 과거로부터 공격받고 있다—여기에서 오는 당혹감과 혼란이 긴 불황의 터널에 들어선 헤이세이 일본인의 집단 심리에 뿌리를 뻗었다. 역사 인식 문제가 만성 질환이 되었을 때 대처해야 할 과거는 부풀어 오르고 구상해야 할 미래는 쪼그라들었다.

이와 호응하듯이 문학에서도 급격한 역사 회귀가 일어났다. 무라카미 류의『오 분 후의 세계』(1994), 무라카미 하루키의『태엽 감는 새 연대기』(1994~1995), 야하기 도시히코의『아·쟈·판』(1997)과『라라라 과학의 아이』(2003), 오쿠이즈미 히카루의『그랜드 미스터리』(1998)와『눈의 계단』(2018), 시마다 마사히코의『무한 캐논』3부작(2000~2003), 다카하시 겐이치로의『일본 문학 성쇠사』(2001), 미즈무라 미나에의『본격 소설』(2002), 후쿠이 하루토시의『종전의 로렐라이』(2002), 쇼노 요리코의『금비라』(2004), 후루카와 히데오의『벨카, 짖지 않는가?』(2005)와『성가족』(2008), 햐쿠타 나오키의『영원의 제로』(2006), 사쿠라바 가즈키의『아카쿠치바 전설』(2006), 우부카타 도의『천지명찰』(2009), 아베 가즈시게의『피스톨즈』(2010), 다와다 요코의『눈 속의 에튀드』(2011), 아카사카 마리의『도쿄 프리즌』(2012), 하스미 시게히코의『백작 부인』(2016), 마쓰우라 히사키의『명예와 황홀』(2017), 하시모토 오사무의『쿠사나기 검』(2018) 등 구체적인 예는 헤아릴 수 없이 많다.

이 작품들은 대체로 정사正史에서 누락된 사건이나 사람을 픽션의 힘으로 창출하려 한다는 점에서 넓은 의미의 '위사'僞史에 가깝다. 그들은 때로 <전후>를 일말의 향수를 가지고 반복하고, 때로 <전후>를 가공의 전쟁 이야기로 재현하며, 때로 <전전>을 유려한 문체로 마술화하고, 때로 또 하나의 <일본>을 평행 세계로 그리며, 때로 <신화>를 개인이나 가족에 포개고, 때로 <20세기>를 동물의 시점에서 다시 이야기한다. 사상과 문체는 각기 다르지만 허구의 역사화/역사의 허구화 경향은 분명하다. 뿐만 아니라 90년대 후반에는 보수계 문학 연구자가 새로운 '정사'를 창출하려 했다. 역사 수정주의의 아성이 된 '새로운 역사 교과서를 만드는 모임'을 1996년 설립하고 1999년 발표한 대저『국민의 역사』에서 일본과 중국의 권력 구조 차이를 역설한 니시오 간지는 니체를 연구하는 독문학자였다.

가토 노리히로, 고바야시 요시노리, 오쓰카 에이지 등이 내놓은 일련의 저작도 포함해, 90년대는 아카데믹한 담론의 외부가 일본 전후사를 재심문하는 주전장主戰場이 되었다. 역사에 대한 접속은 학문적인 진리 이상으로 집단적 정체성 동요에 얽힌 정동과 깊이 연관되며, 그렇기 때문에 픽션의 필자나 비평가가 중요한 역할을 맡았다고 할 수 있다. 역사 전체가 이야기로 대체되는 것은 있을 수 없는 일이지만, 이야기 없이는 역사의 전달도 이뤄질 수 없다. 그렇다고 해도 그저 널리 전달하는 것만을 지향하는 이야기는 역사를 입맛대로 사유화할 따름이다. 이렇게 포스트 냉전기에 역사와 허구를 어떻게 연결할지의 문제는 쉽게 답을 내기 어려운 성가신 아포리아가 되었다.

쇼와의 중요한 문제가 '정치와 문학'이었다면 헤이세이에는 패러다임이 '역사와 허구'로 옮아갔다. 작가가 사회 참여를 꾀할 때 역사에 호소하는 것이 상투적인 수단이 된 것이다. 순문학이 이 정도로 열심히 위사 제작에 임한 시대는 전에 없을 것이다.

2 애도와 타자

다만 '역사와 허구'라는 패러다임이 문학의 역사 인식을 진정 단련시켰는지에는 검증할 여지가 많다. 특히 제로 년대 이후의 일부 비평가는 위사적 소설에 대해 '산 자와 죽은 자의 경계를 넘어 현재와 과거를 자재로이 왕래하며 역사의 복수성을 시사하는…' 같은 판에 박힌 칭찬을 남용하게 되었는데, 생과 사, 현재와 과거 사이의 단절을 존중하는 상식적인 조심스러움이 있다면 이러한 안이한 레토릭은 쓰지 못할 것이다. 비평은 오히려 가로막힌 역사에 어떻게 접속할 수 있을지, 그 접속을 지지하는 조건이나 수법은 무엇인지를 묻는 데서 출발해야 한다.

적어도 아시아에서의 전쟁 책임이 부상하는 가운데 전후 50년을 맞았던 1990년대 중반에는 단절과 접속의 문제를 사고하는 비평이 있었다. 가토 노리히로는 1997년 논쟁적인 평론『패전후론』에서 일본이 패전에 의해 '지킬과 하이드' 같은 이중 인격이 된 것을 지적했다. 즉 민주주의로 전환한 전후 일본인이 전후 윤리에 입각하면 자국의 전쟁 희생자를 애도하는 것이 불가능하다(왜냐하면 그들은 나쁜 침략 전쟁의 왜병이었기 때문이다). 이와 달리 전중의 윤리 편에 서면 아시아 전쟁 희생자에게 올바르게 사죄하는 것이 불가능하다(왜냐하면 일본은 대동아 전쟁이라는 '성전'을 벌인 것이기 때문이다). 이에 따라 가토는 이 양자를 같이 꿸 수 있는 새로운 '이야기의 실마리'와 '주체'의 재건을 주장한 것이다.

　애초에 모든 애도와 위령은 죽은 자가 아니라 산 자의 사정에 따라 이뤄진다는 점에서 수상함을 수반한다. 이 수상함을 자각하면서 애도하는 '주체'의 존재 방식을 사고할 때 말하지 못하는 타자인 죽은 자에게 어떻게 접속할지가 어쩔 수 없이 문제시될 것이다. 가토에게는 많은 비판이 쏟아지기도 했지만, 이 접속의 어려움을 고찰한 점은 중요하다.

　일찍이 인류학자 레비-스트로스는 위협이 되는 타자에 대한 대응으로, 그 이물을 먹어 치워서 흡수하는 식인 전략과 이물을 공동체에서 추방해서 격리하는 구토 전략을 들었다.[1] 현대인도 대체로 이 두 가지 전략으로 이물을 처리한다. 예를 들어 현재의 소셜 미디어에서는 동일한 의견을 가진 자들이 폭포처럼 맹렬한 속도로 일체화하면서 대립 의견을 공격하고

　1　클로드 레비-스트로스Claude Lévi-Strauss,『슬픈 열대』悲しき熱帯, 2권(가와다 준조川田順造 옮김, 中公クラシックス, 2001), 377쪽〔박옥줄 옮김, 한길사, 1998, 695쪽〕.

배제하는 현상, 소위 사이버 캐스케이드cyber cascade가 일상화했는데, 이것이 바로 식인과 구토가 동시에 진행되는 상태라고 할 수 있다.

하지만 이러한 인류학적 전략만으로는 전쟁으로 죽은 자에 대한 애도 문제에 대응할 수 없다. 만일 애도가 무조건 성공하고 타자=죽은 자를 완전하게 먹어 치울 수 있다면 죽은 자의 타자성은 산 자들의 공동체 안에서 융해되어 말소될 뿐이다. 이것은 죽은 자를 정치적으로 이용하는 것과도 연결될 수 있다. 반대로 타자=죽은 자를 구토하고 이해할 수 없는 낯선 존재로 신중히 격리한다면 애초에 애도가 실시될 일도 없다. 이에 따라 애도 행위는 타자=죽은 자를 먹을 수 없다는 것을 알면서 먹는다는 역설을 품지 않으면 안 된다. 나중에 다시 다루겠지만 헤이세이 문학도 원래는 이러한 역설에 대한 대응을 요구받았을 것이다.

3 대환상의 천사적 재생

어쨌든 헤이세이 문학은 역사의 재도입에 몹시 적극적이었다. 이를 '재역사화'라고 형용한다면, 여기서 확인해 둘 것은 80년대에는 오히려 포스트 역사적인 태도, 즉 '탈역사화' 쪽이 우세했다는 사실이다. 이 두 흐름은 쇼와 말기에서 헤이세이에 걸쳐 문학의 양극을 형성했다.

80년대 일본 문학이 독자에게 남긴 인상은 대체로 역사가 포화 상태에 이르렀다는 것이다. 다나카 야스오의 『어쩐지, 크리스털』(1981), 아라이 모토코의 『첫눈에 당신에게…』(1981), 다카하시 겐이치로의 『사요나라, 갱들이여』(1982), 쓰쓰이 야스타카의 『허항 선단』(1984), 무라카미 하루키의 『세

계의 끝과 하드보일드 원더랜드』(1985), 하스미 시게히코의
『함몰 지대』(1986), 오에 겐자부로의 『그리운 시절로 떠우는
편지』(1987), 이토 세이코의 『노 라이프 킹』(1988), 후루이 요
시키치의 『가왕생전 시문』(1989) 등에는 원환처럼 닫힌 역사
안에서 벌어지는 게임 같은 느낌이 있었다. 진보나 발전 같은
거대한 이야기가 메마르면 본질적으로 새로운 것을 더 이상
기대할 수 없어진다. 전위적 에너지가 고갈되고 공산주의 혁
명의 이상도 소진되어 자본주의가 지구를 뒤덮은 후에는 유
치한 인용이나 샘플링처럼 포스트모던한 유희가 문화를 지
배할 뿐이다―이러한 '역사의 종언' 의식이 세기말적 데카당
스나 묵시록적 종말관의 패러디를 산출했다.

이러한 포스트 역사적인 태도도 헤이세이 문학에 부분적
으로 이어졌는데, 특히 미니멀리즘적 지향을 가진 여성 작가
에게 두드러진다. 가와카미 히로미, 마쓰우라 리에코, 나가노
마유미, 오가와 요코, 아라이 모토코, 에쿠니 가오리, 요시모
토 바나나, 무라야마 유카, 무라타 사야카, 가와카미 미에코,
시바사키 도모카, 아오야마 나나에, 가네하라 히토미, 와타야
리사, 야마자키 나오코라, 시마모토 리오, 쓰지무라 미즈키,
아사부키 마리코 등이 그리는 주인공은 대개 대문자 역사에
서 떨어져 나온 소규모 세계를 살아간다. 오가와의 장편 소설
제목을 빌리면 이들의 소설은 몸집이 작은 영혼들이 머물며
교류하는 '작은 상자'라 진단할 수 있다.

1964년생인 요시모토 바나나는 헤이세이 미니멀리스트들
가운데 범례의 위치를 차지한다. 쇼와 말기의 베스트셀러 『키
친』(1988)과 『티티새』(1989)의 주역들은 괴짜 같은 겉모습과
가벼운 말투를 보이지만, 내면에는 투명한 빛을 간직하고서
공동체의 '외지인'일 터인 서술자와 접촉한다. 죽음의 예감이

감도는 유한한 시간 속에서 양자의 관계는 가벼우면서도 때로 갑자기 농밀한 것으로도 변한다. 요시모토에게 죽음은 추하고 무시무시한 것이 아니라 사회적이고 역사적인 협잡을 씻어 내는 정화 작용의 성격을 띠는 것이다. 이 죽음을 매개로 한 '가벼움'의 서정은 특별하지 않은 일상의 단편을 빛나게 하는 일본 시가詩歌의 미니멀리즘을 떠올리게 한다.

담당 편집자인 야스하라 겐과의 인터뷰에서 요시모토는 "등장인물은 모두 냉담하고, 인간적인 부분도 전혀 그리지 않았다"고 단언하고, 인생에 대해서도 "워낙 부정적이다 보니 적어도 소설에서는 구원이 될 만한 것을 그리고 싶었다"라고 말한다.[2] 요시모토의 캐릭터는 확실히 인간적이라기보다는, 난치병을 앓는 소녀 쓰구미를 필두로 종종 기이한 천사적 존재를 떠올리게 한다. 아버지인 요시모토 다카아키의 용어로 하면 그녀의 소설은 '공동 환상'(집단의 마음)의 압력으로부터 보호받는 구역으로서 '대환상'(가족의 마음)[3]을 그린 것인데, 이 대환상은 인간끼리의 생생한 성애보다는 인간과 천사 사이의 청결한 접촉에서 발생한다.[4]

2 　야스하라 겐安原顯, 『문화 스크랩』カルチャー・スクラップ(水声社, 1991), 155쪽.

3 　〔옮긴이〕 요시모토 다카아키는 1968년 출간한 저서 『공동 환상론』에서 인간 관계의 양상을 세 가지 환상으로 구분해 설명했다. 그중 '공동 환상'은 국가, 법률, 경제 등 전통적인 사회과학의 용어로 '상부 구조'에 해당하는 것과 크게 다르지 않은 양상을 가리킨다. '대환상'対幻想은 타자와의 사적 관계, 즉 대인 관계와 관련되며 가족, 친구, 연인 등을 들 수 있다. 나머지 한 가지는 '자기 환상'이며 말 그대로 개인과 자기 자아의 관계를 가리킨다.

4 　한편 요시모토 바나나와 같은 해에 태어난 에쿠니 가오리는 대환상의 소녀적 가벼움을 지닌 채 성애와 에로스의 주제를 소환했다. 에쿠니의 『도쿄 타워』(2001)를 포함해서 하야시 마리코의 『불

80년대 소녀 소설에는 1948년생 하시모토 오사무의『모모지리어로 옮긴 마쿠라노소시』나 1957년생 히무로 사에코의『내겐 너무 멋진 그대』시리즈처럼 히라가나의 가벼움으로 '일본적인 것'을 의태하는 경향이 있었다. 이러한 시도를 공동 환상의 소녀적 재생이라고 부른다면, 요시모토 바나나가 해 온 작업은 말하자면 대환상의 천사적 재생이다. 죽음과 잠의 모티프를 도입함으로써 인간의 끈적한 정념은 천사의 착 가라앉은 고독으로 바뀐다. 잠을 테마로 한「죽음보다 깊은 잠」(1989)에서도 인간 사회의 소란스러움을 취소하는 '푸른 밤의 밑바닥'이 고요히 대환상의 깊이를 더하는 장소가 된다.

다만 이러한 수법은 사회적이고 역사적인 구속을 무화시키고, 주인공이나 서술자의 개인사를 임의로 구축할 수 있게 만드는 것이기도 하다. 요시모토 바나나의 경우 생활사가 스며든 집이 아니라 인공적인 맨션의 방을 무대로 삼음으로써 삶의 임의성을 한층 강화한다. 흥미로운 것은 요시모토가 베스트셀러 작가가 된 것과 같은 시기에 에토 준이『쇼와의 문

유쾌한 과일』(1996), 와타나베 준이치의『실낙원』(1997) 등이 가속시킨 불륜 소설 붐은 전후 일본 공동 환상(저팬 애즈 넘버원Japan as number one)의 해체가 확실해졌을 때 대환상(위험한 순애보)이 잠깐 빛을 더했던 것을 시사한다. 변칙적인 불륜 소설이라고 할 수 있을 무라카미 하루키의『태엽 감는 새 연대기』도 이와 무관하지 않다. 불륜 소설의 유행에 이어 소녀 소설 흐름에 속하는 와타야 리사의『발로 차 주고 싶은 등짝』(2003), 무라타 사야카의『적의를 담아 애정을 고백하는 법』(2013)은 교실 속 사춘기 관계성을 그렸다. 나아가 이러한 교실 속 소통을 한층 전략적 내지는 폭력적인 방향으로 전개한 것이 다카미 고슌의『배틀 로얄』(1999), 미나토 사나에의『고백』(2008), 아사이 료의『누구』같은 베스트셀러 소설이다. 제로 년대 이후 정치나 역사로부터 분리된 모형 정원과 같은 관계성의 엔터테인먼트화가 두드러졌는데, 이는 헤이세이 30년간의 폐색 상황을 요약하는 것이기도 하다.

인』(1989)을 통해 호리 다쓰오의 『유년 시대』와 『성가족』이 역사의 고쳐 쓰기를 선선히 허용하는 가소적可塑的이고 인공적인 '꿈'에 근거한 것을 비판했다는 점이다. 에토에 따르면 『성가족』에서는 "임의의 아버지의, 임의의 자식 같은 존재를 가능하게 하는 가공의 소설적 시공간이 문학이 허용하는 한계를 넘어 그야말로 인류 자체를 저촉하는 '거짓'"으로까지 발전한다[5]—이는 분명 헤이세이의 위사적 상상력이나 역사 수정주의를 예견하는 비평으로 보인다. 뿐만 아니라 이 비평은 요시모토 바나나의 인공적 시공간이 지닌 문제를 언급하지 않으면서도 포착했다.

요시모토 자신은 1994년 장편 소설 『암리타』에서 바로 이 역사의 인공성과 임의성이 지닌 문제에 직면한 것으로 보인다. 머리를 부딪쳐 기억을 잃은 '나'는 죽은 아버지와 누이동생의 흔적을 앞에 두고 "모두 유령이다"라고 느끼는 한편, "안드로이드의 망가진 기억 회로"처럼 미덥지 못한 마음으로 자기의 수복을 진척시킬 수밖에 없다. 인간적 기억이 백지가 된 채 일찍이 일본군의 전장이었던 사이판으로 여행을 떠난 그녀는 새로운 체험과 계시를 얻는다. 다만 그곳에는 쓰구미 같은 소녀도 없거니와 대환상을 보전해 주는 푸른 밤도 없다. 요시모토는 90년대의 재역사화와는 선을 긋고 있지만, 그럼에도 『암리타』에서는 개인사와 관련한 위기 의식이 노골적으로 나타난다.

이제 돌아갈 수 없는 곳까지 와 버렸다. 어느샌가.
머리를 다치기 전의 현실로는, 이제 두 번 다시. 언젠가 지금

---

5   에토 준, 『쇼와의 문인』, 311쪽.

의 내가 과거의 나와 화해하고 악수를 하고, 인생이 옛날에 그린 것처럼 이해할 수 있는 것으로 돌아간다… 그것이 거짓임을 알았다. 여기에 와서 이 가슴 아리도록 정겹고, 숨 막힐 듯이 조수와 녹음의 내음이 짙은 섬에서 잠시 머무르는 동안 그 확신은 하루하루 깊어져, 무언가가 결정적으로 어긋나 버렸다. 이젠 돌아갈 수 없다.[6]

서술자는 여행 가운데 인생에 전념하기 위한 새로운 길을 모색하는데, 이는 "이제 돌아갈 수 없다"는 절박한 단절 의식에서 비롯한 것이다. 과거와는 벌써 화해할 수 없을 정도로 멀어졌고, 그렇다고 밤에 주방 일을 하며 유사 '딸'로 살아갈 수도 없을 때, 주인공은 성긴 기억 회로에 의지하며 편지로 소통을 시도한다. 죽음과 잠으로 둘러싸인 고요한 대환상의 안쪽에서 다른 종류의 '리얼리티'가 배어 나오고 있다는 초조함이 90년대의 『암리타』를 여행과 접속의 이야기로 만든 것이다. 요시모토는 거시적인 역사=이야기로 회귀하지 않고 대환상의 세계를 랜덤한 소통에 노출시키려 했다.

대환상의 이야기는 『암리타』에 그치지 않고 90년대에 이상한 구심력을 보였다. 요시모토 바나나의 인물들이 죽음 직전의 대기실에 있다면, 1960년대생인 아라이 모토코의 캐릭터는 生의 죽음 직전의 대기실에 있다. 아라이의 SF 장편 『티그리스와 유프라테스』(1999)는 인류가 불임이 되어 역사 자체가 저물어 가는 혹성에서 '최후의 아이'가 된 늙은 여자 루나를 해설자로 그렸다. 외톨이인 루나는 유사 언니와 유사 어머니

6 〔옮긴이〕 요시모토 바나나, 『암리타』, 김난주 옮김, 민음사, 2001, 294쪽.

를 냉동 수면에서 깨워 그녀들과 일대일로 주고받는 대화 속에서 혹성의 식민 역사를 추체험한다.

아라이는 역사를 거슬러 오르며 혹성의 예술이나 사회에 '의미'가 있었는지를 거듭 질문하고 그에 대한 부정 끝에 일말의 가능성을 확인한다. 많은 위사가 '시초'에서 시작하는 데 비해 포스트 역사적 작가인 아라이는 늙은 천사 같은 루나의 시점에서, 즉 인류의 생이 '끝'나는 곳에서 가공의 역사를 회상한다. 더구나 끝났을 터인 역사는 두 마리의 '짝'이 된 개똥벌레와 더불어 이야기의 마지막에 재개된다. 『티그리스와 유프라테스』는 철두철미하게 '둘'ᆖ의 소설인데, 이를 90년대 재역사화에 대한 숨은 응답으로 읽을 수도 있다. 아라이는 공동 환상의 '의미'를 재생시키지도, '무의미'를 향해 다시 개방하지도 않으면서, 그것들을 모두 초월하는 대환상에 내기를 걸었다.

4 수필적 소설과 게임적 소설

이처럼 90년대 요시모토 바나나와 아라이 모토코는 탈역사화의 모드를 이어받고 재역사화와는 선을 그으면서 고장난 안드로이드와 늙은 천사의 입장에서 대환상의 재생을 시도했다. 반복하면 둘은 인공화, 임의화하고 있는 역사를 공동 환상으로 메우기를 단념한 것이다.

그런데 역사＝이야기에의 회귀를 단념했을 때 소설은 가끔 수필에 가까워진다(2장에서 다루었듯 이는 후루이 요시키치가 이미 쇼와 말기에 시사한 문제다). 1956년생 호사카 가즈시, 1964년생 호리에 도시유키, 1965년생 이소자키 겐이치로 등의 소설은 이른바 문인적 수필의 양상을 띤다.

예를 들어 호리에의『곰의 포석』(2001) 속 서술자는 강제수용소에서 생환한 스페인 작가 호르헤 셈프룬에 대한 이야기부터 유대인인 옛 친구의 개인사에 이르는 화제를 다루지만, 그것은 '어쩐지'의 의식을 동반한 어렴풋한 맥락에 머무른다. 다만 이 조심스러운 관계는 말미에 이르러 말문이 막힐 정도로 격렬한 충치 통증이라는 수필적 주제로 수렴된다. 호리에는 역사에 대한 대응을 말이 아닌 감각에 맡겼다―이 위임에는 의문의 여지가 남지만 말이다.

1970년대생 노이즈 뮤지션 나카하라 마사야는 호리에와 대조를 이룬다. 특히 문인이 아니라 약물 중독자의 수필이라 할 만한 컬트 소설『마리 & 피피의 학살 송 북』(1998)에서는 때로는 무섭고 때로는 묘하게 교훈적인 일화anecdote들이 텔레비전 채널을 연달아 바꾸듯 맥락 없이 이어진다. 이 작품에서는 호리에의 차분한 소설과 달리 폭력성이 조금도 숨김없이 드러나지만, 이 모든 것이 난센스여서 마치 악몽을 연상시키는 개그 방송처럼 읽을 수 있게끔 짜여 있다.

이러한 수필적 소설은 역사=이야기를 후경화하면서 과민하기도 엉성하기도 한 감각 기관을 세계와의 응접실로 만든다. 이렇게 되면 거시적인 역사는 물론이거니와 미시적인 개인사도 극히 불안정해진다. 이러한 사태는 소설 이상으로 일부 게임에서 선명히 드러났다. 제로 년대 이후 컬트적 인기를 얻은 오타쿠계의 에로틱 노블 게임(오로지 텍스트와 그래픽으로 구성된, 곳곳에 선택지가 끼어 있는 게임)의 시나리오 작가―1970년대생인 마에다 준, 모토나가 마사키, 다나카 로미오, 류키시 제로나나竜騎士07, 나스 기노코, 우로부치 겐―는 그 대표 격이다.[7]

그들이 게임 형식으로 보여 준 것은 국가의 역사는 물론이고 개인사에서도 끊임없이 미끄러지고 헛도는 사태다. 주인 공은 폭력, 섹스, 웃음, 질병도 경험하지만, 그 다시 없을 강렬한 기억＝역사는 리플레이를 선택하는 순간 어이없게도 지워지고 만다. 아무리 떠들썩하고 즐거운 기억이라도 게임인 이상 어차피 반드시 소거될 운명이다. 대부분의 노블 게임은 다 읽는 데 몇 날 며칠은 걸리는 어마어마한 분량의 텍스트를 포함하는데, 그 엄청난 무게는 충격적일 정도의 가벼움과 얽혀 있다. 이 사실을 허무나 공포로 볼지 아니면 순도 높은 리리시즘으로 연결할지에 따라 작품의 방향성은 크게 나뉜다.

앞서 말했듯 요시모토 바나나는 죽음 직전의 대기실에서 고요한 밤의 세계를 그렸는데, 제로 년대 노블 게임 작가는 이 '가벼움'의 미학을 남성의 시점에서 재생했다. 특히 마에다 준이 관여한 미소녀 게임의 대표작―『에어』(2000)나 『클라나드』(2004) 등― 은 옛날이야기 같은 서술도 끼워 넣으면서 기이하고 병약한 천사적 소녀와의 기억을 빛과 바람처럼 투명하고 덧없는 것에 대응시켰다. 그리고 이처럼 지극히 서정적인 게임을 장인적 기술로 영상화한 교토 애니메이션도 빛과 바람의 투명성을 투명한 셀화를 매개로 능숙하게 표현했다 (「보론 1」 참조).

마에다의 텍스트에는 너저분한 물질 세계를 넘어 투명한 하늘로 뛰어오르려는 형이상학적 톤과 더불어 호리 다쓰오의 결핵의 미학을 상기시키는 주저 없는 낭만주의가 있다(덧붙여 미야자키 하야오 감독이 2013년 애니메이션 영화 『바람이 분다』에서 시도한 호리의 결핵 소설과 냉전기 개발자의 이야기

---

7   노블 게임의 특성에 대해서는 아즈마 히로키, 『게임적 리얼리즘의 탄생』이 상세하다.

를 우격다짐으로 연결하는 시도를 한 데는 제로 년대의 리리시즘에 대한 응답의 측면이 있다). 그 순진함을 비판하기는 쉽지만, 개인사의 기억을 잃고 '똑같은 하루'를 반복할 뿐인 '나'의 상징적 빈곤을 더 이상 대문자 역사＝이야기로 메울 수 없다는 것도 분명하다. 90년대에 위압적으로 '국민의 역사'를 말하던 보수계 논자는 개인사에서 미끄러지는 '나'들에 억지로 공공적 이야기를 채워 넣으려 했지만, 그것은 조잡한 미봉책에 지나지 않는다.

이렇게 생각하면 80년대의 포스트 역사적 인식이 90년대 이후의 수필과 게임 속에 살아남았다는 데 주목할 필요가 있다. 수필적 소설이 '나'의 기억의 일관성에 의지하지 않고 감각의 영토를 넓혀 간다면, 게임적 소설은 감각도 기억도 그저 유희이고 언제라도 리셋될 수 있다는 명쾌한 체념을 품고 있다. 그렇다면 국가는 물론 '나'도 자기 역사＝이야기의 연속성을 보전하지 못하고 단편적인 수필이나 반복적인 게임에 다가갈 때, 다른 극단에 있는 '재역사화'의 기획이 정말로 제대로 작동할 수 있겠는가―헤이세이 문학의 역장力場은 이러한 삐걱거림 가운데 발생하게 된다.

5 재역사화의 맥락

지금까지 작가 이름을 목록화하듯이 거칠게 나열했지만, 정리하면 헤이세이 문학에 재역사화와 탈역사화라는 두 가지 방향성이 있었다는 것이다. 이 양자는 동전의 양면이다. 즉 냉전 구조 아래에서 반세기 가깝게 전쟁 책임을 보류하고 마르크스주의 같은 거대한 설명 원리도 잃어버린 상징적 공백 속에서, 그럼에도 대문자 역사에 다시 접속하려면 픽션을 매개로 할 수밖에 없다―이러한 상황이 역사의 의태를 촉진한다. 그런 한편 만일 이미 역사에 접속하는 것이 명백히 불가능하다면, 가까운 타자와의 대환상을 살아 내는 것이 가장 성실한 선택이 된다―이때 역사의 증발이 가속할 것이다.

여기서부터는 전자인 재역사화가 어떤 사회적, 문화적 맥락 아래에서 촉진되었는지를 다시 정리해 두려 한다. 앞서 다룬 집단적 정체성의 위기에 더해 세 가지 요점을 들어 보겠다.

a) 자본주의와 재영토화

우선 경제적 요인에 주목하자. 80년대 이후 마거릿 대처와 레이건 통치기에 신자유주의 도입이 추진되어 국내의 빈부 격차가 한층 늘어나는 한편, 소련 붕괴와 더불어 사회주의가 실추하고 자본의 움직임은 점점 경계가 없어져 자본주의 시장은 지구 표면을 모조리 뒤덮을 정도로 확대했다. 생산 양식과 근로 환경의 변화 또한 일어났다.

20세기에는 제품을 규격화하는 포디즘을 기반으로 대량 생산과 대량 소비라는 산업 사회의 법칙이 확립되었다. 이때 설탕이나 차, 커피, 아편 같은 기존의 기호품을 대신해 많은 부품을 필요로 하는 자동차나 전기 제품이 글로벌한 '상품'을 대표하게 된다. 이들 내구 소비재가 몇 년마다 리뉴얼되어 새로운 구매로 이어짐으로써 경제 성장도 약속되었던 것이다. 공장에서 장기간 훈련된, 질 좋은 '물건'을 만들어 내는 노동자가 휴일에는 소비자로서 경제에 활기를 불어넣는다―이것이 산업 사회의 이상형이었다.

하지만 포스트 산업 사회와 포스트 포디즘 시대에 들어 자동차와 같은 실체적 물건을 대신해 금융과 정보가 경제의 중심이 되었다. 특히 90년대 이후 헤지 펀드의 대두는 자본주의 본래의 투기적 성격을 두드러지게 하고, 1997년 아시아 통화 위기, 2008년 리먼 쇼크 발 금융 위기의 마중물이 되었다.

한편 정보 산업 분야에서는 제로 년대 이후, GAFA[8]와 같은 한 줌의 플랫폼 기업이 전 세계의 소통과 콘텐츠를 전자 정보로서 관리하며 막대한 부를 모으기에 이르렀다. 플랫폼 기업이 제공하는 서비스의 '사용자'는 자동차나 전기 제품을 수동적으로 소비하는 소비자와 달리 기업이 얻는 부의 원천인 정보의 프로슈머(생산 소비자)로 대우받는다. 여기에 산업 사회 소비자와 포스트 산업 사회 이용자 사이의 커다란 차이가 있다. 이 생산 양식의 변화 속에서 노동 환경도 변용되어 많은 노동자들이 임시 일용직을 전전하게 된다. 일본의 경우 2010년대에 들어서면서부터 비정규직 고용자가 전체 고용자 중 무려 30퍼센트대 후반을 계속 점하고 있다.

들뢰즈와 가타리는 1972년 발표한 『안티 오이디푸스』에서 세계 자본주의를 '탈영토화'의 과정, 즉 모든 문화적 코드를 해체하고 사회를 뿌리 없는 풀로 만드는 운동으로 파악했다. 이는 비실체적 금융이나 정보가 상품이 된 현대에 들어 보다 명확해졌다. 여기서 강조해 둘 것은 탈영토화에 대한 반동으로 역사적, 문화적 장을 재구축하려는 '재영토화'의 욕망도 활성화된다는 점이다. "현대 사회는 한편에서 탈영토화려는 것을 다른 편에서 재영토화한다. 이 새-영토성은 종종 인공적이고, 잔여적이며, 의고적이다."[9]

---

8 〔옮긴이〕 Google, Apple, Facebook, Amazon의 첫 글자를 따서 만든 단어다.

9 질 들뢰즈Gilles Deleuze, 펠릭스 가타리Felix Guattari, 『안티 오이티푸스』アンチ・オイディプス, 하권(우노 구니이치宇野邦一, 河出文庫, 2006), 84쪽〔3판, 김재인 옮김, 민음사, 2014, 434쪽〕.

세계화(탈영토화)가 도리어 민족주의나 보수주의를 활성
화시킨 것처럼, 재영토화의 실례는 도처에서 관찰된다. 더구
나 오늘날의 민족주의자가 말하려는 '국민의 역사'란 이제 자
동차나 전기 제품처럼 견고한 생산물이 아니라 위키피디아
와 가짜 뉴스를 짜 맞춘 듯한 기호적 누더기에 점점 더 가까워
지고 있다. 귀속 가능한 영토를 창출하는 것에 비하면 진실은
이미 부차적 문제이기 때문이다.

b) 이야기에 의한 점거

헤이세이 문학의 재역사화도 이 불안한 재영토화 흐름의 일
부라는 것은 분명하다. 그렇기 때문에 그 전술과 맥락을 확인
하는 것이 중요하다.

　주목할 것은 헤이세이 작가들이 삼인칭 객관의 중립적 시
점을 파기하고 오히려 중독, 경련, 착란, 왜곡 등과 관련되는
문제적인 내러티브를 자주 도입했다는 사실이다(1장 참조).
이는 특히 〈일본〉에 뿌리 내린 소설에서 두드러진다. 미즈무
라 미나에의 『본격 소설』을 예외로 하더라도, 다카하시 겐이
치로의 『일본 문학 성쇠사』, 쇼노 요리코의 『금비라』, 후루카
와 히데오의 『성가족』 등에는 무언가에 씌인 듯한 내러티브
가 도입되어 있다. 이는 선형적인 이야기를 분해하고 시간과
공간을 비틀어 〈일본〉 그리고 〈일본어〉 속에 새로운 영토를
구축하려는 시도였다.

　이와 비슷한 일은 이미 영어권 문학에서도 발생했다. 비평
가 에밀리 일라이어스의 요약에 따르면, 19세기 톨스토이의
소설 『전쟁과 평화』 속 역사가 뉴튼 물리학이나 헤겔 철학을
닮은 엄밀한 기계였던 것과 달리, 영국 작가 지넷 윈터슨이
1980년대 말에 그린 역사는 흡사 "아인슈타인 이후의 우주"

처럼 상대론적인 시공간이다. 후자의 역사는 인간으로부터 독립된 기계라기보다는 오히려 인간의 말과 행위에 의해 자유자재로 늘어나는 유체적인 것으로 나타난다.[10]

헤이세이의 역사 회귀에서도 서술자의 망상적인 비전을 광기 속에서 부풀려 공적인 역사를 침식하는 낭만주의적 전략 쪽이 명백하게 우세했다. 재역사화의 동력이 된 것은 톨스토이적 기계가 아닌 역사를 자유자재로 잡아 늘이는 이상한 내러티브다. 이러한 이야기 전략 자체는 헤이세이 이전부터 있었다. 예를 들어 미시마 유키오는 아베 고보와의 1966년 대담에서 다음과 같이 말했다.

20세기 문학에는 언어에 대한 맹신이 있어서, 자신이 고립된다면 언어로 세계를 메우면 되지 않냐는 이상한 관점을 보인다. 그렇게 닥치는 대로 언어로 죄다 칠해 버리면 세계가 자신에게 귀속한다는 노이로제 증상이 생길 것이다. 당신이 좋아하는 헨리 밀러에게서도 이런 느낌을 받는다.

계속해서 미시마는 오에 겐자부로의 소설에서 "무효하기 때문에 말한다는 관념"을 짚으면서 그에 반해 "언어 자체의 유효성"을 회복해야 한다고 주장했다.[11] 하지만 헤이세이 작가의 대개는 미시마적 절제가 아닌 오에적 요설에 따라 재영

---

10 Amy J. Elias, *Sublime Desire: History and Post-1960's Fiction*, Johns Hopkins University Press, 2001, pp. 8~9. 일라이어스는 스티브 에릭슨의 『X의 아치』, 토머스 핀천의 『메이슨과 딕슨』 등을 '메타 역사적 로망스'의 사례로 든다. 21세기 이후에도 폴 오스터나 리처드 파워스가 미국 근현대사를 조작하면서 재검증하는 메타 역사적 대작을 그렸는데, 그 인식과 구조는 헤이세이의 낭만주의적 위사에 비해 훨씬 깊고 오묘하다.

토화로 나아갔다고 할 수 있다.

"세계를 언어로 죄다 칠해 버"리는 유형의 내러티브는 원래 일본 고전 문학의 장기였다. 일본 이야기 문학의 내러티브는 삼인칭과 일인칭의 융합을 특징으로 한다. 효도 히로미가 지적했듯 『헤이케 이야기』나 『태평기』의 이야기는 삼인칭으로 진행되는 장면에서도 클라이맥스에 가까워지면 등장인물의 마음에 빙의해 일인칭적인 주관의 흔들림을 말과 가요를 통해 역동적으로 표현한다.[12] 초점focal point을 어느 정도 자유롭게 조작할 수 있는 만큼 일본의 이야기 문학에서 세계의 깊이나 입체감은 종종 희생되었지만 그만큼 캐릭터에 대한 몰입도는 깊어졌다.

삼인칭과 일인칭, 객관성과 주관성, 메타 수준과 오브젝트 수준을 봉제선 없이 넘나드는 수법은 20세기 일본 문학에도 계승되었다. 다니자키 준이치로의 『슌킨 이야기』(1933)나 아베 고보의 『모래의 여자』(1962)가 그 좋은 예일 것이다. 특히 다니자키는 심리 '묘사'를 생략하고 착 달라붙을 듯한 농밀한 '이야기하기'를 통해 몰윤리적amoral인 성애의 세계를 거침없이 표현하는 대담함을 상연해 보였다. 헤이세이 작가 중에서는 1962년생인 마치다 고가 '묘사하기'를 '이야기하기'로 대체한 대표적 작가이다. 마치다의 대작 『살인의 고백』(2005)에서도 자유자재로 휙휙 변하는 가와치 사투리의 리듬이 몰윤리적 풍토를 떠오르게 한다.[13]

객관적인 '묘사'를 믿지 않고 주관적이며 때로는 윤리에 반

11　미시마 유키오三島由紀夫, 「20세기의 문학」二十世紀の文学, 『원천의 감정』源泉の感情(河出文庫, 2006), 86, 91, 92쪽.

12　효도 히로미兵藤裕己, 『헤이케 이야기를 읽는 법』平家物語の読み方(ちくま学芸文庫, 2011).

하는 '이야기'로 현실을 감싸는 것—이는 문학자에게 확실한 실감을 주는 시민 사회가 헤이세이가 되어서도 완성되지 못한 것을 시사한다. 또한 4장에서 다룬 '나'의 유출되기 쉬움과도 깊이 관련된다. 애초에 독일이나 일본 같은 후발 근대 국가의 '늦게 온 국민'은 종종 사회의 진보에 거북한 감정을 가진다. 독일 사상가인 헬무트 플레스너에 따르면 "[독일의—후쿠시마] 작가들은 사회에서 인정받는 세련된 언어를 구사해 소설을 구성할 수 없었다".[14] 일본에서도 마찬가지로 공공화된 언어 자체가 자명하지 않았다.

일본의 시민 사회는 얄팍하고 그것을 이야기하는 언어도 자칫 유희로 흐르기 쉬웠다. 그럼에도 메이지기의 후타바테이 시메이, 나쓰메 소세키 등은 급조한 언문일치로 복잡한 사상과 감정을 글로 표현했는데, 이 언어의 공공화 프로젝트는 한 번으로 끝나는 것이 아니었다. 특히 1930년대생 작가들은 분명 "사회에서 인정받는 세련된 언어"에 뿌리 깊은 불신을 품고 있었다. 오에 겐자부로가 요설적인 문체를 구사하고, 쓰쓰이 야스타카가 월경적 메타 픽션을 다루고, 후루이 요시키치가 내적 가능성 감각을 그린 것은 공공성을 가장한 일본어

13　일인칭과 삼인칭의 융합을 효과적으로 활용한 작품으로 오노 마사쓰구의 『사자 건너 코』가 있다. 오노는 간접 화법을 구사해 소년의 일인칭 시점과 그를 부모처럼 보살피는 오이타 '해변'의 시점을 혼용시켰다. 오노가 그린 오이타의 한계 촌락은 이미 활력 있는 이야기의 원천이 아니고 반쯤은 유령화되어 있다. 하지만 이 공동체의 흔적을 되짚어 가며 부모의 방치로 상처 입은 소년은 마음을 다잡을 힘을 얻는다. 오노는 그 절름거리며 흔들리는 문체로 소년의 개인사와 토지의 역사를 겹쳐 서술했다.

14　헬무트 플레스너Helmuth Plessner, 『독일 낭만주의와 나치즘』ドイツロマン主義とナチズム(마쓰모토 미치스케松本道介 옮김, 講談社学術文庫, 1995), 20~21쪽.

에 대한 적의의 표현 아니었을까.

이 세대의 시행착오는 헤이세이 문학의 원류 중 하나가 되었다. 한편으로 이야기의 남용을 경계한 미시마 유키오와 같은 비평가가 헤이세이에 없었던 것은 중대한 문제다. 설령 지리멸렬한 누더기라 해도 어쨌든 편집증적 이야기로 세계를 점거해 '문학'을 연기할 수 있다면, 그것은 이미 가짜 뉴스에 의한 재영토화와 다르지 않다. 하지만 이 문제는 일단 보류하고 다음으로 넘어가자.

c) '제2의 현실'로서 역사

여기서 흥미로운 것은 일본 문학의 왕성한 이야기의 힘이 새삼 역사의 영토화로 향했다는 점이다. 이는 『헤이케 이야기』나 『태평기』 같은 군기軍記 이야기뿐만 아니라 근대 자연주의 문학에서도 엿보인다. 자연주의를 선도한 다야마 가타이와 시마자키 도손은 만년에 가까워질수록 역사 소설로 향했다. 동시대 현실을 포착하려 한 작가들이 이윽고 과거의 일본에서 리얼리티를 느끼기 시작한다—이때 역사는 '제2의 현실'로 나타난다.

물론 일본 자연주의 경향은 본가인 프랑스의 자연주의 작가 에밀 졸라의 전략과 크게 차이가 난다. 졸라는 『여인들의 행복 백화점』(1883)에서 동시대 백화점을 철저하게 취재하고 파리의 소비 사회, 특히 쇼핑하는 여성들의 생태를 그려 냈다. 애초에 자연주의 시대는 사회과학이 흥륭한 시기와 겹치며, 미국의 시어도어 드라이저, 영국의 조지 기싱, 프랑스의 졸라 등 자연주의 문인은 진기한 사회 풍속을 보고서처럼 취재해 폭로했다.[15]

졸라의 관점에서 보면 가타이나 도손은 쇼핑에도 도시 문화에도 관심을 두지 않은 매우 보수적인 작가에 지나지 않을 것이다(일본 자연주의가 야나기타 구니오의 민속학과 인접한 것도 이러한 보수성을 뒷받침한다). 이러한 점에서는 자연주의 진영에 속하지 않았지만 아메리카니즘의 침입을 재빨리 포착한 다니자키 준이치로의 도시 소설『치인의 사랑』(1925) 쪽이 오히려 서양의 자연주의와 같은 저널리스틱한 감각을 갖추었던 것은 아닐까.

제1의 현실(시민 사회)를 그 결함까지 포함해서 보고하는 대신 제2의 현실(역사)에 언어를 부여해 죽은 인간과 사회를 소생시키는 것―헤이세이의 재역사화도 이 노선과 이어지는 한에서는 새로운 현상이 아니다. 다만 포스트 냉전기의 근본적 변화는 역사가 더 이상 신념의 근거지가 아닐뿐더러 사람을 초조하게 만드는 위험한 가시가 되었다는 사실이다. 이렇게 생각하면 가벼운 화술이 장기였던 시바 료타로가 역사 수정주의가 한창 대두하던 1996년에 사거한 일이 상징적으로 다가온다. 거드름 피우지 않는 노인장의 좌담처럼 역사를 이야기하고 느긋하게 영토화하는 것은 태평한 일이 되고 있다.

6 해변과 사막의 타임 슬립

지금까지 헤이세이의 '역사와 허구'에 관한 맥락을 대강 가늠해 보았다. 그러면 개별 작가들은 어떻게 역사에 접근했을까? 여기서는 1956년생인 쇼노 요리코와 오쿠이즈미 히카루, 1949년생인 무라카미 하루키의 작품을 예로 들어 보겠다. 쇼

---

15   자세한 것은 레이철 볼비Rachel Bowlby,『조금 보기만 할 뿐』ちょっと見るだけ(다카야마 히로시高山宏 옮김, ありな書房), 1989 참조.

노의『타임 슬립 콤비나트』(1994)의 서술자는 "참치인지 슈퍼 젯타인지 모르겠는 녀석"에게서 전화로 초대를 받아 바다와 도시바 건물이 내다보이는 우미시바우라 역으로 가서 다음과 같은 상상을 한다.

풍경이 블레이드 러너라면 이 전차 내부는 스타 워즈. 어느샌가 더위도 음악도 스위치를 켠 듯 돌아왔다. 맑게 갠 오후, 신시바우라에서 벌써 도시바의 벽이 보인다. 바깥은 블레이드 러너, 안은 스타 워즈, 나는 복제 인간, 어딘가에 매드 맥스도 있을지 모른다. 한 번 망한 뒤의 근미래나 지구에서 한참 먼 별의 광경이란 어딘가 불황의 느낌을 주는 걸지도 모른다는 생각이 들었다.

90년대 일본 문학에서 미국 포스트모던 문학과의 평행성을 발견한 다쓰미 다카유키는 쇼노를 토지와 인간, 유기물과 무기물이 뒤섞인 키메라에 매혹된 '바로크적' 작가라고 평했는데,[16] 이는 위 인용문에서도 엿보인다.『타임 슬립 콤비나트』에서는 SF적 이미지를 두른 '복제 인간' 서술자가 현실의 시공간에서 슬립해, 우미시바우라 역을 작가의 고향인 욧카이치시에 중첩시킨다. '도시바'로 상징되는 산업 사회의 잔상이 데드 테크놀로지적인 폐허 감각 그리고 해변의 흔들리는 빛과 그림자와 더불어 불황에 빠진 일본 사회에 말의 영토를 일궈 나간다―이러한 장치는 경제적 정체 속에서 문자 그대로 '타임 슬립'(역사 회귀)을 시도했던 헤이세이 문학 전반의

---

16   다쓰미 다카유키翼孝之,『일본 변류 문학』日本変流文学(新潮社, 1998), 209쪽.

캐리커처로도 읽을 수 있다. 쇼노는 재역사화의 욕망 근저에 있는 황폐를 적확하게 알아맞힌 것이다.

『타임 슬립 콤비나트』가 "황폐한 산업의 꿈 이후, 그처럼 모든 것이 끝난 **풍경**"에 꿈꾸는 듯한 기분으로 접근한 데 비해, 같은 시기 출간한 『레스틀리스 드림』(1994)에서는 워드 프로세서상의 아바타인 모모키 도비헤비가 '스플래터 시티'라고 명명된 여성 혐오적 세계에서 말의 영토를 탈환하기 위해 치열한 텔레비전 게임 전쟁을 벌인다. 먼지 투성이인 황량한 방에서 워드 프로세서를 조작하는 '나'는 쉽게 부서지지만 몇 번이라도 다시 일어나는 불굴의 복제 인간으로 변신함으로써 성과 말을 둘러싼 안식 없는 전쟁을 수행한다. 이 복제 인간은 신체 감각을 좀먹고("도비헤비는 자꾸 불안해진다. 마음만이 아니라 피부의 안쪽에도 구멍이 나서, 구멍 난 그 안쪽부터 마른 피가 뚝뚝 떨어질 것만 같다. 이대로 몸이 점점 줄어들어서 얼굴도 머리카락도 건어물처럼 되어 버릴지도 모른다"), 거기에서 오는 존재론적 불안이 화면 속 좀비와의 끝없는 사투를 부추긴다.

싸울 수밖에 없다. 이야기의 형식만을 버린들 특별히 자유로워질 것도 아니었다. 추락한 이야기는 꿈의 바닥에서 계속 잠을 자며 머지않아 다시 인간의 공통 의식을 향해 움직이려고 할 것이었다.

나아가 이로부터 10년 후 출간한 『금비라』에서는 서술자 '나'에 금비라가 빙의한다. '나'가 신을 영토화하고 신이 '나'를 영토화한다─이렇게 되면 신화를 점거하는 것과 신화에 점거되는 것, 말을 공중 납치하는 것과 말에 공중 납치되는 것을 구분하기가 어려워진다. 쇼노의 소설에는 장렬한 일인극과도 닮은 아찔한 악순환으로부터 전투적인 '주체'를 쥐어짜 내는 느낌이 있다.

오쿠이즈미 히카루의 소설에서도 말이 자기 언급적으로 번식해 가는 모습이 눈에 띈다. 첫 장편 소설인『갈대와 백합』(1991)에서는 독일 낭만파 미학을 배경으로 반근대적인 코뮌에 경도된 젊은이들이 등장한다. 이 코뮌의 사상은 끝모를 허구의 미궁으로 변하고 마치 '숲'처럼 작품 안에서 영토를 넓혀 간다.

그런 한편 같은 시기에 나온「폭력의 배」(1991)에서는 학생 투쟁의 여운이 남은 70년대 중반의 대학을 배경으로 서술자 '나'의 선배가 좌익 용어로 '테리터리'territory를 구축하려고 한다. 하지만 이는 그가 서투른 얼뜨기임을 증명할 뿐이다. 그의 빗나간 언동은 다른 사람을 곤두서게 만드는 반면, 무슨 까닭인지 주변 현실을 바꾸어 버리기 때문에 서술자는 아무래도 이 돌처럼 고집스러운 말의 영토에서 눈을 뗄 수 없다. 오쿠이즈미의 주인공은 광물에 집착하는데, 애초에 그의 소설 언어가 '돌'과 닮아 간다. 더구나「폭력의 배」는 대화를 조금도 받아들이지 못하는 선배를 그 돌덩이 같은 고집스러움 때문에 유머러스해지는 인물로 그리고 있다.

기술적으로는 한층 세련된 메타 픽션인『손가락 없는 환상곡』(2010)에서도 오쿠이즈미의 모티프는 변하지 않는다. 낭만파를 내재적으로 비평한 슈만에 기대어 이데아적 〈음악〉에 대한 이상을 이야기하던 피아니스트는 곧 현실의 존재가 아니라는 점이 시사된다. 하지만 이 허구의 인격은 원래 물질적인 것이 아닌 음악을 형상화하는 장으로는 안성맞춤이다. 〈음악〉은 허구의 인물이 보는 허구의 꿈으로, 말하자면 이중으로 격납된다. 이 닫힌 프레임 안에서 서술자인 청년은 원래라면 손이 닿지 않을 <음악>에 대해 웅변하기 시작한다. 오쿠이즈미의 메타 픽션은 메타피지컬한 욕망을 감싸는 장치로 기능한다.

이렇게 오쿠이즈미가 만들어 낸 허구의 생태계에서 언어는 낭만파의 '숲'처럼 제한 없이 펼쳐지는데, 이는 다른 각도에서는 소통을 받아들이지 않는 단단한 '돌'처럼 보이기도 한다. 언어를 식물적으로 확산시키는 벡터와 광물적으로 응고시키는 벡터, 혹은 무한성을 요구하는 욕망과 유한성으로 폐쇄하려는 욕망—어느 쪽이든 기존의 공공화된 일본어에 대한 불신을 감추고 있다. 동시에 오쿠이즈미의 뛰어난 점은 '숲'이나 '돌'과 같은 허구의 언어를 전후 사회 상황 안에 이식했다는 데 있다.

1994년 펴낸 『진부한 현상』은 오쿠이즈미의 역량이 유감없이 발휘된 작품이다. 니체 연구자인 대학 강사 기이치고 유이치는 학문이나 철학에 더 이상 아무 정열도 갖고 있지 않다. 그런 한편 가정에서는 아내의 출산을 앞두고 '아빠'라고 불리고 말투도 유아적으로 퇴행하게 된다… 더구나 이 평범한 가정조차 아내의 실종으로 붕괴할 기미를 보이기 시작한다. 『진부한 현상』에서는 모든 가치가 진부하고 평평해지지만 이를 막을 방법이 없다. 자아의 통일성조차 붕괴되는 중에 기이치고는 자신의 분신이 쓴 것으로 보이는 컴퓨터 속 일기에 접속한다.

무엇보다 언제부터 내가 악몽에 빠져들었는지를 알아내야 한다. 일기. 일기가 있다. '아빠' 탄생의 날부터 쓰기 시작한 일기. 태어날 아이에게 줄 기록. 아빠의 일기. 그것이 세계의 왜곡을 바로잡아 줄 것이다. 날짜와 시간 축을 따르는 진정한 역사. 그래, 정말로 정당한 History다. 누군가가 내 역사를 빼앗아 버렸다. 역사를 빼앗는다는 것은 무슨 의미인가? 무엇을 어떻게 빼앗는가? 일체의 사정이 불분명하다. 하지만 아무래도 그렇게 생각할 수밖에 없다.

하지만 기이치고로부터 "진정한 역사"를 빼앗은 것은 결국 자기 '그림자'의 힘이다. 이는 자기 역사를 자신이 빼앗아 뿌리 없는 풀로 만드는 장렬한 일인극이다. 지식의 형해화를 시니컬하게 받아들이고, '아빠'조차 되지 못하며, 결국 자기 역사 자체를 공동으로 만들어 버리는 대학 강사―오쿠이즈미가 이 미덥지 못한 남자를 전후 일본의 캐리커처로 만든 것은 분명한 사실이다. 전후의 꿈결 속에 있던 기이치고의 자아는 걸프 전쟁 뉴스가 흐르는 가운데 동요한다. 불온한 전쟁 이미지에 침식되어 그는 니체의 '차라투스트라'가 말한 '사막'으로 끌려 나간다.

나는 사막이 죽음 자체는 아니라고 생각해. 죽음에 인접해 있기는 하지만. 끊이지 않고 죽음에 노출되는 장소라고 해야 해. 그렇기에 생이 가장 빛나는 장소. 혹은 인간의 말이 가장 필요하게 되는 장소라고 해야 할지도 몰라. 온화하고 비옥한 대지에 감싸여 있으면 말은 그다지 필요하지 않으니까. 이웃을 죽이라는 모세의 무서운 명령만 해도 사막의 가혹한 환경에서야말로 리얼리티를 가질 수 있어. 이웃, 친구, 가족을 죽이라니, 비옥한 땅에서는 제정신으로 할 말이 아니지. 그런데 너는 사막을 마음에 품고 있어?

이 그림자 밟기 놀이 같은 문답에서는 사람들로부터 "제정신"을 앗아 가는 "가혹한 환경"에서야말로 흘립屹立한 언어가 모색되는 것으로 그려진다. 이 구절은 『진부한 현상』을 포함해 오쿠이즈미의 소설이 어떤 풍토에 뿌리내렸는지 잘 보여 준다. 즉 포스트 냉전기의 황폐해진 '사막'이야말로 '숲'이나 '돌'과도 같은 광기 어린 허구의 언어를 낳아 기르는 것이다. 여기에 불모성을 철저하게 하는 것만이 생을 빛나게 한다는 오쿠이즈미 특유의 역설이 있다. 이는 쇼노가 복제 인간이 보는 꿈을 거품 붕괴 후의 일본과 겹쳐 보았던 것과도 부합한다.

7 완벽하게 충족된 인생의 견디기 어려움

이처럼 쇼노 요리코는 SF에, 오쿠이즈미는 미스터리에 때때로 접근하면서 허구적인 자문자답을 심화했다. 그들은 마찬가지로 '진정한 역사'를 미끄러뜨리고 때로는 지워 버리는 해변과 사막 안에서 복제물인 '나'를 서술자로 삼아 말의 영토를 수립하고자 했다.

물론 가짜 '나'라는 발상은 1980년대 이래 흔해 빠진 것이고 실제로 두 작품은 우선 시마다 마사히코의 『나는 모조 인간』(1986)과 관련된다. 하지만 시마다의 악동적 모조 인간이 미시마 유키오를 조롱하면서 기호적인 덧댐과 패러디로 자기를 조형하는 것과 달리 90년대의 『레스틀리스 드림』이나 『진부한 현상』의 주인공에게는 이미 그런 시니컬한 여유가 없다. 이들 작품에서 적의 모습은 좀체 알 수 없지만, 어쨌든 치열한 전투 상태에 있다는 것만큼은 확실하다. 주인공이 조금이라도 긴장을 늦추면 순식간에 적의 먹이가 되어 버릴 것이다.

방향 상실과 정체성 혼란으로 말미암아 역사의 재영토화

를 향해 편집증적으로 내몰리는 것—이것이 자본주의하에서 일어나는 탈영토화의 반작용이라는 점은 이미 지적했다. 이 반작용이 본격화되던 시기에 쇼노와 오쿠이즈미가 그린 것은 잔뜩 곤두선 전투 상태 안에서 키보드로 자기 영토를 만들어 냈다가는 말소하는 악순환적 가상 전쟁이다. 이 객관성을 능가하는 적대성이라는 모티프는 걸프 전쟁과 버블 붕괴를 거친 90년대 문학을 특징짓는 요소다(2장 참조).

이러한 문맥에 입각하면 과연 1994년에 1부가 간행된 무라카미 하루키의 대작 『태엽 감는 새 연대기』에 다가가기도 쉬워진다. 이 작품에는 『암리타』에서 본 정체성의 상실과 빈번히 주고받는 편지와 『타임 슬립 콤비나트』에서 본 신비로운 상대의 전화를 통한 유혹이, 『레스틀리스 드림』에서 본 롤플레잉 게임과 같은 전투와 『진부한 현상』에서 본 허구의 미궁에 대한 몰입과 부부 간의 갈등이, 나아가서는 무라카미 류의 『오 분 후의 세계』에서 본 전쟁하에서의 갑작스러운 타임 슬립이 있다. 무라카미 하루키는 집필 기간 동안 미국에 체재했다지만 『태엽 감는 새 연대기』는 오히려 1994년의 일본 문학을 종합한 듯하다.

1990년대 전반 냉전이 끝나고 불황이 시작됨과 동시에 무라카미가 큰 전기를 맞은 것은 분명하다. 이를 『태엽 감는 새 연대기』의 자매작으로 불리는 1992년 장편 소설 『국경의 남쪽, 태양의 서쪽』에서 엿볼 수 있다. 주인공은 '건설업자'인 장인의 도움을 받아 재즈 바를 번창시키고 흠잡을 데 없이 가정을 꾸려 나가고 있지만, 그 전부가 정교하게 만들어진 '인공 정원'이라고 느낀다.

난 지금의 일을 좋아해. 지금 두 개의 가게를 갖고 있지. 하지만 가끔씩 그것들이 내가 머릿속에서 만들어 낸 가공의 장소에 지나지 않는 것 같을 때도 있어. 그러니까 공중 정원 같은 거지. 나는 거기 꽃을 심거나 분수를 만들기도 해. 아주 정교하고 아주 실감 나게 만들고 있지. 거기에 사람들이 와서 술을 마시고 음악을 듣고 이야기를 나누고는 돌아가. 어떻게 매일 밤마다 그렇게 많은 사람이 비싼 돈을 내고 굳이 여기에 술을 마시러 오는 거라고 생각해? 그건 누구나가 어느 정도는 가공의 장소를 찾고 있기 때문이야. 정교하게 만들어진, 공중에 떠 있는 것처럼 보이는 인공 정원을 보기 위해, 그 풍경 안에 자기도 숨어들기 위해 그들은 여기에 오는 거야.[17]

여기서 무라카미에게 '허구'의 위치란 어떠한 것인지가 혼잣말을 통해 드러난다. 이 주인공은 완벽하게 충족된 일과 가정을 손에 넣은 바로 그 순간, 자기가 가짜 인생을 걸고 있음을 자각한다. 무라카미의 주인공은 불완전함을 느끼고 그것을 허구로 메우려는 것이 아니다. 반대로 완벽하게 충족되어 아무 불만도 없는 생활 자체가 자신의 허구성을 강력히 주장한다. 무언가 중요한 것을 잃어버린 채, 버블 경제에 순응한 건설업자의 더러운 자금을 밑천 삼은 인생의 이야기만 말끔해지고 미화되어 간다—『국경의 남쪽, 태양의 서쪽』의 주인공은 그것을 견디기 힘들어 한다.

무라카미는 80년대 초에 나온 『1973년의 핀볼』에서 이미역사를 몇 번이고 다시 플레이할 수 있는 게임으로서 포착했다. 그 시니컬한 비전은 1985년 『세계의 끝과 하드보일드 원

17　〔옮긴이〕 무라카미 하루키, 『국경의 남쪽, 태양의 서쪽』, 임홍빈 옮김, 문학사상사, 2022, 156~157쪽.

더랜드』에서 결정화되었다. 온갖 행동이 멸종된 고요한 "세계의 끝"은, 실로 더없이 "정교"하게 설계된 "인공 정원'을 연상케 한다. 주인공은 이 허구의 세계에 대한 '의무'와 '책임'을 말하며 거기에 머무르는 것을 선택한다. 이로부터 '행동'을 호소하며 죽은 미시마 유키오에 대한 역설적인 응답을 읽어 낼 수도 있다.

하지만 버블 붕괴를 전후로 발표된『국경의 남쪽, 태양의 서쪽』이후 무라카미의 소설에서 이러한 포스트 역사적 게임은 오히려 탈출해야 할 것으로 나타난다. 그렇다고 무라카미가 역사를 향해 직선적으로 회귀하는 것도 아니다. 80년대에 누구보다도 명쾌하게 '역사의 종언'을 이야기하던 작가가 그 인식을 유지한 채 역사를 향해 끌려 들어간다―『태엽 감는 새 연대기』에는 이 복잡하게 얽힌 상황이 반영되어 있다.

8 공동 환상의 경련, 대환상의 혼선

무라카미 하루키는 1994년에 펴낸 에세이『이윽고 슬픈 외국어』에서 스티븐 킹의 주제를 "언뜻 보면 평화롭고 견고하며 평범한 장소 바로 아래에 도사리고 있는 공포"[18]로 읽어 내는데, 이는 그대로『태엽 감는 새 연대기』의 압축적인 해설이 되기도 한다. 흥미로운 것은 이 '발밑의 공포'가 두 계열로 나뉘어 전개된다는 점이다.

첫 번째는 2차 세계대전의 기억과 관련된 거시 역사다. 냉전 동안 쭉 뚜껑이 닫혀 있던 전시하 아시아에서의 폭력의 기

18　〔옮긴이〕무라카미 하루키,『이윽고 슬픈 외국어』, 김진욱 옮김, 문학사상사, 2013, 102쪽.

억—노몬한 사건,[19] 동물 살육, 일본군의 중국인 포로 참살—
이 무라카미의 특기인 '들은 것을 쓰기' 형식으로, 실업 중인
서술자 '나'(오카다 도오루라는 본명과 '태엽 감는 새'라는 닉네
임을 가진)를 통해 수집된다. 이 사건들의 연결은 꽤나 갑작스
러운 인상을 주는데, 폭력의 충격을 통해 공동 환상 즉 집합적
기억을 경련시켜 일반적으로는 불가능한 접속을 만들어 내
는 것이 무라카미의 고민이었던 것으로 보인다.

두 번째는 아내인 구미코의 실종과 관련한 미시 역사다.
『태엽 감는 새 연대기』에서는 아이 없는 부부 간의 위기가 주
요 주제가 된다. 기르던 고양이의 실종 사건에서 시작한『태
엽 감는 새 연대기』는 아이의 부재를 거짓 초점으로 삼는데,
이것이 아내 실종 사건의 마중물이 된다(『무라카미, 가와이 하
야오를 만나러 가다』속 무라카미의 발언에 따르면 이는 나쓰메
소세키『문』의 영향이다). 아내의 부재 속에서 여러 섹슈얼한
여자들이 등장해 '나'에게 수수께끼를 남기고, 이들은 미궁처
럼 뒤얽혀 쉽게 풀리지 않는다. 대환상(남녀 관계)은 완전히
혼선을 일으켜 아내에게 가까워지는 것과 멀어지는 것을 분
간하기조차 어려워진다. 이 혼란 속에서 오카다는 아내의 개
인사에 무지했음을 통감한다.

한편 구미코 입장에서『태엽 감는 새 연대기』는 <오빠>나
<남편>이냐라는 두 대환상 사이에서 여성이 분열되는 이야
기다. <오빠>인 정치가 와타야 노보루는 공허한 악으로 표상

19 〔옮긴이〕1939년 일어난 일본군과 몽골·소련군 간의 대규모 무
력 충돌 사건을 말한다. 몽골과 만주국의 국경 지대인 할하강 유역에
서 국경 분쟁으로 시작된 전투로 '할힌골 전투'라고도 불린다. 일본군
은 이 전투에서 참패해 할하강을 경계로 만주국과 몽골의 국경선이
확정되었다.

된다. <남편>은 와타야에게 강한 증오를 불태우면서 우물 벽을 빠져나와 가까스로 암흑 속에 있는 아내인 듯한 인물 곁에 당도한다. 최종적으로 구미코는 <남편>의 부름에 의해 <오빠>의 폭력의 권역에서 벗어난 것이 암시되지만, 집으로 돌아오지는 않는다.

이 기묘한 삼각 관계에서는 부부임과 남매임이 교차한다. 부부와 불륜이라는 지극히 현대적인 모티프를 취했음에도 『태엽 감는 새 연대기』 곳곳에는 고대적인 입사식이 인상 깊게 삽입되어 있다. 특히 '나'가 우물 벽을 빠져나온 후의 이야기는 아내이자 누이인 이자나미를 황천에서 찾아다닌 이자나기 설화를 떠오르게 한다. 구미코를 중심으로 근대의 대환상과 고대의 대환상이 중첩되기 시작한다. 이자 관계가 거듭 겹쳐 쓰이는 가운데, 아내에게 접속해 그녀를 구출하는 것이 윤리적 문제로 조형되어 간다.

공동 환상의 경련과 대환상의 혼선―이 두 개의 위기가 '나'의 정체성을 동요시킨다. 『태엽 감는 새 연대기』에는 '나'를 청자로 해 놀라운 정도로 다양한 보고가 이루어지는데, 이는 뒤집어 말하면 이야기 전달 게임을 매개로 하지 않으면 '나'가 역사를 만날 수 없음을 의미한다. 이 철저한 간접성과 수동성 탓에 『태엽 감는 새 연대기』의 등장인물들은 사물의 세계라기보다는 기호의 세계에 있는 듯이 느껴진다. 그것이 미디어에 포위된 현대 생활에 대한 충실한 미메시스임은 분명하다.

원래부터 무라카미는 일인칭적 '이야기하기'로 힘차게 문학의 영토를 구축하는 것도, 삼인칭적 '묘사'로 세계를 객관적으로 재현하는 것도 아닌, 누군가의 이야기를 '나'가 듣는 이인칭적 스타일을 애용해 왔다. 이 수법은 『태엽 감는 새 연대기』에서 한층 강조되어 이어지고 있다. '나'에게는 이야깃거리도,

역사를 자발적으로 재영토화하는 힘도 없다. 그 대신 오히려 신비로운 여자나 일본군 병사가 '나'를 이상할 정도로 장대한 이야기로써 점거해 간다. 많은 헤이세이 작가가 약동하는 이야기하기나 성적인 페티시즘으로 세계를 주관화했던 것과 비교하면, 무라카미의 '나'가 가진 수동성(이인칭 성격)은 한층 두드러진다. '나'는 이야기를 번식시키는 환경인 것이다.

이 수동성 탓에 '나'는 인식의 으슥한 곳으로 유인당하고, 그곳에서 생각지도 못했던 충격적인 역사와 맞닥뜨린다. 이 점에서『태엽 감는 새 연대기』에는 서양 소설의 원류인 호메로스의『오디세이아』를 반전시킨 데가 있다. 오디세우스는 아내인 페넬로페 곁으로 돌아오는 긴 귀향의 모험에서 세이렌이나 여신에게 거듭 유혹을 받지만, 그때마다 자기 생명을 담보로 신들을 속여 따돌린다. 그야말로 자기를 유지하기 위해 자기를 버리는 모험이라 평할 수 있다.[20]

『태엽 감는 새 연대기』가『오디세이아』의 후예인 것은 분명하다. 왜냐하면 무라카미가 그린 '나'도 자기 버리기를 반복하며, 유린당하는 것과 맞바꿔 새로운 각인이나 아이템(얼굴의 멍, 방망이)을 손에 넣고 아내인 구미코에게 접속하려 하기 때문이다. 이 기호의 거래는 거의 롤플레잉 게임을 떠올리게 한다. 그렇지만 '나'는 잔꾀에 능한 오디세우스와는 반대로 속임을 당할 뿐, 아내의 곁에 도착하지 못한다. 수상한 거래를 거듭할수록 이성이 미치지 않는 고대적 암흑과 혼미가 펼쳐질 뿐이다. 사랑스럽고도 잔혹한 비평가인 가사하라 메이— 오토바이 사고로 친구를 죽게 한 고교생 소녀—의 말은 반쯤

---

20   테오도어 W. 아도르노Theodor W. Adorno, 막스 호르크하이머 Max Horkheimer,『계몽의 변증법』啓蒙の弁証法(도쿠나가 마코토德永恂 옮김, 岩波文庫, 2007), 110쪽〔김유동 옮김, 문학과지성사, 2001, 88쪽〕.

무라카미의 자기 해설처럼 읽힌다.

나는 더럽혀지지 않았다고 생각해. 하지만 구원받은 것도 아니야. 지금은 그 누구도 나를 구원할 수 없어. 있잖아, 태엽 감는 새 씨, 내겐 세계가 몽땅 텅 비어 보여. 내 주위 모든 게 속임수 같아. 속임수가 아닌 건 내 안의 질척질척한 것뿐이야.[21]

기호의 세계 안에서 현대판『오디세이아』로서 전쟁의 역사에 참여하기를 기도했다 한들, "모든 게 속임수"인 이상 일인극에 그칠 따름이다. 이야기의 환경인 '나'는 우물에 잠입해 그로부터 분만＝배달deliver되듯이 조금씩 아내에게 다가붙지만 몇 번을 다시 도전해도 공백감이나 상실감을 떨칠 수 없다. 하지만 이 헛수고에 가까운 반복이『태엽 감는 새 연대기』에 현실과 역사를 회의하지 않는 리얼리즘 소설로는 흉내 낼 수 없는 끈끈한 실질을 부여한다.

9 소설적 접속

『태엽 감는 새 연대기』는 1984년이라는 구체적 날짜를 수반함에도 전체적으로 우화적 분위기가 짙은 점이 기묘하다. 3부부터는 연도 표기도 사라진다―땅 투기 이야기가 자꾸 나온다는 데서 버블 시대 세태를 느낄 수는 있지만 말이다. 나중에 나온『1Q84』(2009~2010)가 1984년 도쿄라는 시공간을 재현하면서 이를 평행 세계로 미끄러뜨린 것과 비교해도『태엽

---

21 〔옮긴이〕무라카미 하루키,『태엽 감는 새 연대기』, 2권, 김난주 옮김, 민음사, 2018, 338쪽.

감는 새 연대기』의 시공간은 한층 추상도가 높다.

또한 흥미롭게도 작품에서는 폭력적인 사건이 초래하는 '무감각'이 반복해서 이야기된다. 노몬한 사건을 거쳐 소련군에 의해 우물에 갇힌 마미야 중위와 그 반복을 겪은 '나'는 더불어 삶의 무언가를 느끼는 힘을 잃고 공허함을 느끼게 된다. 더구나 성매매로 몸을 파는 가노 크레타도 바닥 없는 무감각에 빠져 있다. 이 감각 상실의 모티프는 이미『1973년의 핀볼』에서 확인되는데 90년대 작품인『태엽 감는 새 연대기』에서는 보다 심각하게 그려진다.

이처럼 역사를 포착하기 위한 지식과 감각이 더불어 쓸모없어지는 한편, '나'는 역사의 공격성만은 이상할 정도로 잘 감지한다. 와타야 노보루는 바로 역사가 가진 객관성 없는 적대성을 상징하는 인물로 이야기된다.

> 그〔와타야─후쿠시마〕가 끌어내는 것은 폭력과 피에 의해 숙명적으로 얼룩져 있다. 그리고 그것은 역사의 안쪽 가장 깊은 암흑에까지 곧장 연결되어 있다. 그것은 결과적으로 많은 사람을 해하고 사라지게 할 것이다.[22]

이렇게『태엽 감는 새 연대기』의 역사는 그저 객관적인 사실의 총화가 아니라 그것과는 다른 차원의 부당한 폭력으로 드러난다. 그리고 이 폭력에 대한 '나'의 나이브하기까지 한 민감함은 역사에 대한 접속을 두렵고 복잡하며 뒤얽힌 것으로 만든다.

지식도 감각도 확실한 근거지가 되지 않을 때, 전쟁의 역사

---

22   〔옮긴이〕같은 책, 3권, 521쪽.

나 아내의 역사에 접속하기 위해서는 번거로운 우회를 거듭할 수밖에 없다. 더구나 이 통로가 정체불명의 "폭력과 피"로 오염되어 있다면 전망은 더욱더 나빠진다. 하지만 애초에 전쟁의 역사라는 것은 그렇게 간단하게 재영토화될 수 있는 것이 아니다. 나는 앞서 "애도 행위는 타자=죽은 자를 먹을 수 없다는 것을 알면서 먹는다는 역설을 품지 않으면 안 된다"고 썼다. 『태엽 감는 새 연대기』는 우회에 우회를 거듭하며 이 역설에 도전한 소설이라고 해석할 수 있다.

원래 불완전한 재료로 대상을 구성하는 것이 소설의 숙명이다. 즉 구석구석까지 주의 깊게 만들어 낸 개념으로 세계에 다가갈 수는 없다―아니, 그러한 개념의 완전성이란 늘 허위에 불과하고 오히려 언어의 애매함이나 불확정성과 공존하지 않으면 안 된다는 인식을 가지는 데 소설의 재미가 있다. 우리가 지닌 인식의 도구는 미덥지 못하고 으레 오류가 따르기 마련이지만, 도리어 그러한 불완전성 덕에 인간은 세계와 언어를 거듭 절충하려는 의지를 얻는다. 소설이란 세계와의 근원적 부적합에서 만들어진 교섭의 기술인 것이다.

소설은 세계 자체, 그리고 역사 자체와 아무리 시간이 걸려도 합치될 수 없다. 이 단순한 원칙에 직면한 『태엽 감는 새 연대기』는 쳇바퀴 같은 악순환에 빠져든다. 이 작품에서 거시 역사에 대한 접속과 미시 역사에 대한 접속 모두 불완전하며, 미스터리한 배달인들이 운반하는 이야기도 결국 역사에 대한 접속 경로를 한층 복잡하게 만들 뿐이다. 공동 환상도 대환상도 확실한 토대를 가지지 못하고 불확정성의 바다로 방출된다―이것이 무라카미에게 공포를 안기는 '무감각'의 원천이기도 하다. 이를 뿌리치듯 이것도 아니고 저것도 아니라며 이야기들을 뒤로 물리고, 동시에 그 이야기들에 병탄되기도

하면서 역사에 힘겹게 다가붙으려는 노력이『태엽 감는 새 연대기』를 특징짓는다.

이러한 노력에는 1994년 전후의 시대 상황도 작용했을 것이다. 1995년 이후 언론계에서는 한신·아와지 대지진, 옴 사건, 소년 범죄, 역사 수정주의가 화제의 중심이 되어 간다. 하지만 1994년 작품군은 바로 그 직전 단계, 즉 세계가 변하고 있는데 그것이 구체적으로 어떤 것인지는 알 수 없는 상황 아래에서 '타임 슬립'을 시도했다. 그 때문에 이 시기의 작가들은 갈피를 잡기 힘든 문제에 대해 모종의 문학적 시공간―쇼노 요리코의 해변, 오쿠이즈미의 사막, 무라카미 하루키의 우물―을 부여하고자 했고, 그 결과 기묘한 소설의 산맥이 형성되었다. 그들이 그린 당혹감이나 폭력에는 명확한 객관적 상관물이 없기 때문에 소설도 자문자답이나 일인극에 가까운데, 이는 '역사의 종언' 후 역사를 재개하려던 일본 문학에 필요한 성찰과 사색의 과정이었다고 생각한다.

접속의 불완전성을 알면서도 접속을 되풀이하는 이 소설적 접근을 파고들다 보면 작품은 혼란스러운 실패작처럼 보일 것이다. 하지만 가령 그렇다고 해도『태엽 감는 새 연대기』는 가치 있는 실패작이다. 우리는 과거에 언어와 이미지로 접근할 수밖에 없고, 이때 불완전한 인식과 소재를 사용할 수밖에 없다. 이 조건은 헤이세이가 끝나도 전혀 변하지 않는다. 그런 점에서『태엽 감는 새 연대기』의 미궁에는 소설의 보편적 문제가 응축되어 있다.

1 나선형 상상력

이상 여섯 문제에 대한 검토를 거쳐 헤이세이 문학을 아이콘적인 도형으로 집약한다면 어떤 형태가 될까? 그것은 '나선'이나 '소용돌이' 형상에 가까울 것이다. 헤이세이 소설군이 대체로 아래와 같은 특징을 가지고 있기 때문이다.

1) 세계의 전체를 조망하지 못하는 상태에 머물며 일인칭 서술자가 그 세계에 몰입해 악순환 루프에 빠져든다. 그는 자신의 것이 아닌 이야기, 자기 정체성과 결코 일치하지 않는 가짜 이야기를 살아갈 수밖에 없다(『쓰쿠모주쿠』, 『수몰 피아노』).

2) 재마술화된 세계에 '신'이 나타나기는 하지만, 신은 등장 순서를 틀린 것처럼 기묘하고 뒤죽박죽인 모습을 보여서 그것이 유머러스한 분위기를 만들어 낸다(『신』).

3) 서술자는 내향적인 운동으로 이끌린다. 거시 역사에 접속한 경우에도 곧 큰 소용돌이가 안쪽을 향하듯, 그 관심은 미시적인 부부 관계(대환상)로 수렴한다(『태엽 감는 새 연대기』).

4) 서술자의 내향은 종종 성적인 페티시즘을 일깨우지만, 그것이 신체와 언어를 더불어 결사적인 상태로 변환시킨다.

이 서바이벌로서의 '번역'에서 신성과 유사한 것이 부상한다 (「고트하르트 철도」, 『성녀 전설』).

5) '나'는 바깥 세계를 통과시키는 '막'에 싸여 있는 한편, 자신을 닮은 분신과 이유 없이 적대한다. 이 적대성은 '어머니'와의 사이에서 발생하는 경우도 있다(「뱀을 밟다」, 『어머니의 유산』).

6) 세계가 테러리즘이나 원자력 발전 사고 같은 마이너스적인 것의 축제에 침식되고, 경련과 폭소가 이에 대응된다. 이 축제 안에는 폭력과 망상의 연쇄를 내재적으로 멈출 방법이 없다(『사랑하는 원자력 발전』, 『퀀텀 패밀리즈』).

7) '정보의 소용돌이' 안에서 메타적 자기 언급을 되풀이할수록 세계도, 자기도, 언어도 한층 불투명해져서 자가 중독적인 교착 상태가 두드러진다. 이는 휴식 없는 가혹한 전쟁 상태에 가까워진다(『진부한 현상』, 『레스틀리스 드림』, 『인디비주얼 프로젝션』).

8) 불가사의한 범죄가 일어나는 불온한 시공간 속에 입법자로서의 소년이 도입된다. 이는 소용돌이에 대한 몰입이 아니라 오히려 질서의 붕괴 안에서 주체의 자유를 획득하려는 '제2의 근대 문학'적 시도이다(『희망의 나라로 엑소더스』, 『해변의 카프카』).

나선 혹은 소용돌이 안의 인간은 세계와의 불일치, 자기와의 불일치라는 숙명을 지닌다. 그들은 이 세계, 이 나의 잔상을 지연시키며 한순간에 전과는 다른 세계, 다른 나로 강제적으로 휩쓸려 간다. 이 나선형 게임은 주인공의 의사와 관계없이 시작되며, 개시 전으로 돌아가는 것이 불가능하다. 즉 게임이 없었던 상태로 거슬러 올라가는 것은 허용되지 않는다. 하지만 헤이세이 문학은 이 출구 없는 악순환을 견디며 살아가야 한다는 명령을 어쩔 수 없이 짊어진 듯하다. 여기에 종종 성적인 페티시즘이 도입된 것을 간과할 수 없다. 페티시즘은 만취 와중에 '나'의 동일성을 유지하기 위한 생명선이 되었기 때문이다.

헤이세이 소설가들에게 실재적인 것은 결과가 아니라 과정이었다. 그들은 공모한 것이 아님에도 하나같이 나선형 상상력 안에서 자기와 언어와 세계를 다시 그리고자 했다. 나선은 바깥 세계의 다양한 현상(재해, 테러리즘, 인터넷, 국가 등)을 끌어들이는 것은 가능하지만, 그들과 인간을 딱 맞게 일치시키지는 않는다. 만취와 현기증을 수반한 과정 속에 있는 주인공은 바깥 세계의 현실을 고정하지 못한 상태로 오래도록 악전고투를 강요당할 것이다. 악순환에서 탈출했다고 생각한 순간, 뒤잇는 문제의 소용돌이에 말려든다―이러한 병이 헤이세이 문학뿐만 아니라 헤이세이의 시대 정신을 특징지은 것은 아닐까.

2 감염과 경색

사회나 문화를 설명하는 데 병리적 비유를 사용하는 것은 드문 일이 아니다. 하지만 병에도 시대성이 있다. 한국에서 태어난 독일의 사상가 한병철은 병의 유형을 크게 '감염'infection과 '경색'infarction으로 나누고 세계화와 신자유주의 아래에서는 후자가 우세해진다고 주장했다. 예를 들어 우울, ADHD(주의력 결핍 과잉 행동 장애), BPD(경계성 인격 장애), 번아웃 증후군 등은 한병철에 따르면 대체로 정신적인 '경색'에 관련된다. 감염증과 달리 이것들은 면역학적 패러다임으로 이해

할 수 없다.[1]

헤이세이라는 시대를 상징하는 것도 감염성 역병보다는 마음의 경색(폐색)에 관한 병이고, 이는 헤이세이 후기 문학에도 분명하게 반영되어 있다. 90년대에 『바이러스 전쟁』을 쓴 무라카미 류가 2010년대에 내향적인 『미싱』으로 나아간 것, 혹은 자폐적인 '편의점 인간'이 2010년대 일본 문학을 대표하는 인격이 된 것을 상기하자. 세계화와 인터넷은 정보의 폭발적 확산을 가능하게 했으나, 헤이세이 문학은 이러한 감염 모델을 곁눈질하면서도 오히려 마음의 경색 모델로 향했다. 첫머리에서 쓴 것처럼 '확산과 수축'이라는 양극단의 벡터가 헤이세이라는 시대에 각인되어 있는 것이다.

하지만 반복하건대 이 폐색된 자기는 나선에 휘말린 것이지 그저 정지해 있던 것이 아니다. 오에 겐자부로 이후의 이야기 작가든, 후루이 요시키치 이후의 수필적 작가든, 쓰쓰이 야스타카 이후의 메타픽션 작가든 헤이세이 소설가 대개는 주관적인 작품을 썼는데, 이 주관은 무언가에 공중 납치당하기 쉬운 상태에 놓인다. 그들은 근대 문학의 표준형이 된 『고백』의 루소처럼 자신의 원본성에 대해 절대적인 확신을 갖지 못하고, 또 그렇다고 인용이나 샘플링 같은 포스트모던한 유희로 자기를 가볍게 지워 내지도 못 했다. 신용할 가치가 없는 '나'라는 성가신 가시는 헤이세이 문학에 깊숙이 박혀 있었다.

이 점에서 핵심적인 텍스트 중 하나가 무라카미 하루키가 한신·아와지 대지진 5년 후에 펴낸 단편집 『신의 아이들은

---

1   Byung-Chul Han, *The Burnout Society*, tr. Erik Butler, Stanford University Press, 2015, 1쪽(『피로 사회』, 김태환 옮김, 문학과지성사, 2012, 11~12쪽). 한병철이 말하는 '경색'은 어디까지나 비유이고 엄밀한 의학적 용법과는 다르다.

모두 춤춘다』(2000)이다. 무라카미는 이 작품집에서 대지진을 배경 삼아 이야기의 대리와 상실을 둘러싼 여섯 개의 에피소드를 이어 나갔다. 예를 들어 제일 앞에 실린 단편「UFO가 쿠시로에 내리다」의 주인공은 대리인으로서 다른 사람의 의뢰에 응하다가 자기 이야기를 남김없이 잃었음을 알아차리게 된다. 누군가의 이야기에 파고들거나 그것을 대신 떠맡는 것은 그대로 '나'의 폐색감과 공허를 조명한다. 하지만 이야기의 대리와 변환을 되풀이하는 중에 공허하기만 했던 '나'가 어느덧 이야기가 울려 퍼지는 그릇으로 변신하는 것이다.

무라카미 하루키에게는 원래 교환이나 남을 대신하는 것에 대한 집착이 있었다. 타자의 이야기를 그 타자를 대신해 멋지게 연주해 소설로 만든다는 태도는 그의 작품을 특징짓는다. 뛰어난 번역가이기도 한 무라카미는 작곡가보다는 연주가처럼 구는 것을 즐긴다(조니 워커를 악인으로 등장시킨 『해변의 카프카』가 보여 주듯 그의 이야기는 태생적으로 하나밖에 없는 주문 생산품이 아니라 레디메이드한 양산품이다). 뒤집어 말하면 무라카미의 소설 속에서는 이야기의 소유권이 쉽게 변동하고 '나'의 이야기가 공중 납치되기 쉽다는 의미기도 하다. 하지만 『신의 아이들은 모두 춤춘다』는 오히려 그 위태로움을 복음으로 바꾸는 길을 보여 주려 한다.

무라카미는 진짜 이야기를 살아가는 진짜 '나'가 어딘가에 있다는 안이한 전망을 이야기하지 않는다. 오히려 나를 '대신' 하게 된 이야기가 나 이상으로 고혹적인 것이 될 수 있다는 점이 무라카미 소설의—나아가 헤이세이 문학이 공유하는—전제다. 허무를 껴안은 '나'가 나선 운동 앞의(혹은 뒤의) 미래나 과거를 살아가는 '다른 나'의 잔상을 지우는 것은 불가능하지만, 그것이 전적으로 부정적인 상황은 아니다. 『신의 아이들은 모두 춤춘다』는 교환이나 대신하기의 반복에 희망의 빛이 있음을 암시하기 때문이다.

3 헤이세이 데모크라시기의 문학

이처럼 무라카미를 시작으로 헤이세이 소설가들은 종종 악순환의 과정을 살아 냄으로써 작품을 자율화하려 했다. 이러한 상상력은 '쓰기'의 환경이 격변했다는 사실을 배경으로 한다. 헤이세이 시기의 인터넷은 '쓰기'에서 신성성이나 중후함을 빼앗고 그것을 전에 없던 규모로 민주화했다. 텍스트를 쓰고 발표하는 일이 헤이세이 30년을 거치며 하등 특별한 일이 아니게 되었다. 이와 같은 '헤이세이 데모크라시'의 심화 속에서 소설가들은 엘리트로서 사회를 이끄는 대신 나선형 미궁에 틀어박힘으로써 문학의 자율성과 고유성을 지키려 했다.

이 '민주와 나선' 패러다임도 역사적 반복 속에 있다. 이 책에서 누차 말한 것처럼 다이쇼와 헤이세이에는 평행성이 있다. 다이쇼에는 민주화 운동과 유토피아 문학, 그리고 대지진이 있었고 국제주의가 주창되었다. 헤이세이에도 인터넷에 의한 민주화가 있었고 디스토피아가 유행했으며 두 번의 대지진이 있었고 세계화가 주창되었다. 길게 낀 쇼와를 전후한 두 개의 시대가 그야말로 나선을 그리듯 교차했다.[2]

---

2   물론 다이쇼와 헤이세이의 차이도 중요하다. 정치적 수준에서 두 가지 점만 들어 보겠다. 하나는 헤이세이 데모크라시가 그 부산물인 포퓰리즘에 시달릴 정도로 심화한 것이다. 또 하나는 헤이세이 천황이 천황 자체를 '전후 민주주의의 작품'으로서 상징적으로 변조하기 위해 건강한 천황 일가의 표상을 끊임없이 미디어상에서 복제한 것이다. 이는 다이쇼 천황의 표상이 지극히 빈약했던 것과 대조적이다.

만일 다이쇼와 헤이세이가 대응한다면 레이와에는 '쇼와적인 것'이 다시 찾아올 것인가? 실제로 레이와 초기에는 마침 쇼와 초기와 마찬가지로 자유 무역에 의거하는 글로벌리즘(국제주의) 혹은 자유주의의 한계가 거론되는 한편, 기후 변동이나 차별을 둘러싼 정치적 투쟁이 펼쳐지고, 문화와 정치가 알기 쉽게 연동되었다. 앞으로 다양한 토픽을 횡단하는 양상으로 '정치의 계절'이 전 세계에서 대대적으로 재개될지도 모른다. 이 가속도가 증가한 세계에서 헤이세이 문학의 수법과 발상법은 삽시간에 풍화할지도 모른다.

그렇다고 해도 헤이세이 문학의 문제군이 사라지는 것은 아니다. 왜냐하면 우리는 이미 선형적으로 진행하는 명쾌한 세계에 살고 있지 않기 때문이다. 1960년대 정치의 계절이 끝난 후, 후루이 요시키치는 정치적인 축제란 백일몽과 같은 것임을 이미 초기 단편 「불면의 축제」를 통해 훌륭하게 드러내 보였다.

축제는 마지막에는 반드시 사람을 속인다. 더구나 속이 빤히 들여다보이게 속이는 것이다. 사람은 너무나 노골적인 유혹에 도리어 이끌려 곤혹스러워하면서도 시니컬한 자세로 모여든다. 하지만 어떤 축제에도 이를테면 큰북을 격렬하게 두들기는 순간이 있어서, 그때 사람은 곤혹스러웠으면 곤혹스러운 채로, 시니컬한 자세를 취하고 있었으면 그런 채로 본의 아니게도 열광하게 된다. [⋯] 하지만 이윽고 현실이 열광 속에서 비대해진 몽상에 상상조차 하지 못한 추하고 기괴한 모습으로 덮쳐 온다. 그때 사제들의 모습은 더 이상 보이지 않는다.

헤이세이 문학이 30년에 걸쳐 이야기해 왔듯 우리는 '나'의 속기 쉬움에 곤혹스러워하면서도 결국엔 속고 마는 존재다. 이는 21세기 인류가 그야말로 '불면의 축제' 속에 있다는 점에 의해, 혹은 셰익스피어적으로 말해 눈을 크게 뜬 채 잠듦으로써 한층 현저해진다. 잇따르는 전 지구 규모의 문제가 점점 사회를 불면증에 빠뜨리고, 사람들의 마음을 공중 납치하고, 끝이 보이지 않는 악순환 속으로 인류를 말려들게 할 것이다. 그러므로 나선형 상상력은 이미 문학만의 문제가 아니라 지구의 문제이다.

당할 이유가 없는 폭력
교토 애니메이션 방화 사건을 둘러싸고

교토 애니메이션 방화 살인 사건은 정말이지 섬뜩한 일이었
다. 한 분야의 창작자가 이 정도로 많이 희생된 사건은 유례를
찾아보기 힘들다. 더구나 교토 애니메이션은 원래 거칠고 노
골적인 폭력과 가장 거리가 먼 애니메이션 스튜디오다.

주지하듯 일본 애니메이션 및 만화에는 전쟁이나 섹스를
소재로 다루는 것이 많다. 이에 비해 2000년대를 제패한 교토
애니메이션은 특출나게 서정적인 애니메이션을 만들어 왔
다. 그들은 허구의 캐릭터를 에워싸는 빛이나 바람과 같은 '투
명한 것'을 고도의 장인적 기술로 아름답게 형상화했다. 작중
에서 죽음이나 병이 그려질 때도 이 정밀한 빛의 환경은 흔들
린 적이 없다. 그것이 깊은 감동의 원천이었다.

한편 교토 애니메이션을 전국적으로 유명하게 만든 『스즈
미야 하루히의 우울』이나 『러키☆스타』, 『케이온!』에서는 시
시한 일상이 코믹한 모험과 대화로 채색된다. 뒤죽박죽의 유
쾌한 연출 안에서 자주 영상 실험이 시도되었다는 점도 짚을
필요가 있다. 이 축제성은 팬들의 '성지 순례'라는 새로운 소
비 행동을 낳기도 했다.

교토 애니메이션은 정치나 종교, 민족의 비릿함과 차단하
고 어른들의 세계가 아닌 미니멀한 세카이[1]―고교생의 일상
에서 여름 해변의 시골 마을까지―를 때로 서정적으로 또는

축제적으로 그려 왔다. 이 '세카이계'의 미학은 얄궂게도 사건 다음 날 공개된 신카이 마코토 감독의 『날씨의 아이』에서도 분명히 확인된다. 일본 애니메이션에 순도 높은 미니멀리즘을 정착시킨 것은 교토 애니메이션의 독창성이었다.

또 하나 강조할 것은 그 장인적 풍토다. 교토 애니메이션에는 『기동전사 건담』의 도미노 요시유키 감독이나 『신세기 에반게리온』의 안노 히데아키 감독처럼 강한 작가성을 가진 지도자가 없다. 고도의 기술을 갖춘 장인 집단이 전 세계의 팬을 매료시키는 브랜드가 되는 것은 극히 드문 일이다. 범인이 개별 애니메이터보다 교토 애니메이션이라는 기업에 증오를 향한 이유도 여기에 있을 것이다.

2015년 파리의 풍자 주간지 샤를리 에브도 습격 사건이나 2011년 노르웨이의 난사 사건처럼 종교적이거나 정치적인 목적을 가진 테러가 아니었음에도, 창작자에 대한 폭력으로는 전대미문의 규모라는 점이 이번 사건을 이해하기 어렵게 만든다.

현 단계(2019년 7월)의 정보만으로 판단한다면, 발단의 왜소함과 결과의 심대함이 너무나 불균형적이다. 도발적인 샤를리 에브도와 정반대의 자리에 위치한 교토 애니메이션은 필시 지극히 사적인 동기에 의해 습격당했다. 이 사실은 일본 사회의 일그러진 모습을 상징한다. 종교도 정치도 정신을 완충해 주지 못한 것이다.

동기의 전모는 불명확하지만, 범인에게는 아마 자기밖에 알지 못하는 박탈감이나 굴욕감이 있었을 것이다. 하지만 교

---

1 〔옮긴이〕 '세계'를 뜻하는 일본어지만, 서브컬처의 문맥에서는 흔히 현실 세계와 구분되는 고유한 원리를 가진 가상의 세계를 뜻한다. 또 이러한 요소를 공유하는 작품군을 '세카이계'라고 일컫는다.

토 애니메이션은 결코 '빼앗는 자'가 아니었다. 『에어』나 『클라나드』를 보면 교토 애니메이션의 작품이 상실의 고통과 슬픔에 유례없는 섬세함을 보여 왔음을 알 수 있다.

교토 애니메이션은 당할 이유가 없는 폭력에 노출되었다. 이는 물리적인 타격이기만 한 것일까. 이 스튜디오에서 오랜 시간을 들여 키워 낸 지극하다고 할 정도의 다정한 감수성도 짓밟힌 것이다.

사건은 창작자의 생명과 존엄을 빼앗았다. 이 헤아릴 수 없이 커다란 박탈에 대해 남은 창작자들은 '만드는 것'으로 마주할 수밖에 없다. 그것을 지지하겠다는 각오가 우리 시민에게 요구되고 있다.

보론 2

잃어버린 것을 찾아

무라카미 류의 『미싱』

무라카미 류의 신작 『미싱: 잃어버린 것』은 탁월한 문체로 쓰인 걸작이다. 하지만 그렇다고 축하할 기분이 드는 것은 아니다. 이는 이 작품이 우울한 작가를 주인공으로 하고 있기 때문이기도 하지만 꼭 그 때문만은 아니다. 그 이유는 마지막에 다시 이야기하자.

제목부터가 그렇지만, 이번 작품은 일단 무라카미 류 판 『잃어버린 시간을 찾아서』라고 할 수 있다. 무라카미는 세 개의 프루스트적 주제를 도입했다. 먼저 어머니, 그다음은 무의지적 기억, 마지막은 작가의 탄생이다.

1) 일찍이 나카가미 겐지가 '아버지 살해'를 주제로 삼고, 최근 무라카미 하루키가 '아버지'와의 관계를 조명한 것과 달리, 무라카미 류는 '어머니'에 대한 집착에 추동되어 온 작가다. 1976년 데뷔작 『한없이 투명에 가까운 블루』에서는 모성적 인형이라고도 할 수 있는 리리가 섹스와 약물에 빠진 서술자 류를 비호하고, 80년대 들어 쓴 첫 장편 『코인 로커 베이비즈』(이하 『CB』)에서는 뜻하지 않은 '어머니 살해'가 그려진다. 주인공 중 한 명인 기쿠는 키워 준 어머니가 급사하는 장면을 목격하고 진짜 어머니를 우연히 사살해 버리는 것이다. 어머니와 폭력이 뒤틀리면서 연결되어 간다—이것이 무라카미 초기 소설의 특성이다.

그에 비해 주제가 폭력에서 우울로 바뀐 이번 작품에서는 어머니와 서술자인 '나'가 놀라울 만큼 무방비하게 융합한다. "막연한 불안과 우울과 피로와 이유를 알 수 없는 슬픔"을 품은 오십 대 후반의 '나'는 마리코라는 여배우와의 재회—이것도 현실인지 어떤지 수상쩍지만—를 계기로 어머니에 대한 기억, 나아가 어머니 자신이 가진 기억을 소생시킨다. "어머니가 이야기해 주었던 것이 내 기억이 되어 이미지를 보충하는 듯 말이 되어 울린다. 〔…〕 서술자로서 나 자신과 어머니가 혼재되고 있다."

엄마와 떨어지는 것을 두려워했던 프루스트처럼 혹은 어머니의 잔상을 다양하게 변용시켰던 다니자키 준이치로처럼, 무라카미도 어머니 모티프를 반복해 왔다(덧붙이면 이번 작품에서 수국, 철쭉, 백합 같은 식물이 어머니의 기억을 환기하는 매개체가 되는 것도 프루스트적이다). 무엇보다 이는 그저 모태 회귀, 즉 안식처로 회귀하는 것이 아니다. 무라카미에게 어머니에 대한 집착은 항상 신생新生이나 진화에 대한 집착과 연결되어 왔기 때문이다.

예를 들어 어머니의 심장 고동 소리에 사로잡힌 『CB』의 주인공들은 코인 로커라는 모태를, 규슈의 작은 섬이라는 모태를, 슬럼이라는 모태를 뛰쳐나오고, 결국에는 도쿄라는 모태를 파괴한다. 이들 모태는 버려진 아이인 소년들이 갱생해 새로운 단계로 진화하기 위한 환경으로서 요구된다(또한 주인공 중 하나인 하시는 파트너의 임신에 직면하지만, 아버지가 되는 현실을 받아들이지 않고 태아 살해의 충동을 느끼게 된다—『CB』와 거의 같은 시기에 무라카미 자신이 한 아이의 아버지가 된 것을 생각하면 '어머니 살해'의 이면에 있는 '아이 살해'는 의미심장하다).

이번 작품에도 이러한 신생의 모티프가 각인되어 있다. 어머니와의 합일을 통해 '나'는 "생후 3개월인 유아가 보고 있는 세계"에 접근한다. "모든 것이 뒤섞이고 심지어 뒤섞인 것을 구별할 수도 없다. 의미 따위는 모른다. 나는 아무래도 그러한 세계를 재현하려는 것 같다." 노경에 접어든 '나'는 우울증을 모태 삼아 유아로 다시 태어나려고 한다. 여기에 이 작품의 이상함이 있다.

2) 나아가 우울 상태는 '나'가 자기 제어 능력을 잃게 한다. "몇 년 전부터 심신의 상태가 나빠져서 줄곧 기억의 제어가 어렵다. 맥락 없이 기억이 떠오르는 게 아니라 맥락 자체가 비약하다." '나'의 다양한 기억은 '맥락'을 점점 바꾸면서 수중화〔물에 넣으면 펼쳐지는 조화〕처럼 잇달아 피어나기 시작한다. 이는 프루스트의 무의지적 기억을 상기시킨다.

이제까지 무라카미는 일관되게 이야기를 의지적으로 제어하려고 했다. 무라카미의 대단한 점 중 하나는 그 많은 작품의 분량을 길지도 짧지도 않게, 소재에 맞춰 정확하게 설계한다는 데 있었다. 현기증 나는 문체의 기술도 포함해 그는 이야기 작가로서 뛰어난 재능을 가졌다. 하지만 이번 작품에서는 그런 치밀한 설계가 느껴지지 않는다. 애초에 이번 작품은 무라카미가 운영하는 메일 매거진 『JMM』에서 2013년부터 2019년에 걸쳐 조금씩 연재된 것이다. 무라카미의 역량으로 500매 길이의 소설을 쓰는 데 6년이나 걸리는 것은 있을 수 없는 일이다.

이 때문에 이번 작품에는 이제까지의 무라카미의 작품과는 이질적인 시간성과 문체가 나타난다. 무라카미는 여느 때의 노도와 같은 이야기를 억제하고 다양한 에피소드를 몽타

주적으로―어떤 의미에서는 내키는 대로―배치했다(덧붙여 연재 당시에는 곳곳에 사진도 삽입되어 있었다). "기억의 제어"에 실패한 탓에 '나'에게는 실제 있었던 일인지 아닌지도 불확실한 과거의 이미지가 점점 침입해 온다.

이렇게 '나'의 무의지적 기억은 유령의 거처가 된다. 나루세 미키오, 오즈 야스지로, 가와시마 유조 등 왕년의 일본 영화작가들의 영화 제목을 장 제목으로 삼으면서 가족에 관한 기억을 환기하는 이번 작품은 마치 영계와의 통신처럼 보이기도 한다. 이 점에서도 유령을 좋아하지 않았던 무라카미답지 않은 작품이지만, 원래 그에게는 자신이 혐오하는 것과 깊게 동일화하는 능력이 있다. "싫어하는 만큼 도리어 깊이 새겨지는" 것이다.

3) 프루스트는 『잃어버린 시간을 찾아서』의 이름 없는 서술자에게 이름을 준다면 '마르셀'이라고 부르겠다고 썼다(상세는 스즈키 미치히코의 『프루스트를 읽다』를 참조). 그렇게 말하면 이 작품의 이름 없는 '나'에게 어울리는 이름은 '류'다. '나'는 한없이 무라카미 류에 가까운 누군가다. 『잃어버린 시간을 찾아서』에서는 서술자가 문학과 예술을 탐구하고 자신의 소설을 쓰기 시작할 때까지의 긴 과정이 그려진다. 마찬가지로 이 작품에서도 창작의 원동력, 즉 '상상력'이 중요한 주제가 된다. 젊은 정신과 의사의 평에 의하면, "당신의 정신은 상상하는 것이 핵심이라서, 마치 어떻게 만들어진 것인지 알 수 없게 복잡한 나무 세공품 같습니다". 어머니의 이야기는 '나'의 유년기까지 거슬러 올라가 이 복잡하게 뒤얽힌 상상력의 비밀을 보여 준다. 그리고 마침내 『한없이 투명에 가까운 블루』 서두의 문장 "비행기 소리가 아니었다"가 어떻게 탄생

했는지가 밝혀진다.

그럼에도 이번 작품의 설정에는 무라카미의 전기적 사실과 일치하지 않는 점도 많다. 특히 '나'가 미혼에 아이도 없는 듯이 나오는 것은 어머니와의 관계를 순수화하기 위한 속임수다. 이 작품은 가짜 자서전이고 작가의 인생에 대한 상징적 이야기라 보는 것이 바람직할 듯하다. 이는 『한없이 투명에 가까운 블루』의 '류'가 인형적인 어머니 리리와 공생하면서 머릿속에 가공의 '도시'를 그리려 했던 것과 비슷한 기법이다.

데뷔 당시부터 무라카미를 비판한 에토 준은 『쇼와의 문인』(1994)에서 호리 다쓰오의 『유년 시대』가 개인사를 고쳐 쓰는 것이 보인다는 점을 문제시하면서 "떠올릴 수 있는 것은 모두 '토막토막'이고, 그 때문에 그 하나하나는 선명하지만 '배경'은 '애매모호'해 분명하지 않다. 이는 말할 것도 없이 '인생의 큰 문제'에 대해 '간단히 사실을 바꿔 쓰기' 위한 맞춤형 시공간이라 해야 하지 않을까"라고 가차 없이 평한 적이 있다. 이러한 비판은 그대로 무라카미 류의 『유년 시대』라고 할 『미싱』에도 해당된다. 왜냐하면 이 작품이 바로 '애매모호'한 '시공간'에서 서술자 '인생의 큰 문제'에 대해 '간단하게 사실을 바꾸'면서 '토막토막'으로 재현하는 작품이기 때문이다.

그렇다고 해도 역시 무라카미 류는 호리 다쓰오와 다르다. 왜냐하면 우울한 '나'는 각성과 수면을 오가며 무언가를 계속 상실하고 있기 때문이다. 무라카미는 분명 자기 상상력의 성능을 과시하고 있으나, 그 지반을 의지적으로 통제하지 못해 온통 유령으로 가득해졌다. 따라서 '나'는 더 이상 허구의 모형 정원을 정연하게 구성하지 못한다. 어머니에 대해, 어머니와 더불어 끊임없이 이야기를 이어 나가며 무라카미는 상상력에 틈을 내고 있는 것이다.

*

그러면 '나'는 대체 무엇을 잃고 있는 것일까? 그것은 상실의 상실이다.

슬픔은 살아가는 데 필요한 감정이다. 중요한 사람을 잃었을 때, 복잡하게 포개어지는 기억 속 확실한 장소에 그 사람을 새기기 위해 우리는 슬픔에 휩싸인다. 그리고 슬픔에 의해 무언가 잃었다는 것을 안다. 그 슬픔이 사라지고 있다고, 스카프의 여자는 나에게 전하려 했다.

이 작품에는 감정에 대한 다양한 성찰이 기입되어 있다. 슬픔, 쓸쓸함, 애타는 마음, 그리움, 불안, 공포에 날카롭게 반응하는 '나'는 감정의 감광판이라 할 수 있을 정도다. 감정에 빠지는 대신 감정을 해석하고 편집하는 이번 작품은 역동적인 이야기라기보다는 주지적인 수필에 가깝다. 혹은 태연한 표정이나 몸짓에서 심오한 감정을 드러나게 했던 나루세나 오즈의 영화에 가깝다.

슬픔이 사라질 때 상실 자체가 사라진다—이 성찰은 프로이트가 말한 멜랑콜리(우울)의 증상을 떠올리게 한다. 프로이트는 '애도'와 '멜랑콜리'를 구별했다. 가까운 사람의 상실을 깊게 비탄하며 상을 치른 뒤 이윽고 일상으로 복귀하는 것, 즉 이상한 상태를 거쳐 정상적인 지평으로 돌아오는 것—이것이 '애도 작업'이다. 하지만 누군가를 잃은 것은 이해할 수 있어도 그 사람의 '무엇'을 잃었는지 알 수 없을 때 정말로 '애도'가 가능할까? 즉 무언가 중요한 것을 잃었을 터인데 그 상실을 추상적으로밖에 파악할 수 없을 때 어떻게 될까? 이 경우에는 이상성과 정상성을 구별하지 못해 언제 끝날지 알 수 없는 멜랑콜리에 빠질 것이다.

실제로 '나'는 시간을 잘 분절하지 못한다. "우울은 영원히 끝나지 않는 석양과 닮았다." 하지만 도서실에서 어머니를 기다리며 책을 읽던 어린 시절의 '나'는 이미 이 황혼의 감정 안에서 허구와 더불어 살아가기를 바랐다. "영원히 계속될 석양을 갖고 싶다. 대신 행복은 원하지 않겠다고, 압축된 수천의 세계를 향해 빈다. 기도는, 아마 이루어졌으리라. 그 이래 영원하게 계속되는 석양이 당연해졌기 때문이다." 그리고 우울을 골격으로 하는 언어＝허구는 행복과 날카롭게 대립한다.

행복이라는 개념이 직원실을 채운 것을 알아차렸다. 행복은 부드러운 바람이 아카시아 꽃을 흔드는 것처럼 언어를 자아내는 신경을 흔들고, 지금은 언어가 필요 없다고 알려 준다. 언어는 행복의 정반대에 있다. 인간이 행복에 지배당했다면 언어는 생겨나지 않았을 것이다.

오전이나 낮에 찾아왔다가 그대로 지나쳐 가는 행복이란 환상임을 잊으면 안 된다, 그렇게 결정하자 허구를 지어내는 것밖에 살아갈 방법이 없어졌다. 행복의 정반대에 있는 언어를 조합해서 허구라는 실을 잣는 것을 나는 자연스레, 당연한 것으로서, 선택했다.

이처럼 서정적이되 논리적인 회상 뒤에 어머니의 목소리가 울린다. "나는 언제나 너의 곁에 있었고 앞으로도 그럴게. 이제 나와 네가 헤어질 일은 없어." 이것은 언뜻 모자가 밀착한 '행복'을 무방비하게 그린 듯하지만, 실제로는 '행복의 정반대'다. 왜냐하면 상상력을 발휘해서 어머니의 이야기와 일체화해 허구를 잣는 것은 행복을 폐기하는 것과 마찬가지기 때문이다.

이렇게 '나'는 상실을 상실하고 시간의 흐름을 상실한 우울 상태에서도 여전히 어머니와 더불어 '상상'하기를 멈추지 못한다. 그것은 결국 현실 자체의 상실을 초래한다.

호텔에 도착하면 방에 들어가 수면제 봉지를 뜯는다. 마실까, 마시지 말까, 그때 가서 결정하면 된다. 어쨌건 현실로 돌아올 수 있을지 어떨지 생각할 필요는 없다. 현실이라는 것은 어쩐지 흐릿하다. 흐릿한 것에는 의미가 없다. 현실에는 의미가 없는 것이다.

여기에서는 언뜻 모성과 상상력이 만들어 내는 허구의 왕국이 따분한 현실을 능가하는 것 같다. 즉 "자신의 세계, 자신만이 관여할 수 있고 자신만이 만들 수 있는 세계, 역으로 싫증이 나면 스스로 부술 수 있는 세계"로서의 "집짓기 블록으로 만들어진 왕국"이 승리한 것처럼 보인다. 하지만 그곳에는 아무런 구원도 해방도 없다. 왜냐하면 현실뿐만 아니라 틈새투성이가 된 상상력=허구 또한 "흐릿"하기 때문이다. 허구의 왕국은 바야흐로 유아의 꿈에 잠겨 노쇠하기 시작했다.

원래 무라카미에게 '또렷한 것'은 '타자'였다. 그것도 직감적으로 느껴지는 강렬한 타자여야 했다. 예를 들어 90년대의 『휴가 바이러스』, 『인 더 미소 수프』, 『오디션』 등에서는 비인간적 타자―치명적인 바이러스, 로봇 같은 미국인, 광기 어린 여배우―와의 접근과 마주침에 의해 세계가 일변한다. 위기감 없는 인간을 가차 없이 도태시키는, 우연이 파고들 여지가 없을 정도로 '또렷'한 타자가 폭력과 더불어 나타나는 것이다.

이들 90년대 소설에서 타자는 사디스틱한 프로그램에 가깝다(그런 만큼 초기의 어머니 모티프는 일단 후경화한다). 팬데믹 시대를 선취한 1996년의 『바이러스 전쟁』은 그 전형이다. 즉 인간의 사정 따윈 아랑곳하지 않고, 인간적인 의미 부여도 없이 엄밀하게 작동해 세계에 대참사를 일으키는 바이러스적 존재에게 무라카미는 '타자'의 자격을 부여했다. 그에 대응해 등장인물들은 종종 마조히스틱하게 그려졌다. 흥미로운 것은 무라카미가 『한없이 투명에 가까운 블루』부터 일관되게 인간의 인형화를 고집했다는 점이다. 사디스틱한 타자는 때로 인간을 강한 주체로 각성시켜 때로 인간을 쾌고快苦의 바다에 빠진 마조히스틱한 인형으로 바꾼다.

이처럼 무라카미의 소설은 오랫동안 인간이나 세계를 갑자기 변이시켜 새롭게 갱생시키는 타자의 힘을 핵심으로 삼아 왔다. 무라카미에게 약물과 바이러스는 인간에게 극적인 생화학적 변화를 일으킨다는 점에서 동렬에 나란히 선 타자다. 그런 한편으로 21세기 초입부터 무라카미는 유토피아 소설 『희망의 나라로 엑소더스』나 그림책 『13세의 헬로 워크』, 나아가서는 사회를 맡은 텔레비전 방송 「캄브리아 궁전」 등에서 독자들에게 정보를 통한 변이를 촉구하게 되었다.

이렇게 말하는 나 역시 무라카미의 덕에 '진화'의 계기를 얻은 적이 있다. 만사에 어두웠던 학생 시절의 나는 요시모토 다카아키도, 나카가미 겐지도, 가라타니 고진도, 하스미 시게히코도, 아사다 아키라도, 오구마 에이지도, 장-뤽 고다르도, 옐로 매직 오케스트라도 모두 무라카미를 거쳐 알게 되었다. 무라카미의 정보는 신선하고 알맹이가 있었으며 발언도 세간에 영합하지 않아 신뢰가 갔다. "멋 부리는 것과 무관하게 사는" 것을 긍정해 주는 무라카미가 없었다면 내 인생은 지금과 전혀 달랐을 터이다.

하지만 당시부터도 무라카미가 지닌 풍부한 정보를 문학으로 전해야 할 필연성이 있을까 의구심이 들기는 했다. 타자가 완전히 정보화되어 버리면, 즉 불투명함을 잃고 데이터로 변해 버리면 소설을 쓰기 위한 동기 부여도 절반은 사라지는 것 아닌가.

*

실제로 제로 년대 이후 무라카미 류의 소설에서는 '타자'가 바이러스와 같은 물질성을 잃고 작가의 내부 이미지와 동조하기 시작한다. 그것은 2005년의 『반도에서 나가라』에 나오는 북조선의 여성 군인이 쇼와의 여성과 중첩되는 데서도 드러난다.

『미싱』에서는 이 타자의 내면화가 보다 극단화된다. 고양이나 여자나 노인이 '나'에게 '신호'를 보내는데, 이들은 모두 작가의 자기 투영에 지나지 않는다. 그리고 약물이나 바이러스는 이제 외부를 사라지게 하는 수면제로 치환되었다. 즉 타자는 사실상 사멸한 것이다. 상실의 상실, 슬픔의 상실은 타자의 상실과 같다. 타자를 탐구하는 무라카미의 긴 여행은 이번 작품에 의해 일단락을 맞았다. "또렷한 것"을 상실한 무라카미 류는 후루이 요시키치처럼 '내향'의 문학으로 기운 것이다.

하지만 무라카미에게 내향과 외향은 겉보기만큼 다르지 않다. 『CB』의 두 주인공이 정신과 의사에게 어떻게 진찰받았는지를 생각해 보자(무라카미는 종종 의학적 말투를 작품의 단단한 지반으로 도입한다―리얼리티가 액상화한 『미싱』에서도 '젊은 정신과 의사'의 말만은 의심되지 않는다). 정밀한 '모형 왕국'을 구축한 하시의 정신이 "풍요로운 자폐"로 평가되는 한편 기쿠는 이렇게 형용된다.

이 아이는 정지 공포를 호소하며 급격한 공간 이동을 바라고 있음에도, 바깥 세계에 적극적으로 관여하는 것은 아닙니다. 오히려 급격한 운동을 통해 자신의 안으로 들어가려 하는 것 같습니다.[1]

『미싱』의 '나'에게는 하시와 기쿠 두 인격이 통합되어 있다. 즉 '나'는 '모형 왕국'이 아니라 '집짓기 블록 왕국'을 지으면서 "급격한 운동을 통해 자신의 안으로 들어가"는 것이다. 무라카미의 소설에서는 때로 '바깥'에 대한 묘사가 '내'적인 상상력에 대한 묘사와 분간되지 않는다. 『미싱』에서는 그 점이 감춰져 있지 않다.

하지만 우리에게 그것을 비판할 자격이 있을까. 타자의 상실은 오히려 우리 자신의 '현실'이 아닐까. 예컨대 역사 연구자인 요나하 준은 자신의 우울증 체험과 헤이세이라는 시대를 중첩시켰다(『지성은 죽지 않는다』). 우울은 현실의 심각한 병인 동시에 이제는 시대를 상징하는 '은유로서의 병'이기도 하다. 실제 우리는 일종의 조울증적인 감정에 사로잡혀, 시간을 능숙하게 분절하지 못하고 타자도 정보화되어 버린 상황에서 '나'를 놓치고 있는 것 아닐까. 무라카미는 바깥 세계의 현실을 그리지 않고 우울 상태의 내면을 철저하게 기술함으로써 헤이세이 말기 현실의 실루엣을 그렸다.

반복하면 이는 감정의 분절에 의해 가능하다. "우리 감정 가운데 본질적인 것은 쓸쓸함뿐이다." 이는 타자를 잃은 쓸쓸함이다. 나 역시 『미싱』을 읽고 쓸쓸함을 느꼈다. 하지만 그

---

1 〔옮긴이〕무라카미 류, 『코인 로커 베이비스』, 2판, 양억관 옮김, 북스토리, 2005, 21쪽.

것이 반드시 부정적인 것은 아니다.『미싱』의 구멍 뚫린 '상상력'은 자포자기의 격정이 아니라 이상하게도 고갱이가 있는 존엄을 일깨운다. 이런 작품은 여간해서 만날 수 없다.『미싱』은 걸작이다.

후기

나는 주로 직업적 의무감에서 이 책을 썼다. 시간을 두지 않으면 알 수 없는 것이 있듯, 실시간으로 시대를 체험하지 않으면 말할 수 없는 것이 있다. 그렇다면 그럭저럭 헤이세이 30년을 경유한 자로서 무언가 '로그'log를 남겨야 하는 것 아닐까— 이렇게 느낀 것은 30년간의 문학을 조망하는 데 적합한 비평적 관점이 의외로 부족하다는 것을 깨달았기 때문이다.

솔직하게 말해 이 책에 착수하기 전까지 나는 '헤이세이'라는 매듭에 그다지 의미가 있다고 생각하지 않았다. 하지만 헤이세이라는 이름까지 소거하면 논의의 거점이 사라진다. 그 정도로 이제는 시간을 분절하기가 어려워졌다는 인상이다.

일찍이 마셜 매클루언이 "미디어는 마사지다"The Medium is the Massage라고 갈파한 대로 정보의 흐름은 해가 갈수록 가속하고 현대인은 그로부터 만성적인 자극을 받고 있다. 정보 미디어에 의해 끊임없이 이루어지는 마사지는 시간 감각을 마비시켜 겨우 몇 년 전에 일어난 사건의 '의미'조차 희미하게 만들어 버린다. 지나치게 많은 데이터만이 매년 기계적으로 쌓여 가는데, 이것이 무엇을 위해, 누구를 위해 존재하는 것인지도 이미 분명하지 않다. 요즘 묘하게 거시 인류사가 유행하는 것은 사람들이 최근 일어난 사건에 대한 의미 부여를 제대로 하지 못하고 있는 상황의 반면을 보여 준다. 하지만 그렇더라도 역시 우선은 발밑의 역사를 우직하게 다시 살펴야 하지 않을까.

헤이세이 문학은 1990년대의 공백감과 폐색감에서 출발했다. 2020년대에 들어서도 본질적으로 무엇도 해소되지 않았다. 머지않아 공백감을 그냥 내버려 둘 수 없는 시대가 올 것이다. 만일 언어가 무無이고 아무것도 아니라면, 무언가를 쓰는 힘은 도대체 어떻게 얻어야 하는 걸까. 따지고 보면 이에 대해 생각해 보기 위해 이 책을 쓴 셈이다.

어쨌거나 헤이세이 문학을 뒤에서 쫓는 입장의 속 편함도 있어서, 많은 작가와 작품을 꽤 거리낌 없이 재배치했다. 이는 전적으로 '문제군'을 명확하게 하기 위해서다. 이들 문제는 해결되는 않은 채 머지않아 다른 차원에서 다시 질문될 것이다. 이와 더불어 헤이세이 문학의 문제군이 보편적인 주제—문학은 무엇일 수 있는가, 일본에서 문학을 한다는 것은 어떠한 일인가, 문학으로 세계와 어떻게 관계 맺는가—와 연결되어 있다는 것을 독자에게 보여 주지 못한다면 지금 굳이 문예 비평 책을 내는 의미도 없다. 성공적이길 바랄 뿐이다.

『신초』新潮의 야노 유타카 편집장이 없었다면 이 책은 성립되지 못했다. 헤이세이 문학과 사상을 출판의 제일선에서 20년 넘게 지켜보며 지탱해 온 야노 씨는 나에게 특별한 편집자이다. 야노 씨로부터 매번 든든하고 정중한 격려를 받은 덕에 나는 원고를 이어 나갈 수 있었다. 마음 깊이 감사의 말씀을 드린다. 단행본으로 만들면서 『신초』 편집부의 가제모토 다다시 씨에게 수고를 끼쳤다. 늘 쾌활하게 웃고 있는 가제모토 씨의 조언에 크게 용기를 얻었음을 적어 둔다.

덧붙여 1장은 나의 전작 『백 년의 비평』(2019)에 수록한 지 얼마 안 되는 글로서, 이를 바로 다른 책에 싣는 것을 주저하기도 했지만, 이 책의 문맥 안에서 새로운 의미를 얻을 수 있다고 판단했다.『백 년의 비평』독자에게 양해를 바란다.

2020년 3월
후쿠시마 료타

일본의 비평가 후쿠시마 료타는 이 책에서 헤이세이(1989~ 2019) 일본 문학을 '나선형'이라는 키워드로 분석한다. 헤이세이란 쇼와 시대(1926~1989) 이후 이어진 30년간의 시기를 가리키는 연호로, 2019년 5월 1일 나루히토가 천황으로 즉위하면서 레이와 시대가 시작되었다. 헤이세이 일본은 버블 경제 붕괴 이후 장기간의 경기 침체를 겪으며 '천지와 내외의 평화를 이룬다'는 의미와는 달리 평화롭지만은 않은 시대를 보냈다. 세계사적으로는 1989년 동유럽권 국가들의 몰락으로 포스트 냉전기가 도래한 이후 일본에서는 끝없이 지루한 소비 사회의 일상이 계속되리라는 전망이 허무적이고 냉소적인 태도를 낳았다. 이와 더불어 냉전 시기 수면 아래 있던 역사 문제가 제기되면서 역사 수정주의와 같이 과거의 전쟁 책임을 부정하는 움직임이 본격화되기도 했다.

같은 시기 일본 문학 역시 혼란 속에서 갈 길을 잃고 방황하는 양상을 보였다. 후쿠시마에 따르면 이 당시 일본 문학은 글로벌한 관점에서 유례가 없을 정도로 권역을 확장했지만, 장기 불황을 겪으며 방향 감각의 상실을 경험했다. 한국뿐만 아니라 해외에서도 널리 읽히고 있는 무라카미 하루키, 요시모토 바나나, 히가시노 게이고 등 일본 작가들의 화려한 활약 이면에 출판 시장의 축소와 문학의 상징적 지위 하락이라는 근본적인 문제가 여전히 존재한다는 것이다. 다만 그는 비평을 통해 섣부르게 문제에 대한 답을 제시하기보다는 문제의 복잡함을 있는 그대로 드러내며 문제와 공생하면서 나아갈 길을 모색하고자 한다.

후쿠시마가 고백하듯 헤이세이는 그의 비평이 시작된 원점이기도 하다. 그는 이 책의 1장에서 마이조 오타로에게 걸었던 기대를 술회하며 출판 불황과 인터넷 침투 속에서 어떠한 변혁을 바랐던 과거의 기억을 이야기한다. 그 당시 자신이 비평가로서 할 수 있었던 일은 없었는지를 자문하며 제로 년대 비평가로서의 책무를 뒤늦게나마 이행하려는 것이다. 그런 점에서 이 책은 '실패'로 기억되는 과거에서 어떠한 잔해를 발굴해 미래를 구축하고자 하는 비평적 열망의 소산이라 할 수 있다. 이 책에서 '헤이세이 문학의 문제군'이라 불리며 여섯 개의 장 제목을 이루고 있는 '이야기', '내향', '정치', '사소설', '범죄', '역사'는 그가 어디에 초점을 두고 이 시기의 문학을 읽어 내고 있는지를 파악할 수 있게 해 준다.

우선 1장에서는 헤이세이 작가들을 크게 세 가지 흐름으로 정리한다. 내러티브의 갱신을 의식했던 오에 겐자부로가 서술자의 위치를 끊임없이 재구축해야 할 필요성을 언급하고, 그 문제 의식을 계승한 무라카미 하루키가 이야기를 향한 결의를 표명한 것과 대조적으로, 헤이세이 작가들에게 내러티브의 문제는 형해화되어 나타난다. 먼저 오카다 도시키의 소설에 나타난 '드러누운 서술자'와 같이 낮은 자세의 내러티브를 실현한 작가들이 첫째 유형에 해당한다. 이들에게 의미의 빈곤이라는 문제에 어떻게 대응할지가 문제시되었다면, 둘째 유형의 작가들은 비인간 존재를 서술자로 등장시킴으로써 인간 중심주의적인 의미를 해체하는 방향으로 나아갔다.

한편 마이조 오타로를 비롯해 문예지 『파우스트』에 모였던 니시오 이신, 사토 유야 등 셋째 유형의 작가들은 "서술자를 방황하게 만들어 분열과 만취와 굴욕에 빠뜨"림으로써 "서술자의 위기를 표면화"하였다. 이들 헤이세이 작가들은 일본 문학의 경직성을 찢어 버릴 가능성을 지니고 있었음에도 결국 그에 실패하고 말았는데, 후쿠시마는 그 이유로서 특히 트위터와 같은 소셜 미디어의 일반화와 2011년 동일본 대진재에 대한 문학적 대응의 실패에 주목한다.

2장에서는 1장에서 언급되었던 헤이세이 여성 작가들(가와카미 히로미, 다와다 요코, 오가와 요코 등)의 작품을 '내향'이라는 주제로 묶어서 설명한다. 후쿠시마는 로베르트 무질의 '가능성 감각' 개념에 천착했던 후루이 요시키치를 일본 전후 문학 속 내향의 계보 첫 줄에 위치하는 작가로 소개한 후, 그가 제시한 내향적 초월의 모델이 위 여성 작가들에게 어떻게 계승되었고 어떤 변용을 겪었는지를 분석한다. 내향은 작품에 이야기적이기보다는 수필적인 성격을 부여하고, 언어와 신체의 취약성을 그것이 신성성으로 반전할 때까지 밀어붙인다. 여기서 후쿠시마는 감각의 비인간화, 비인간 서술자의 부상 같은 헤이세이 내향 작가들 특유의 전략에 주목한다. "리얼리즘의 전제 조건을 일본이라는 변경에서 다시 물으려 한 문학의 검사자"로서 이들 문학을 읽어 낸 작업은 1990년대 한국 문학을 주도했던 '내면'과의 차이를 검토하는 데도 유용한 비교점을 마련해 준다.

'정치와 문학'을 다룬 3장은 다이쇼(1912~1926) 문학과의 관계 속에서 헤이세이 문학이 지니고 있던 고민을 드러낸다. 후쿠시마는 휴머니즘을 앞세운 다이쇼 문학의 기치가 신감각파와 프롤레타리아파 문학의 협공에 쓰러져 버린 것처럼,

헤이세이 문학 역시 기술technology을 내세워 자아의 해체를 추진하거나 '정치적 올바름'political correctness이라는 초자아에 기대어 자아를 안정시키려는 흐름과 맞닥뜨리게 되었다고 본다. 이 장에서는 특히 정치적 올바름에 의한 변화를 비판적으로 검증하며 헤이세이 말기에서 레이와에 걸쳐 문학에서 '정치적인 것'이 의미하는 바가 어떻게 달라졌는지를 조명한다. 페티시즘적 욕망에 추동되어 나의 이상異常화와 타자성의 상실이라는 곤란함을 안고 있던 헤이세이 문학은 소수자에 주목하는 정체성 정치를 통해 돌파구를 찾게 되었지만, 그렇게 해서 출현한 '우리'가 문학을 정치에 종속시키며 '쇼와의 치통'을 다시 일으킬 수 있다는 것이다. 이에 그는 다카하시 겐이치로의 작업을 검토하며 문학을 정치와 완전히 분리하지도, 정치에 종속시키지도 않는 연결 방법을 모색한다.

다이쇼 이래 모더니즘, 프롤레타리아 문학과 더불어 일본 문학의 한 갈래를 이룬 사소설의 변형을 다룬 4장부터는 주체화의 문제가 부각된다. 일본 문학사 전체를 아우르는 주체화 문제에 대한 후쿠시마의 가설은 이렇다. 후쿠시마는 근대 일본 문학사를 서양 근대 문학에 대한 학습 과정에서 만들어진 하나의 해적판으로 본다. 이는 일본 문학의 '나'가 형성한 주체 또한 해적판이라는 관점으로 이어진다. 서양의 발명품인 민족주의와 근대 소설을 복제하고 유출해 구축된 일본 문학의 '나'는 그러나 오에 겐자부로의 "애매한 일본의 나"라는 표현이 시사하듯 원본보다 한층 위태로운 것, "착란을 일으키는 기호", "불안이나 동요의 원천"이었다. 하지만 이 기호가 여러 문학적 실험의 기점이 된 것도 사실이다. 이 장에서는 일본 문학사에서도 긴 명맥을 유지해 온 '사소설' 장르에 천착해 '나'의 문제를 탐구한 헤이세이 소설가들을 다룬다. 시민 사회의 리얼리티와 단절된 가족적 테두리 속에서 전개되는 것을 특징으로 하는 일본 사소설은 미즈무라 미나에, 아즈마 히로키 등 헤이세이 작가들에 의해 '주체화의 실패'를 그리는 틀로서 독특한 변용을 이루기도 했다. 지은이는 나아가 소셜 미디어의 보급과 '자기 이야기'의 팽창, 문학에서 오토픽션, 철학에서 포스트휴머니즘의 대두 등의 현실을 언급하면서 '나'를 둘러싼 앞으로의 문학적 과제를 제시하고자 한다.

지은이는 헤이세이에 사소설과 함께 '나'의 문제를 탐구한 장르로 범죄 소설을 꼽는다. 5장은 한국 문단에도 익숙한 가라타니 고진의 '근대 문학의 종언' 주장을 꺼내 들며 범죄와 문학의 독특한 관계성에 대한 논의를 전개한다. 그는 근대 문학이 한계에 이르렀다는 진단은 수용하지만 "퇴각하는 전투에서 살아남기 위한 새로운 인식과 수법"이 헤이세이 문학에 요구되었다면서 범죄 소설이나 사이코 스릴러 등의 장르를 언급한다. 근대 문학에서 범죄자는 종종 사회의 '법'을 침범함으로써 재구축하는 탈법적 입법자의 기능을 수행했고, 그런 면에서 가장 근대인다운 근대인이라 해도 무방하다. 지은이는 이 장에서 헤이세이의 소년 범죄를 둘러싼 관념과 대화하며 근대적 교양주의를 재연한 무라카미 하루키, 사디스틱한 탈법적 타자의 강림으로 주체를 각성시키려 한 무라카미 류, 선행 세대의 소년 환상을 해체한 사토 유야, 포스트모던한 세계에서 범죄와 문학의 결합이 겪게 된 변용을 그린 아베 가즈시게와 히라노 게이치로, 그리고 헤이세이 범죄자들의 '자기 이야기'를 거쳐 2019년 교토 애니메이션 사건으로 터져 나온 '범죄와 문학의 괴리'라는 문제로 우리를 이끈다.

6장에서는 주체화의 문제가 '재역사화'와 '탈역사화'라는 교차하는 흐름 속에서 해독된다. 냉전 종식과 함께 헤이세이 일본에서는 전쟁 책임과 역사 인식 문제가 분출했지만, 이러한 '재역사화'는 위사의 유행과 역사 수정주의를 포함하는 '탈역사화'의 방향성과 짝을 이루는 것이었다. 예컨대 90년대 한국에서 일본 문학의 인기를 견인한 작가 중 하나인 요시모토 바나나에 대한 독해는, "탈역사화의 모드를 이어받고 재역사화와는 선을 그으면서" 인식되지 못한 역사적 리얼리티를 마주하고 초조함에 빠진 주체상을 우리에게 보여 준다. 그런 가운데 무라카미 하루키의 『태엽 감는 새 연대기』는 이러한 헤이세이의 혼란을 우화적으로 그려 내며 재역사화의 난제에 도전한 "가치 있는 실패작"으로 평가받는다.

책의 내용을 간략히 요약해 두기는 했지만, 당연히 이러한 요약적 제시로는 후쿠시마가 이 책에서 보여 주는 날카로운 통찰을 충분히 담아내지 못한다. 『부흥 문화론』을 경험한 독자라면 방대한 시간대를 일관된 문제 의식으로 밀어붙이면서도 디테일한 분석에까지 긴장감을 잃지 않는 후쿠시마의 독특한 스타일에 매료된 바 있을 터이다.

이번 책은 『부흥 문화론』에 비해 분석 대상이 되는 주요한 작품들의 시간대는 대폭 압축되었지만, 거대한 주제와 맞서며 그것을 장악하려는 집요한 전투력은 여전하다. 아울러 그의 비평적 주제, 즉 인간과 세계 사이에 새로운 관계를 수립하는 미의 힘을 지지하며 일본 문학을 니힐리즘의 수렁에서 구하려는 태도 역시 지속되고 있다. 반복해서 찾아오는 재난에 굴복하지 않는 부흥의 저력을 인간이 지니고 있다고 믿는 굳건한 에토스가 그의 비평을 지탱하고 있다.

그렇다면 이러한 후쿠시마의 작업은 우리에게 어떠한 의미를 줄까. 1990년대 이래 일본 문학은 양적 팽창과 함께 다수의 작품이 한국에 번역되었지만, 막상 일본 문학에 대한 본격적인 비평서는 드문 편이다. 가라타니 고진, 아즈마 히로키와 같은 비평가들의 저작은 '문학 비평서'라기보다는 이론서에 가까웠다. 후쿠시마가 순수 문학에 한정해서 비평을 전개하는 것은 아니지만, 최근까지 인터넷에서 연재된「세계 문학의 아키텍처」를 비롯해 그의 작업에는 문학 현장 자체에 대한 관심을 노정하는 부분이 분명 존재한다. 일본 문학을 체계적으로 번역해 소개하는 노력이 부족했던 그간의 현실을 고려할 때, 이번 책은 헤이세이 일본 문학의 지형도를 그리는 데 있어 훌륭한 안내서가 될 것이다.

물론 이 책의 미덕은 여기에서 그치지 않는다. 후쿠시마는 "진짜 문제는 문제를 잊는 것이며, 그렇기에 문제군을 복원하고 그것과 공생하는 길을 제시하는 것이 비평의 할 일이다. 위대함과 아름다움을 잃은 황야에서도 문학은 여전히 질문을 던질 수 있다"라고 말한다. 일본에서 이 책이 헤이세이가 종료된 바로 이듬해인 2020년 출간된 데서도 알 수 있지만, 그는 어떠한 절박함을 가지고 헤이세이 일본 문학의 잔해를 뒤적인 듯하다. 문학의 존재 이유가 이루 말할 수 없을 만큼 변형되고 이전과는 다른 방향성을 탐색하지 않을 수 없는 시기에, 그는 그저 흘러가는 대로 문제들을 놔두지 않는다. 답을 구할 수 없는 질문을 던지며 문학이라는 매개를 통해 이 세계를 살아 나갈 방법을 필사적으로 구하려 한다.

보론으로 실린 두 편의 짧은 글은 그 방도가 실은 이미 우리 안에 있다고 말한다. 교토 애니메이션이 "당할 이유가 없는 폭력"을 당했다고 비통하게 진술하며 그가 이 커다란 박탈과 마주한 창작자와 시민들의 각오를 요구할 때 슬픔은 그 자체가 자신을 극복할 동력으로 전환한다. 무라카미 류의『미싱』

을 분석한 두 번째 보론에도 타자를 상실한 쓸쓸함에서 오히려 인간 존엄의 가능성을 발견하는 태도가 나타난다. 우리가 해야 할 일은 스펙터클한 범죄적 폭력에 현혹되거나 그 끝이 보이지 않는 우울에 침잠하는 데서 그치지 말고 잃어버린 다정함을 애도하고 복원해 나가는 작업이 아닐까. 그런 점에서 이 책 전체가 한 편의 애도 일기임에 틀림없다.

후쿠시마 료타는 다작의 비평가다. 이 책 전후로도 여러 저작이 저술되었고 조만간 한국에도 출간되리라 예상한다. 모쪼록 이 책이 후쿠시마라는 걸출한 비평가의 의미 있는 작업들이 소개되는 데 징검다리 역할을 하길 바란다. 『부흥 문화론』에서도 그랬지만 후쿠시마의 독특한 문체를 살리고자 고심했고, 번역에 애를 먹긴 했지만 비평 언어의 한계를 시험하는 듯한 그의 개성을 전달하는 데 특히 노력을 기울였다. 그럼에도 어색한 번역이나 오역이 있다면 전적으로 옮긴이의 몫이다. 내용 이해를 돕기 위해 필요할 때엔 옮긴이 주를 추가했고, 본문에 나오는 작품을 찾아서 읽고 싶어 할 독자를 위해, 그리고 지은이도 말한 '카탈로그'적 기능을 뒷받침하기 위해 '이 책이 다루는 일본 문학서 목록'을 정리해 두었다. 리시올 출판사 편집부는 이 모든 과정에서 번역자의 부족함을 메워주며 이 책의 완성도를 높이는 데 결정적인 도움을 주었다. 진심으로 감사의 마음을 전한다.

2024년 7월
안지영

이 책이 다루는 일본 문학서 목록

1 소설, 시, 희곡 등 문학 작품

헤이세이 이전

1906 나쓰메 소세키夏目漱石, 「취미의 유전」趣味の遺伝, 『제국 문학』帝
国文学, 1906년 1월호. 〔『런던 탑, 취미의 유전』, 김정숙 옮김, 을유문
화사, 2004.〕

1906 나쓰메 소세키夏目漱石, 『한눈팔기』草枕, 『신소설』新小説, 1906년
9월호. 〔송태욱 옮김, 현암사, 2016.〕.

1907 다야마 가타이田山花袋, 『이불』蒲団, 『신소설』新小説, 1907년 9월
호. 〔오경 옮김, 소화, 1998.〕

1908 나쓰메 소세키夏目漱石, 『갱부』坑夫, 『아사히 신문』朝日新聞 연재.
〔송태욱 옮김, 현암사, 2014.〕

1911 모리 오가이森鷗外, 「망상」妄想, 『미타 문학』三田文学, 1911년 4월
호.

1919 사토 하루오佐藤春夫, 『아름다운 마을』美しき町, 天佑社.

1919 사토 하루오佐藤春夫, 『전원의 우울』田園の憂鬱, 『주가이』中外,
1919년 9월호. 〔유숙자 옮김, 소화, 1999.〕

1924 미야자와 겐지宮沢賢治, 『봄과 아수라』春と修羅, 関根書店. 〔정수
윤 옮김, 인다, 2022.〕

1925 다니자키 준이치로谷崎潤一郎, 『치인의 사랑』痴人の愛, 改造社.
〔김춘미 옮김, 민음사, 2018.〕

1932 호리 다쓰오堀辰雄, 『성가족』聖家族, 江川書房. 〔문헌정 옮김, 좋은
땅, 2021.〕

1933 고바야시 다키지小林多喜二, 『당 생활자』党生活者, 中央公論. 〔『고
바야시 다키지 선집 2』, 이귀원, 전혜선 옮김, 이론과실천, 2014.〕

1933 다니자키 준이치로谷崎潤一郎, 『슌킨 이야기』春琴抄, 中央公論. 〔박연정 옮김, 민음사, 2018.〕

1934 미야자와 겐지宮沢賢治, 「나메토코산의 곰」なめとこ山の熊, 아동 문학연구회児童文学研究会 엮음, 『현대 동화집』現代童話集, 耕進社. 〔『미야자와 겐지 단편선』(상), 안정은 옮김, 블루프린트, 2018.〕

1942 호리 다쓰오堀辰雄, 『유년 시대』幼年時代, 青磁社. 〔양경미 옮김, 아지사이, 2016.〕

1946 이나가키 다루호稲垣足穂, 『미륵』弥勒, 小山書店.

1949~1950 요시카와 에이지吉川英治, 『미야모토 무사시』宮本武蔵, 1~6, 六興出版. 〔김대환 옮김, 잇북, 2020.〕

1958 오야부 하루히코大藪春彦, 『야수는 죽어야 한다』野獣死すべし, 大日本雄弁会講談社. 〔박영 옮김, 고려원미디어, 1991.〕

1958 오에 겐자부로大江健三郎, 「사육」飼育, 『죽은 자의 사치』死者の奢り, 文藝春秋. 〔『오에 겐자부로: 사육 외 22편』, 박승애 옮김, 현대문학, 2016.〕

1958 오에 겐자부로大江健三郎, 『새싹 뽑기, 어린 짐승 쏘기』芽むしり仔撃ち, 講談社. 〔유숙자 옮김, 문학과지성사, 2018.〕

1959 오에 겐자부로大江健三郎, 『우리들의 시대』われらの時代, 中央公論社. 〔정성호 옮김, 하늘, 1994.〕

1962 아베 고보安倍公房, 『모래의 여자』砂の女, 新潮社. 〔김난주 옮김, 민음사, 2001.〕

1965 고지마 노부오小島信夫, 『포옹 가족』抱擁家族, 講談社. 〔김상은 옮김, 문학과지성사, 2020.〕

1967 오에 겐자부로大江健三郎, 『만엔 원년의 풋볼』万延元年のフットボール, 講談社. 〔박유하 옮김, 웅진지식하우스, 2017.〕

1968 데라야마 슈지寺山修司, 「안녕, 영화여」さらば, 映画よ, 『영화 평론』映画評論, 25권 10호.

1970 후루이 요시키치古井由吉, 「남자들의 단란」男たちの円居, 『남자들의 단란』, 講談社.

1970 후루이 요시키치古井由吉, 「둥글게 둘러선 여자들」円陣を組む女た

ち,『둥글게 둘러선 여자들』, 中央公論社.

1976 무라카미 류村上龍,『한없이 투명에 가까운 블루』限りなく透明に近いブルー, 講談社.〔양억관 옮김, 이상북스, 2014.〕

1979 무라카미 하루키村上春樹,『바람의 노래를 들어라』風の歌を聴け, 講談社.〔윤성원 옮김, 문학사상사, 2006.〕

1980 무라카미 류村上龍,『코인 로커 베이비즈』コインロッカー・ベイビーズ, 講談社.〔양억관 옮김, 2판, 북스토리, 2005.〕

1980 무라카미 하루키村上春樹,『1973년의 핀볼』1973年のピンボール, 講談社.〔윤성원 옮김, 문학사상사, 2007.〕

1981 다나카 야스오田中康夫,『어쩐지, 크리스탈』なんとなく、クリスタル, 河出書房新社.〔황동문 옮김, 안암문화사, 1991.〕

1981 아라이 모토코新井素子,『첫눈에 당신에게…』ひとめあなたに…, 双葉社.

1982 나카가미 겐지中上健次,『천 년의 유락』千年の愉楽, 河出書房新社.

1982 다카하시 겐이치로高橋源一郎,『사요나라, 갱들이여』さようなら、ギャングたち, 講談社.〔이상준 옮김, 개정판, 향연, 2011.〕

1982 후루이 요시키치古井由吉,『산소후』山躁賦, 集英社.

1983 나카가미 겐지中上健次,『땅의 끝 지상의 시간』地の果て 至上の時, 新潮社.

1984 쓰쓰이 야스타카筒井康隆,『허항 선단』虛航船団, 新潮社.

1984~1991 히무로 사에코氷室冴子,『내겐 너무 멋진 그대』なんて素敵にジャパネスク, 1~11, 集英社.〔정효진 옮김, 서울문화사, 2006.〕

1985 다카하시 겐이치로高橋源一郎,『존 레논 대 화성인』ジョン・レノン対火星人, 角川書店.〔김옥희 옮김, 북스토리, 2007.〕

1985 무라카미 하루키村上春樹,『세계의 끝과 하드보일드 원더랜드』世界の終りとハードボイルド・ワンダーランド, 新潮社.〔김난주 옮김, 민음사, 2020.〕

1985 야마다 에이미山田詠美,『베드타임 아이스』ベッドタイムアイズ, 河出書房新社.〔양억관 옮김, 민음사, 2008.〕

1986 시마다 마사히코島田雅彦,『나는 모조 인간』僕は模造人間, 新潮社.

〔양억관 옮김, 북스토리, 2006.〕

1986 오에 겐자부로大江健三郎, 「내러티브의 문제」語り方の問題, 『M/T와 숲의 이상한 이야기』M/Tと森のフシギの物語, 岩波書店.

1986 하스미 시게히코蓮實重彦, 『함몰 지대』陥没地帯, 哲学書房.

1987 무라카미 류村上龍, 『사랑과 환상의 파시즘』愛と幻想のファシズム, 講談社.〔정철 옮김, 지양사, 1989.〕

1987 무라카미 하루키村上春樹, 『노르웨이의 숲』ノルウェイの森, 講談社.〔양억관 옮김, 민음사, 2017.〕

1987 아야쓰지 유키토綾辻行人, 『십각관의 살인』十角館の殺人, 講談社.〔양억관 옮김, 한즈미디어, 2005.〕

1987 오에 겐자부로大江健三郎, 『그리운 시절로 띄우는 편지』懐かしい年への手紙, 講談社.〔서은혜 옮김, 21세기문화원, 2024.〕

1987~1988 하시모토 오사무橋本治, 『모모지리어로 옮긴 마쿠라노소시』桃尻語訳 枕草子, 1~3, 河出書房新社.

1988 다카하시 겐이치로高橋源一郎, 『우아하고 감상적인 일본 야구』優雅で感傷的な日本野球, 河出書房新社.〔박혜성 옮김, 웅진지식하우스, 2017.〕

1988 무라카미 류村上龍, 『토파즈』トパーズ, 角川書店.〔김지룡 옮김, 동방미디어, 2004.〕

1988 요시모토 바나나吉本ばなな, 『키친』キッチン, 福武書店.〔김난주 옮김, 민음사, 2012.〕

1988 이토 세이코いとうせいこう, 『노 라이프 킹』ノーライフキング, 新潮社.

헤이세이(1989.1.8.~2019.4.30.)

1989 요시모토 바나나吉本ばなな, 「죽음보다 깊은 잠」白河夜船, 『죽음보다 깊은 잠』, 福武書店.

1989 요시모토 바나나吉本ばなな, 『티티새』TUGUMI, 中央公論社.〔김난주 옮김, 민음사, 2003.〕

1989 후루이 요시키치古井由吉, 『가왕생전 시문』仮往生伝試文, 河出書房新社.

1990 노리즈키 린타로法月綸太郎,『요리코를 위하여』頼子のために, 講談社ノベルス.〔이기웅 옮김, 모모, 2020.〕

1990 미즈무라 미나에水村美苗,『속 명암』續明暗, 筑摩書房.

1991 오가와 요코小川洋子,『임신 캘린더』妊娠カレンダー, 文藝春秋.〔김난주 옮김, 현대문학, 2015.〕

1991 오쿠이즈미 히카루奥泉光,『갈대와 백합』葦と百合, 集英社.

1992 구루마타니 조키쓰車谷長吉,『소금 항아리의 숟가락』鹽壺の匙, 新潮社.

1992 무라카미 류村上龍,『이비사』イビサ, 角川書店.〔이정환 옮김, 예음, 1997.〕

1992 무라카미 하루키村上春樹,『국경의 남쪽, 태양의 서쪽』国境の南、太陽の西, 講談社.〔임홍빈 옮김, 문학사상사, 2022.〕

1992 미야베 미유키宮部みゆき,『화차』火車, 双葉社.〔이영미 옮김, 문학동네, 2012.〕

1992 오쿠이즈미 히카루奥泉光,「폭력의 배」暴力の舟,『뱀을 죽이는 밤』蛇を殺す夜, 集英社.

1993 나카가미 겐지中上健次,『이족』異族, 講談社.

1993 다와다 요코多和田葉子,「글자를 옮기는 사람」文字移植,『뒤축을 잃고서 / 삼인 관계 / 글자를 옮기는 사람』かかとを失くして 三人関係 文字移植, 講談社文芸文庫, 2014(『알파벳의 상처』アルファベットの傷口, 河出書房新社, 1993으로 첫 발표).〔『글자를 옮기는 사람』, 유라주 옮김, 워크룸프레스, 2021.〕

1993 다와다 요코多和田葉子,『개 신랑 들이기』犬婿入り, 講談社.〔유라주 옮김, 민음사, 2022.〕

1994 노리즈키 린타로法月綸太郎,『2의 비극』二の悲劇, 祥伝社.

1994 무라카미 류村上龍,『쇼와 가요 대전집』昭和歌謠大全集, 集英社.

1994 무라카미 류村上龍,『오 분 후의 세계』五分後の世界, 幻冬舎.〔이창종 옮김, 웅진출판, 1995.〕

1994 무라카미 하루키村上春樹,『이윽고 슬픈 외국어』やがて哀しき外国語, 講談社.〔김진욱 옮김, 문학사상사, 2013.〕

1994 쇼노 요리코笙野頼子,『레스틀리스 드림』レストレス・ドリーム, 河出書房新社.

1994 쇼노 요리코笙野頼子,『타임 슬립 콤비나트』タイムスリップ・コンビナート, 文藝春秋.

1994 오가와 요코小川洋子,『약지의 표본』薬指の標本, 新潮社.〔양윤옥 옮김, 문학수첩, 2007.〕

1994 오가와 요코小川洋子,『은밀한 결정』密やかな結晶, 講談社.〔김은모 옮김, 문학동네, 2021.〕

1994 오쿠이즈미 히카루奥泉光,『진부한 현상』バナールな現象, 集英社.

1994 요시모토 바나나吉本ばなな,『암리타』アムリタ, 福武書店.〔김난주 옮김, 민음사, 2001.〕

1994~1995 무라카미 하루키村上春樹,『태엽 감는 새 연대기』ねじまき鳥クロニクル, 1~3, 新潮社.〔김난주 옮김, 개정판, 민음사, 2019.〕

1995 미즈무라 미나에水村美苗,『사소설: 왼쪽에서 오른쪽으로』私小説: from left to right, 新潮社.

1995 아베 가즈시게阿部和重,『ABC 전쟁』ABC戦争, 講談社.

1996 가와카미 히로미川上弘美,「뱀을 밟다」蛇を踏む,『뱀을 밟다』, 文藝春秋.〔서은혜 옮김, 청어람미디어, 2003.〕

1996 다와다 요코多和田葉子,「고트하르트 철도」ゴットハルト鉄道;「무정란」無精卵,『고트하르트 철도』, 講談社.

1996 다와다 요코多和田葉子,『성녀 전설』聖女伝説, 太田出版.

1996 무라카미 류村上龍,『러브 앤 팝』ラブ&ポップ: トパーズ II, 幻冬舎.〔한성례 옮김, 태동출판사, 2010.〕

1996 무라카미 류村上龍,『바이러스 전쟁』ヒュウガ・ウイルス: 五分後の世界 II, 幻冬舎.〔이정환 옮김, 자유시대사, 2000.〕

1996 하야시 마리코林真理子,『불유쾌한 과일』不機嫌な果実, 文藝春秋.〔정회성 옮김, 큰나무, 2009.〕

1997 다카하시 겐이치로高橋源一郎,『고스트 버스터즈』ゴーストバスターズ, 講談社.

1997 무라카미 류村上龍,『미소 수프』イン ザ・ミソスープ, 読売新聞社.〔정

태원 옮김, 태동출판사, 2008.〕

1997 무라카미 류村上龍, 『오디션』オーディション, ぶんか社.〔권남희 옮김, 예문, 2004.〕

1997 아베 가즈시게阿部和重, 『인디비주얼 프로젝션』インディヴィジュアル・プロジェクション, 新潮社.

1997 야하기 도시히코矢作俊彦, 『아·쟈·판』あ·じゃ·ぱん, 新潮社.

1997 와타나베 준이치渡辺淳一, 『실낙원』失楽園, 講談社.〔홍영의 옮김, 창해, 1997.〕

1998 가와카미 히로미川上弘美, 『신』神様, 中央公論社.

1998 구루마타니 조키쓰車谷長吉, 『아카메 48 폭포 자살 미수』赤目四十八瀧心中未遂, 文藝春秋.

1998 나카하라 마사야中原昌也, 『마리 & 피피의 학살 송 북』マリ&フィフィの虐殺ソングブック, 河出書房新社.

1998 오쿠이즈미 히카루奥泉光, 『그랜드 미스터리』グランド·ミステリー, 角川書店.

1998 히라노 게이치로平野啓一郎, 『일식』日蝕, 新潮社.〔양윤옥 옮김, 개정판, 문학동네, 2009.〕

1999 가와카미 히로미川上弘美, 『빠지다』溺レる, 文藝春秋.〔오유리 옮김, 도서출판 두드림, 2007.〕

1999 다카미 고슌高見広春, 『배틀 로얄』バトル·ロワイアル, 太田出版.〔권일영 옮김, 대원씨아이, 2002.〕

1999 아라이 모토코新井素子, 『티그리스와 유프라테스』チグリスとユーフラテス, 集英社.

2000 구루마타니 조키쓰車谷長吉, 「무사시마루」武蔵丸, 『백치군』白痴群, 新潮社.

2000 무라카미 류村上龍, 『희망의 나라로 엑소더스』希望の國のエクソダス, 文藝春秋.〔양억관 옮김, 이상북스, 2011.〕

2000 무라카미 하루키村上春樹, 『신의 아이들은 모두 춤춘다』神の子どもたちはみな踊る, 新潮社.〔김유곤 옮김, 문학사상, 2010.〕

2000 오에 겐자부로大江健三郎, 『체인지링』取り替え子, 講談社.〔서은혜

옮김, 청어람미디어, 2006.〕

2000~2003 시마다 마사히코島田雅彦, 『무한 캐논』無限カノン, 전 3부, 新潮社.

2000 후루이 요시키치古井由吉, 『성스러운 귀』聖耳, 講談社.

2001 가와카미 히로미川上弘美, 『선생님의 가방』センセイの鞄, 平凡社. 〔오주원 옮김, 세미콜론, 2014.〕

2001 다카하시 겐이치로高橋源一郎, 『일본 문학 성쇠사』日本文学盛衰史, 講談社.

2001 마이조 오타로舞城王太郎, 『어둠 속의 아이』暗闇の中で子供, 講談社ノベルス.

2001 마이조 오타로舞城王太郎, 『연기, 흙 혹은 먹이』煙か土か食い物, 講談社ノベルス.〔조은경 옮김, 학산문화사, 2006.〕

2001 사토 유야佐藤友哉, 『에나멜을 바른 영혼의 비중』エナメルを塗った魂の比重, 講談社ノベルス.〔주진언 옮김, 학산문화사, 2007.〕

2001 사토 유야佐藤友哉, 『플리커 스타일』フリッカー式, 講談社ノベルス. 〔주진언 옮김, 학산문화사, 2006.〕

2001 아베 가즈시게阿部和重, 『닛뽀니아 니뽄』ニッポニアニッポン, 新潮社.〔김소영 옮김, 웅진지식하우스, 2008.〕

2001 에쿠니 가오리江國香織, 『도쿄 타워』東京タワー, マガジンハウス. 〔신유희 옮김, 태일소담, 2000.〕

2001 호리에 도시유키堀江敏幸, 『곰의 포석』熊の敷石, 講談社.〔신은주 옮김, 문학동네, 2005.〕

2002 무라카미 하루키村上春樹, 『해변의 카프카』海辺のカフカ, 新潮社. 〔김춘미 옮김, 문학사상사, 2008.〕

2002 미즈무라 미나에水村美苗, 『본격 소설』本格小説, 新潮社.〔김춘미 옮김, 문학동네, 2008.〕

2002 사토 유야佐藤友哉, 『수몰 피아노』水没ピアノ, 講談社ノベルス.〔박소영 옮김, 학산문화사, 2008.〕

2002 후쿠이 하루토시福井晴敏, 『종전의 로렐라이』終戦のローレライ, 講談社.

2003 다와다 요코多和田葉子, 『여행하는 말들: 엑소포니, 모어 바깥으로 떠나는 여행』エクソフォニー: 母語の外へ出る旅, 岩波書店.〔유라주 옮김, 돌베개, 2018.〕

2003 마이조 오타로舞城王太郎, 『쓰쿠모주쿠』九十九十九, 講談社ノベルス.〔최혜수 옮김, 도서출판b, 2016.〕

2003 무라카미 류村上龍, 『공항에서』空港にて, 文藝春秋, 2005(초판 『어디에나 있는 곳 어디에도 없는 나』どこにでもある場所どこにもいないわたし, 文藝春秋, 2003).

2003 아베 가즈시게阿部和重, 『신세미아』シンセミア, 朝日新聞社.

2003 야하기 도시히코矢作俊彦, 『라라라 과학의 아이』ららら科學の子, 文藝春秋.

2003 오가와 요코小川洋子, 『박사가 사랑한 수식』博士の愛した数式, 新潮社.〔김난주 옮김, 이레, 2004.〕

2003 와타야 리사綿矢りさ, 『발로 차 주고 싶은 등짝』蹴りたい背中, 河出書房新社.〔정유리 옮김, 황매, 2004.〕

2004 가쿠타 미쓰요角田光代, 『강 건너의 그녀』対岸の彼女, 文藝春秋.

2004 쇼노 요리코笙野頼子, 『금비라』金毘羅, 集英社.

2005 마치다 고町田康, 『살인의 고백』告白, 中央公論新社.〔권일영 옮김, 한겨레출판사, 2018.〕

2005 무라카미 류村上龍, 『반도에서 나가라』半島を出よ, 幻冬舍.〔윤덕주 옮김, 스튜디오본프리, 2006.〕

2005 오에 겐자부로大江健三郎, 『책이여, 안녕』さようなら, 私の本よ!, 講談社.〔서은혜 옮김, 청어람미디어, 2008.〕

2005 후루카와 히데오古川日出男, 『벨카, 짖지 않는가?』ベルカ, 吠えないのか?, 文藝春秋.〔김성기 옮김, 이미지박스, 2008.〕

2006 가와카미 히로미川上弘美, 『재두루미』真鶴, 文藝春秋.

2006 사쿠라바 가즈키櫻庭一樹, 『아카쿠치바 전설』赤朽葉家の伝説, 東京創元社.〔박수지 옮김, 노블마인, 2007.〕

2006 이토야마 아키코絲山秋子, 『바다에서 기다리다』沖で待つ, 文藝春秋.〔권남희 옮김, 북폴리오, 2006.〕

2006 후루이 요시키치古井由吉, 『네거리』辻, 新潮社.

2006 햐쿠타 나오키百田尚樹, 『영원의 제로』永遠の0, 太田出版.

2007 마에다 시로前田司郎, 「그레이트 생활 어드벤처」グレート生活アド
ベンチャー, 『그레이트 생활 어드벤처』, 新潮社.

2007 아키야마 슌秋山駿, 『내부 인간의 범죄』内部の人間の犯罪, 講談社
文芸文庫.

2007 엔조 도인城塔, 『셀프-레퍼런스 엔진』Self-Reference ENGINE, ハ
ヤカワSFシリーズ Jコレクション.

2007 오카다 도시키岡田利規, 『우리에게 허락된 특별한 시간의 끝』
わたしたちに許された特別な時間の終わり, 新潮社. 〔이홍이 옮김, 알마,
2016.〕

2008 가와카미 미에코川上未映子, 『젖과 알』乳と卵, 文藝春秋. 〔권남희
옮김, 문학수첩, 2008.〕

2008 미나토 가나에湊かなえ, 『고백』告白, 双葉社. 〔김선영 옮김, 비채,
2018.〕

2008 후루카와 히데오古川日出男, 『성가족』聖家族, 集英社.

2008 히라노 게이치로平野啓一郎, 『결괴』決壊, 新潮社. 〔이영미 옮김, 문
학동네, 2013.〕

2009 아즈마 히로키東浩紀, 『퀀텀 패밀리즈』クォンタム・ファミリーズ, 新潮
社. 〔이영미 옮김, 자음과모음, 2011.〕

2009 오가와 요코小川洋子, 『고양이를 안고 코끼리와 헤엄치다』猫を
抱いて象と泳ぐ, 文藝春秋. 〔권영주 옮김, 현대문학, 2011.〕

2009 우부카타 도冲方丁, 『천지명찰』天地明察, 角川書店. 〔이규원 옮김,
북스피어, 2014.〕

2009~2010 무라카미 하루키村上春樹, 『1Q84』, 1~3, 新潮社. 〔양윤옥
옮김, 문학동네, 2010.〕

2010 아베 가즈시게阿部和重, 『피스톨즈』ピストルズ, 講談社.

2010 오쿠이즈미 히카루奥泉光, 『손가락 없는 환상곡』シューマンの指,
講談社. 〔김선영 옮김, 시공사, 2011.〕

2010 히라노 게이치로平野啓一郎, 『형태뿐인 사랑』かたちだけの愛, 中央

公論新社.〔양윤옥 옮김, 아르테, 2017.〕

2011 니시무라 겐타西村賢太, 『고역 열차』苦役列車, 新潮社.〔양억관 옮김, 다산책방, 2011.〕

2011 다와다 요코多和田葉子, 『눈 속의 에튀드』雪の練習生, 新潮社.〔최윤영 옮김, 현대문학, 2020.〕

2011 다카하시 겐이치로高橋源一郎, 『사랑하는 원자력 발전』恋する原発, 講談社.

2012 무라타 사야카村田沙耶香, 『적의를 담아 애정을 고백하는 법』 しろいろの街の、その骨の体温の, 朝日新聞出版.〔최고은 옮김, 살림, 2020.〕

2012 미즈무라 미나에水村美苗, 『어머니의 유산: 신문 소설』母の遺産: 新聞小説, 中央公論新社.〔송태욱 옮김, 복복서가, 2023.〕

2012 아사이 료朝井リョウ, 『누구』何者, 新潮社.〔권남희 옮김, 은행나무, 2013.〕

2012 아카사카 마리赤坂真理, 『도쿄 프리즌』東京プリズン, 河出書房新社.

2012 오가와 요코小川洋子, 『작은 새』ことり, 朝日新聞出版.

2013 오노 마사쓰구小野正嗣, 『사자 건너 코』獅子渡り鼻, 講談社.

2014 다와다 요코多和田葉子, 『헌등사』献燈使, 講談社.〔남상욱 옮김, 자음과모음, 2018.〕

2015 마타요시 나오키又吉直樹, 『불꽃』火花, 文藝春秋.〔양윤옥 옮김, 소미미디어, 2016.〕

2015 엔조 도円城塔, 『프롤로그』プロローグ, 文藝春秋.

2016 니시무라 겐타西村賢太, 『꿈틀대며 건너라, 진흙탕 강을』蠕動で渉れ、汚泥の川を, 集英社.

2016 무라타 사야카村田沙耶香, 『편의점 인간』コンビニ人間, 文藝春秋.〔김석희 옮김, 살림, 2016.〕

2016 하스미 시게히코蓮實重彦, 『백작 부인』伯爵夫人, 新潮社.

2017 마쓰우라 히사키松浦寿輝, 『명예와 황홀』名誉と恍惚, 新潮社.

2018 오쿠이즈미 히카루奥泉光, 『눈의 계단』雪の階, 中央公論新社.

2018 하시모토 오사무橋本治, 『쿠사나기 검』草薙の剣, 新潮社.

2019 후루이 요시키치古井由吉, 『이 길』この道, 講談社.

헤이세이 이후

2020 무라카미 류村上龍, 『미싱: 잃어버린 것』MISSING: 失われているもの, 新潮社.

2 비평 등 비문학 작품

헤이세이 이전

1924 아쿠타가와 류노스케芥川龍之介, 「진재가 문예에 미친 영향」震災の文芸に与ふる影響, 『아쿠타가와 류노스케 전집』芥川龍之介全集, 6권, ちくま文庫(초출 미상).

1929 고바야시 히데오小林秀雄, 「시가 나오야」志賀直哉, 『고바야시 히데오 전 작품』小林秀雄全作品, 1권, 新潮社, 2002(『사상』思想, 1929년 4월호).

1935 고바야시 히데오小林秀雄, 「사소설론」私小説論, 『사소설론』, 作品社.

1949 마루야마 마사오丸山真男, 「육체 문학에서 육체 정치까지」肉体文学から肉体政治まで, 스기타 아쓰시杉田敦 엮음, 『마루야마 마사오 컬렉션』丸山真男コレクション, 平凡社ライブラリー, 2010(초출『전망』展望, 1949년 10월호).

1956 나카무라 미쓰오中村光夫, 『다니자키 준이치로론』谷崎潤一郎論, 講談社文芸文庫, 2015(초판 新潮文庫, 1956).

1958 다카미 준高見順, 『쇼와 문학 성쇠사』昭和文学盛衰史, 文春文庫, 1987(초판 文藝春秋新社, 1958).

1959 요시모토 다카아키吉本隆明, 「전후 시인론」戦後詩人論, 『마태오 복음서 시론, 전향론』マチウ書試論・転向論, 講談社文芸文庫, 1990(초판『예술적 저항과 좌절』芸術的抵抗と挫折, 未來社, 1959).

1963 히라노 겐平野謙, 『일본 쇼와 문학사』昭和文学史, 筑摩叢書. 〔고재석 옮김, 동국대학교 출판부, 2001.〕

1966 미시마 유키오三島由紀夫, 「20세기의 문학」二十世紀の文学, 『원천의 감정』源泉の感情, 河出文庫, 2006(초출『문예』文藝, 1966년 2월호).

1968 이소다 고이치磯田光一, 「비교 전향론 서설」比較転向論序説, 『이소다 고이치 저작집』磯田光一著作集, 1권, 小沢書店, 1990(초출『비교 전향론 서설』, 勁草書房, 1968).

1972 가라타니 고진, 『두려워하는 인간』畏怖する人間, 講談社文芸文庫(초판 冬樹社, 1972).

1972 나카무라 미쓰오中村光夫, 『메이지, 다이쇼, 쇼와』明治·大正·昭和, 岩波同時代ライブラリー, 1996(초판 新潮選書, 1972).

1973 에토 준江藤淳, 『일족 재회』一族再会, 講談社文芸文庫, 1988(초판 講談社, 1973).

1976 무타이 리사쿠務台理作, 『철학 열 가지 이야기』哲学十話, 講談社学術文庫.

1980 가라타니 고진柄谷行人, 『일본 근대 문학의 기원』日本近代文学の起源, 講談社文芸文庫, 1980(초판 講談社, 1980). 〔박유하 옮김, 도서출판b, 2010.〕

1980 마키 후미히코槇文彦, 『어른거리는 도시』見えがくれする都市, 鹿島出版会.

1981 이토 세이伊藤整, 『근대 일본인 발상의 모든 형식』近代日本人の発想の諸形式, 岩波文庫.

1984 요시모토 다카아키吉本隆明, 『매스 이미지론』マス·イメージ論, 講談社文芸文庫, 2013(초판 福武書店, 1984).

1988 에토 준江藤淳, 『성숙과 상실』成熟と喪失, 講談社文芸文庫, 1993(초판 河出書房新社, 1988).

헤이세이(1989.1.8.~2019.4.30.)

1989 에토 준江藤淳, 『쇼와의 문인』昭和の文人, 新潮文庫, 2000(초판 新潮社, 1989).

1989 에토 준江藤淳, 『신편 천황과 그 시대』新編 天皇とその時代, 文春学

藝ライブラリー, 2019(초판『천황과 그 시대』, PHP研究所, 1989).

1991 야스하라 겐安原顯,『문화 스크랩』カルチャー·スクラップ, 水声社.

1994 우에노 지즈코上野千鶴子,『신판 근대 가족의 성립과 종언』新版近代家族の成立と終焉, 岩波現代文庫, 2020(초판『근대 가족의 성립과 종언』, 岩波書店, 1994).

1994 하스미 시게히코蓮實重彦,『영혼의 유물론적 옹호를 위해』魂の唯物論的な擁護のために, 日本文芸社.

1996 니시베 스스무西部邁, 후쿠다 가즈야福田和也, 아사다 아키라淺田彰, 가라타니 고진柄谷行人,「전통, 국가, 자본주의」伝統·国家·資本主義,『비평 공간』批評空間, 2기 16호.

1997 가라타니 고진柄谷行人,「해설」解説,『무라카미 류 자선 소설집』村上龍自選小説集, 1권, 集英社.

1997 가토 노리히로加藤典洋,『패전후론』敗戰後論, 講談社.

1997 무라카미 류村上龍,「우화로서의 단편」寓話としての短編,『무라카미 류 자선 소설집』村上龍自選小説集, 3권, 集英社.

1998 다쓰미 다카유키巽孝之,『일본 변류 문학』日本変流文学, 新潮社.

1999 니시오 간지西尾幹二, 새로운 역사 교과서를 만드는 모임新しい歷史教科書をつくる会 엮음,『국민의 역사』国民の歷史, 産経新聞ニュースサービス.

1999 쓰보우치 도시노리坪内稔典,「오가이의 단카, 소세키의 하이쿠」鴎外の短歌, 漱石の俳句,『단카의 나, 일본의 나』短歌の私、日本の私, 岩波書店.

1999 에토 준江藤淳,『아내와 나』妻と私, 文藝春秋.

2000 미즈무라 미나에水村美苗,『증보 일본어가 없어질 때』增補 日本語が亡びるとき, ちくま文庫, 2015(초판『일본어가 없어질 때』, 筑摩書房, 2000).

2002 스즈키 미치히코鈴木道彦,『프루스트를 읽다』プルーストを読む, 集英社新書.

2003 무라카미 류村上龍,『13세의 헬로 워크』13歳のハローワーク, 幻冬舎.〔강라현 옮김, 이레, 2004.〕

2003 미우라 마사시三浦雅士, 『무라카미 하루키와 시바타 모토유키의 또 하나의 미국』村上春樹と柴田元幸のもうひとつのアメリカ, 新書館.

2004 아라카와 요지荒川洋治, 『시와 말』詩とことば, 岩波現代文庫, 2012(초판 岩波書店, 2004).

2005 가라타니 고진柄谷行人, 『근대 문학의 종언』近代文学の終わり, インスクリプト.〔조영일 옮김, 도서출판b, 2006.〕

2007 가와나리 요川成洋, 『신사 나라의 정보 요원들』紳士の国のインテリジェンス, 集英社新書.

2007 아즈마 히로키東浩紀, 『게임적 리얼리즘의 탄생』ゲーム的リアリズムの誕生, 講談社現代新書.〔장이지 옮김, 현실문화연구, 2012.〕

2007 아키야마 슌秋山駿, 『내부 인간의 범죄』内部の人間の犯罪, 講談社文芸文庫.

2007 오쓰카 에이지大塚英志, 『서브컬처 문학론』サブカルチャー文学論, 朝日文庫.

2008 하마노 사토시濱野智史, 「K는 왜 '2ch'가 아닌 'Mega View'에 썼는가?」なぜKは「2ちゃんねる」ではなく「Mega・View」に書き込んだのか?, 오사와 마사치大澤真幸 엮음, 『아키하바라발』アキハバラ発, 岩波書店.

2008 후루이 요시키치古井由吉, 『로베르트 무질』ロベルト・ムージル, 岩波書店.

2009 곤노 쓰토무今野勉, 『텔레비전의 청춘』テレビの青春, NTT出版.

2009 야마시타 히로시山下博司, 『요가의 사상』ヨーガの思想, 講談社選書メチエ.

2011 우노 쓰네히로宇野常寛, 『제로 년대의 상상력』ゼロ年代の想像力, ハヤカワ文庫(초판 早川書房, 2008).

2011 이케다 준이치池田純一, 『왜 모두 미국에서 탄생했을까: 히피의 창조력에서 실리콘밸리까지』ウェブ×ソーシャル×アメリカ, 講談社現代新書.〔서라미 옮김, 메디치미디어, 2013.〕

2012 가토 도모히로加藤智大, 『해설』解, 批評社.

2013 가토 도모히로加藤智大, 『해설+: 아키하바라 무차별 살상 사건의 의미와 그로부터 도출하는 진짜 사건 대책』解+: 秋葉原無差別殺

傷事件の意味とそこから見えてくる真の事件対策, 批評社.

2014 가토 도모히로加藤智大, 『도쿄 구치소 영야초』東拘永夜抄, 批評社.

2015 소년 A元少年A, 『절가』絶歌, 太田出版.

2015 하마구치 게이치로濱口桂一郎, 『일하는 여자의 운명』働く女子の運命, 文春新書.

2016 후쿠시마 료타福嶋亮大, 『성가신 유산』厄介な遺産, 青土社.

2017 오노 마사쓰구小野正嗣, 「해변에서 세계문학으로」浦から世界文学へ(인터뷰: 후쿠시마 료타), 『경계를 넘어서』境界を越えて, 19호(https://beyondboundaries.jp/reading/20190223).

2018 기무라 사에코木村朗子, 『그 후의 진재 후 문학론』その後の震災後文学論, 青土社.

2018 노자키 간野崎歓, 『물 냄새가 나는 것 같다』水の匂いがするようだ, 集英社.

2018 오카자키 겐지로岡崎乾二郎, 『추상의 힘』抽象の力, 亜紀書房.

2018 후쿠시마 료타福嶋亮大, 『울트라맨과 전후 서브컬처의 풍경』ウルトラマンと戦後サブカルチャーの風景, PLANETS.

2018 후쿠시마 료타福嶋亮大, 청육만張彧暋, 『변경의 사상』辺境の思想, 文藝春秋.

헤이세이 이후

2019 이소자키 아라타磯崎新, 『와륵의 미래』瓦礫の未来, 青土社.

2019 후쿠시마 료타福嶋亮大, 『백 년의 비평』百年の批評, 青土社.

2020 우노 쓰네히로宇野常寛, 『느린 인터넷』遅いインターネット, 幻冬舍.

나선형 상상력

헤이세이 일본 문학의 문제군

1판 1쇄 2024년 9월 10일 펴냄

지은이 후쿠시마 료타. 옮긴이 안지영.
펴낸곳 리시올. 펴낸이 김효진. 제작 상지사.

리시올. 출판등록 2016년 10월 4일 제2016-000050호.
주소 경기도 고양시 화신로 298, 802-1401.
전화 02-6085-1604. 팩스 02-6455-1604.
이메일 luciole.book@gmail.com.
블로그 playtime.blog.

ISBN 979-11-90292-28-3 93830